捡漏王

闫顺利

中国华侨出版社

图书在版编目(CIP)数据

捡漏王/闫顺利著. —北京：中国华侨出版社,2014.7
ISBN 978-7-5113-4738-1

Ⅰ. ①捡… Ⅱ. ①闫… Ⅲ. ①长篇小说—中国—当代
Ⅳ. ①I247.5

中国版本图书馆 CIP 数据核字(2014)第 125652 号

捡漏王

著　　者/闫顺利
出版人/方　鸣
策划编辑/周耿茜
责任编辑/文　艾
责任校对/王京燕
装帧设计/顽瞳书衣
经　　销/新华书店
开　　本/710 毫米×1000 毫米　1/16　印张/17　字数/240 千字
印　　刷/北京紫瑞利印刷有限公司
版　　次/2014 年 8 月第 1 版　2020 年 5 月第 2 次印刷
书　　号/ISBN 978-7-5113-4738-1
定　　价/48.00 元

中国华侨出版社　北京市朝阳区静安里 26 号通成达大厦 3 层　邮编:100028
法律顾问:陈鹰律师事务所
编辑部:(010)64443056　64443979
发行部:(010)64443051　传真:(010)64439708
网　　址:www.oveaschin.com
E-mail:oveaschin@sina.com

目　录

一　鎏金牌匾 / 001

二　鬼谷下山 / 015

三　流出之宝 / 028

四　暧昧书生 / 042

五　致命交易 / 054

六　天价营救 / 069

七　皇宫背景 / 085

八　古画情缘 / 102

九　官坊民营 / 119

十　　子夜凶案 / 137

十一　揭裱惊魂 / 151

十二　爱上凶宅 / 170

十三　釉下有彩 / 187

十四　溥仪离宫 / 200

十五　东陵之宝 / 213

十六　假银万两 / 225

十七　密室之钥 / 241

十八　宝藏迷踪 / 254

一
鎏金牌匾

一家新店开业，本无稀奇，但万宝堂的开业却轰动了整条街。

首先，店的牌匾就大，足有九尺宽，两丈长。鎏金"万宝堂"三字，熠熠生辉。在琉璃厂，多数店都叫斋或轩。"斋"一般指书房或读书的地儿。"轩"古指围棚或帷幕的车，或指有窗的长廊、小屋。"堂"却指正房，高大之房。显然"堂"相对要大。张扬的是，万宝堂开业竟雇佣百名司仪，举"十万黄金，愿求一宝"的锦旗，满街乱窜，山呼海叫，门前还舞龙斗狮，那场面，比庙会都热闹。同行们议论纷纷，小麻雀愣充大头鹰，可气可恨！

聚鑫斋掌柜冯招财站在自家店前，冷冷地盯着万宝堂的牌匾，心里像塞了把干柴。万宝堂原址是家民宅，在聚鑫斋对面，冯招财曾多次协商购院，用来开店，宅主死活不卖，说，祖业，将传于后人，绝不卖掉，可最终却卖给了江南的蔡守信，还是个生脸儿。

立在冯招财旁的刘掌柜抽抽鼻子："冯爷，听说还给捧场的人发玉吊件。"

冯招财皱眉道："什么玉，翡翠吗？和田还是羊脂？冰种还是水种？说白了不就水沫子么。论斤称的玩意儿，能值几个子儿。"

"看他们摆的这谱，好像有点儿来头啊。"刘掌柜袖着手说。

"什么来头？我瞅半天了，去捧场的就没几个场面上的。"冯招财撇嘴道，"还什么十万黄金，别说黄金，他能拿出十万黄铜，让爷瞧一眼，爷管他喊爷。"

"冯爷说得是，他们也就瞎摆谱儿。"刘掌柜忙附和道。

"走，凑个热闹去。"冯招财说。

冯招财穿着古铜色团纹的长袍马褂，胖得脖子不分叉，腹部又像扣了口锅，相比就越显得刘掌柜单薄。刘掌柜确实瘦了些，像根竹竿撑着件灰色长袍，驼背，远看像伞把。两人极为不和谐地来到万宝堂门前。冯招财用力咳几响，想引起蔡守信注意，没想到人家依旧跟几位客人谈笑，压根儿就没回头。晾台了，刘掌柜面上挂不住，伸出细长的手指戳戳蔡守信的胳膊："蔡掌柜，我来给您介绍。"拱腰指指冯招财，"这位爷就是大名鼎鼎的，聚鑫斋掌柜，冯爷。"

蔡守信扭头看看冯招财："是吗，没听说过。"

冯招财更不痛快了："开业搞得这么热闹，都比上菜市口砍人了。"

蔡守信笑道："明白了，冯爷您是开冥店的。"

冯招财恼羞成怒，叫道："你，敢跟爷我这么说话，不想开店了？"

蔡守信依旧笑着："听您这说法，好像这条街是您的。"

冯招财梗着脖子，斜楞着眼说："这么跟你说，爷我想让你开这个店你才开得成，要是哪天爷不高兴了，你就得卷摊子滚蛋。"

蔡守信故作吃惊，说："冯爷好大的口气，也不怕闪着腰？"

一直立在蔡守信后面的汉子，蹿到前面，伸手罩住冯招财的头喝道："想找碴儿是吗？"这汉子高出冯招财两头，身材伟岸，力气很大，冯招财挣不脱。汉子大手拧动，冯招财像陀螺似地转了两圈，颓然倒地。围观的人哈哈大笑。刘掌柜见形势不利，拉起冯招财，匆匆离去。这次，冯招财感到这面子丢大了，回到店里便咬牙切齿道："刘掌柜，去打听打听，这蔡守信到底是哪个庙里的神，敢跟爷我较劲！"

在琉璃厂这条街上，冯招财还真算个人物，虽不识几个大字，但仍能把聚鑫斋经营得风生水起。原因很简单，他店里没有新家生，全是一水的老玩意儿。由于冯招财是半路杀进文玩市场的，眼力不够，常卖走眼，街上很多店铺都到他这里淘宝，吹捧几句，说不定几两银子就能拿走元代官窑青花。比如刘掌柜，别看每天爷长爷短地叫，那可不是白叫，就是奔着冯招财的眼拙去的。

冯招财看画不懂笔墨，看瓷儿不懂断代，为何店里的货都是老东西？因为，他进货不从民间淘换，不下乡吆喝，不跟贩子倒腾，而全是铲地皮得来的。铲地皮是行话，民间的说法就是挖坟子。冯招财曾提着洛阳铲造访过不少古墓群，所以来琉璃厂开店，是先前帮着销赃的掌柜送他的。原来，那掌柜发现在冯招财送来的物件里，有几件汝州窑的精品，便谎说店里被盗，无力偿还，要以商铺来顶。冯招财并不知道这些瓶瓶罐罐的价值，于是就欣然接管了商铺，更名为聚鑫斋，当了掌柜，把铲地皮的活儿交给小舅子潘九斤打理。

潘九斤曾在河南少林寺附近混过，会把式，伙同几十个兄弟不只盗墓，还拦路抢劫。冯招财背后有这帮家伙，所以在街上专横跋扈，无人敢惹。

经刘掌柜多方打听，地头蛇、官府、掌柜，都不知道蔡守信其人其事，都打小没见过这鸟人。冯招财得意地说："看他那架势，爷我还以为是皇亲国戚呢。没根没底的，敢这么张扬，真是屎壳郎扒在鞭梢上，只知道腾云驾雾，不知道死在眼前。"

刘掌柜忙说："是的是的，这人就没杆秤，不知道天高地厚。"

冯招财本想让小舅子潘九斤带人来，把万宝堂砸了，随后想到这样不好，上来就把蔡守信整趴下，以后再见着你点头哈腰，一口一个冯爷叫着，多没意思，不如跟他玩玩儿，把他玩儿得挺挺的，让他为自己的狂妄付出惨重的代价。

"刘掌柜，你在店里盯会儿，我去去就来。"

"冯爷您忙您的，我正好挑几件东西。"

冯招财转身进了后院。后院堆满古玩，有绿锈斑驳的青铜器，沾满土渣的瓶瓶罐罐，还有些石雕零落在地上。据说，其中有春秋战国时期的器皿，有从龙门石窟盗来的魏代石刻，有金缕玉衣上的玉片……最具传奇的是，冯招财的老婆潘五妹半夜出恭，突见废铜烂铁里有个锃明瓦亮的东西，吓得差点儿糊了裤子。早晨出来查看，翻出个鸡蛋大小的夜明珠，晚上握在手中，能照五步，能顶上端着油灯，是件非常罕见的宝贝。

走进睡房，冯招财见老婆潘五妹正躺在炕上，抱着水烟枪，吸得咕噜咕噜响。他来到炕前，伸手把柜上的夜明珠握在手里，转身就走。潘五妹把烟嘴儿啵地拔出来："给俺放下！"冯招财像被施了定身法儿，立住，慢慢地回过头，嘿嘿笑几声，跑到炕前，把夜明珠放到柜上，两只胖手在潘五妹肩上活泼着，说了夜明珠的用处……

别看冯招财在外面厉害，在潘五妹看来他就像把鼻涕。冯招财怕潘五妹，倒不是她俊，她不俊；倒不是她娘家当官，她娘家人八辈子都是泥腿子。冯招财怕她，是因为从小被潘五妹欺负住了。小时候的潘五妹长得急，比同龄的冯招财高半头，有劲儿，跟冯招财打架时，常把他摁到胯下扑通，没想到竟打出感情来了。有媒人到家里给冯招财提亲，他问："是潘五妹吗？"

人家摇头说："不是。"

冯招财说："我就要潘五妹。"

新婚之夜，冯招财骑到潘五妹身上，得意地说："你厉害，还不是在俺下面。"

潘五妹把他翻到下面，狂夯，差点儿把他蹾成鞋样子。

婚后十年过去，潘五妹的肚子依旧没有动静，冯招财以"不孝有三，无后为大"为由，要纳妾。潘五妹说："是你没种，还赖俺。不信？不信是吧，那俺找个野男人试试，要是能生，你就甘心当王八，不能生，俺张罗给你娶三个小的。"冯招财听了这话，焉巴了，再也不背古训了，再也不提娶妾了。

当潘五妹听说了夜明珠的用处后，握起拳头说："中，不蒸馒头争口气！"

冯招财握着夜明珠来到店里，见刘掌柜像棵被坷垃压着的豆芽，蹲在那里瞅寻那堆破烂玩意儿，便说："过来。"刘掌柜左手握着青花盘子，右手捏着放大镜，凑到跟前："爷您说就是，小的听着呢。"冯招才把夜明珠托在掌心，说："出去放放风，就说爷我想用这个夜明珠换万宝堂那块鎏金牌匾。"刘掌柜吃惊道："冯爷，那是鎏金的，就薄薄的一层，全刮下来也不顶一枚戒指。再说了，就算是金子的也没夜明珠值钱。用这个较劲儿，不划算！"

冯招财冷笑道："爷我就想用这颗珠子看到蔡守信的倒霉样儿。"

刘掌柜牙痛般嘞牙花子："冯爷，让九斤带人把匾摘来就得了。"

冯招财摇头说："那不行！一只猫抓住老鼠还玩儿半天才下口呢，爷我上来就把他整趴下，太没有意思了。废话少说，你照爷的意思去办就行。"

刘掌柜把盘子举起来："冯爷，您看这盘子？"

冯招财挥挥手说："废他娘的啥话，喜欢就拿走。"

刘掌柜压抑着惊喜，拱手道："冯爷您擎好就是，有这颗夜明珠，肯定有人把万宝堂的牌匾送来。到时候，您就用这块牌匾当茅厕的门，倍儿解气。"

送走刘掌柜，冯招财走出店门，笑眯眯地盯着万宝堂那块牌子，想象着蔡守信的沮丧，已经预支了开心：你蔡守信不知天高地厚，敢跟我冯招财较劲，这不是螳臂当车吗，这不是小耗子给猫下战书吗，有你哭的时候。当你求饶时，爷给你起个店名，叫无宝斋，就让你做三尺大的牌子，否则就给爷滚出琉璃厂，爱哪儿发财去哪儿……

一连几天，都有人到万宝堂闹哄着要购买店牌，有人出百两银子，有人出两块金条，还有人说用宝贝换，让蔡守信感到气愤不解，问理由，都支支吾吾，说不出个子丑寅卯。有人倒是说了："这牌子用料好，字写得有神，有极高的艺术价值。"

蔡守信说:"店里有很多书法极品,喜欢,买幅字不就得了?"

那人摇头说:"蔡掌柜此言差矣,书法奇品来自偶然。王羲之写兰亭后,复又写过,再无之前的神采。在下就看中这块牌子,就看中它的不可复制。"

蔡守信耷下眼皮说:"祖宗牌位,店铺门牌,岂可随意兜售。不送。"

由于每天都有人来买这牌子,还有人站在店前对着牌子指指点点。蔡守信百思不得其解,便把专门负责古画的赵文轩叫来,问:"文轩,过往之人都在指点店牌,不会是写错了吧。"

赵文轩眯着眼睛,瞅着鎏金"万宝堂"三个大字,说:"此字源自颜体,有法可依,笔画分明,结体开阔,绝无错字。再者,书法无错字,错了也不会贻笑大方。或许,路人见此匾牌宏大,感到稀奇,因此瞩目,也是情有可原。"

蔡守信摇头道:"只是指点倒也无妨,问题是很多人来购此匾!"

赵文轩捋捋山羊胡子:"市井之人,假以牌字足金,亦有可能。"

蔡守信说:"恐怕没这么简单。文轩,去街上打听打听,到底为什么都来照量咱们的匾牌,是不是有别的啥猫腻儿!"

一打听才知道,原来冯招财用夜明珠换万宝堂的牌子。蔡守信感到问题严重了,如果这块牌子不慎被偷或被损坏,他吃不了就得兜着走。因为这店并非他个人所有,而是宫里私设,还是老佛爷亲下懿旨,由内务府张罗着办的。

老佛爷所以办此店,是因为八国联军侵犯,仓皇逃往西安,订了耻辱的《辛丑各国和约》,赔了人家大把的银两。回宫才知,联军把大清几百年收藏的古玩卷走了。据说,联军把不方便带走的古玩都拿到琉璃厂便宜卖了,老佛爷命内务府查收宫里流出去的宝贝。

内务府总管庆宽,决定在琉璃厂秘密开店,进行查缴。为了防止都知道万宝堂是宫中私设,无人敢示宝物,于是致函江南织造,令其委派懂古玩的官员,还有几个古玩行家,速到内务府报到。江南织造便选了蔡守信。蔡守信原是官窑督窑官,为人正直,刻板,每次为皇家烧瓷,织造让他多烧几件送人，但蔡守信绝不顺从，因此早就想把他换掉了。何况，如今有这样的机会。

蔡守信接到调令后，选了书画杂家赵文轩，瓷器世家高志光，并带上他当督窑官时的贴身护卫柴少武，匆匆到内务府报到。总管庆宽专门与蔡守信谈话，让他以民坊经营，不可透露是皇家所开，发现宫中流失之宝，以没收为主，收购为辅，进行回收。如有何纠纷，要及时向内务府汇报，由内务府派人解决……蔡守信万万没想到，他首先面对的难题是，冯招财竟然用颗稀世的夜明珠换万宝堂的鎏金牌匾。

蔡守信把高志光、赵文轩、柴少武叫到后堂，大家围绕着冯招财用夜明珠换万宝堂牌匾之事，展开讨论。由于除蔡守信外，别人不知道万宝堂有皇宫背景，以为初来乍到，深为冯招财的霸道担忧。高志光叹气道："在制牌时，我就说过，牌子大了招人忌妒。"

事实上，此匾牌是由庆宽总管设计的，并注明了尺寸。当时，蔡守信也曾提出过，牌子的尺寸过大，但庆宽认为，虽官坊民开，但也要与众不同。再者，店的气势小了，谁肯把手中的至宝拿来过眼。如今，果然就在这块牌匾上出问题了。

赵文轩捋着山羊胡子，像念三字经一样摇头晃脑道："此事与牌匾大小并无干系，听街上人说，他冯招财本来就是流氓，仗着小舅子有帮子人，在街上横行霸道惯了。"

高志光问："那我们的店碍到他什么了？"

赵文轩分析道："一，冯招财曾高价收购该店原址，开对门店，但人家不卖，如今被咱们弄来，必然心生忌妒。之二，咱们的门面、牌匾，比聚鑫斋宏大，他妒之加甚。之三，他先入为主，欺负咱们乍到之人。故此，故此！"

柴少武把拳头握紧，叫道："对付这样的人就得用拳头说话。我现在就过去，把他给打趴下，让他知道咱们万宝堂不是好欺负的！"

蔡守信明白，只要去内务府吭一声，冯招财的脑瓜子就会搬家，不过他不想这么做。因为，冯招财收购万宝堂的牌匾，有利亦有弊。利在无形中对万宝堂做了宣传，使得古玩界的人都知道有个万宝堂。再者，上来就把冯招财整趴下，大家必然猜测万宝堂的背景，倘若被琢磨出是宫里私设，从今以后，怕是再也无人拿着宝贝来过眼了，那么内务府交代的任务就完不成了。要是店牌被偷，庆宽总官肯定会埋怨他办事不力。

　　散会后，蔡守信独自在后院来回逛荡。院中有假山池水，依有茂竹。池中白莲静卧，鲤鱼活泼如焰。蔡守信长袍马褂，倒背着手，来到假山旁呆住。他身材颀长，脸庞清瘦，鼻侧两条深深的八字纹，与眉心的川字纹，使他的表情平添了深沉与冷峻。就在这时，前堂传来吵闹声，蔡守信心里咯噔一下，拔腿便跑。来到大堂，蔡守信见几个差役正与柴少武推搡。原来，他们是专门负责厂甸、新华街、火神庙、土地庙地界的官员。他们听说冯招财要用夜明珠换万宝堂的牌子，为得到珠子，官员那少音带着差役前来，称万宝堂的牌匾过于张扬，夸大其词，误导客商，要把他们的牌子没收。

　　蔡守信问："官爷，是不是欺负我们外地人？"

　　那少音说："就欺负你了，你怎么着吧！"

　　蔡守信冷笑道："难道不怕我找你们的上司论理？"

　　那少音哈哈大笑几声，猛地收住笑："你不是去找上司，你是去找死。"

　　蔡守信笑道："天子脚下，皇城根儿，难道容你无法无天不成。"

　　那少音眨巴眨巴眼睛，看看四周围观的人，把声调放低道："蔡守信，你有没有脑子啊，本官带走你的牌子，是对你的保护。若是本官，以越制办你，你脖子上这瓜儿就坐不住了。你却狗咬吕洞宾，不识好人心。"

　　"请问，我哪儿越制了？"

　　"历来，清律明文规定，各级官府所用牌匾、治印，逐级都有严格规定。你的牌子比王府比皇宫的匾额都大，这不是越制吗，这不是杀头之罪吗？你今儿不让我把牌子带走，本官就把你们全部拿下，打进死牢，斩首示众。"

　　对于越制，身为官员的蔡守信自然知道。当初，他曾跟庆宽大人提过此事，以民坊经营，挂如此之大的匾牌，怕不合适。但庆宽说，官坊民开，但也要显出与众不同，放心吧，有事可及时向他汇报，他会派人处理。但蔡守信感到，遇到点儿事就向内务府求助，也太显得他无能了。在万宝堂开业之际，他就跟自己说过，就当此店不是皇家私开的，自己也无靠山，要按自家经营处理各项事务。蔡守信对那少音笑道："官爷，您的身份不适合在这里吵架，不如这样吧，您请后堂小坐，咱们边喝茶边商量，天下就没有商量不通的事情嘛。"

"这个，这个，那好吧。"

蔡守信带那少音来到客厅，打发人泡上茶，说："我们初来乍到，还不懂这里的规矩。您呢，就多多包涵吧。有什么不到之处，请多指点。"

那少音点头道："这个好说。不过，这牌子，我们还是要摘的。"

蔡守信说："您想要本店的牌匾，没有问题，不过呢，今天不行。现在就摘去，对我们的生意有影响。知道的以为我们越制，不知道的还以为您贪图冯招财的夜明珠呢。这件事不宜太过张扬。您看这样行吗，我打发人另做块牌子，您明天下午来取如何？"

那少音皱眉道："你不会跟本官玩儿什么猫儿腻吧？"

蔡守信笑道："小的是开店的，俗话说，跑了和尚跑不了庙。再者，我以后还指仗着您混饭吃呢，哪敢跟您玩儿猫儿腻。您放心，明天中午，您打发人来取就是。"

那少音道："倘若晚上牌子被盗，如何是好？"

蔡守信笑道："放心吧，今天晚上我派人守着。"

等把那少音送走后，蔡守信打发赵文轩与柴少武，重金前去加工两块同样的牌匾，今天晚上必须加工出来。随后，蔡守信哭丧着脸来到聚鑫斋门前，对伙计说："麻烦告诉你们老板，就说万宝堂掌柜蔡守信求见。"伙计眨巴眨巴眼睛，点点头，快步跑到后院，喊道："掌柜的，万宝堂蔡守信求见。掌柜的，蔡守信求见。"

潘五妹从厢房里出来，骂道："娘的，你叫魂那！"

冯招财躲在潘五妹后面，向伙计招招手。等伙计来到跟前，小声说："你对蔡守信说，爷我不在家，被王爷请去喝酒了。"

伙计问:"几王爷?"

冯招财瞪眼道:"你就说王爷就行。"

伙计表情复杂地点点头,转身回去了。冯招财得意地对潘五妹说:"怎么样,现在他蔡守信知道爷我的厉害了吧,来求情了吧?呸!晚了!爷就让他明白,敢惹爷我,没有好果子吃!"潘五妹扭头看看曾放夜明珠的柜面,骂道:"娘个八字的,让九斤带人把店砸了不就得了,非得用老娘的夜明珠去换牌子,你的脑袋被驴踢了!"

冯招财摇头说:"话是这么说,但道理却大不相同。现在,各行各界的,为得到这颗夜明珠,都在对付万宝堂的牌子,蔡守信已经知道火神老爷是热的了。再者说,夜明珠不就是块石头吗,以后九斤踩到好地儿,再给你弄大个儿的,咱晚上都不用掌灯。"

潘五妹叫道:"什么什么,你说是块石头?刘三礼说了,只有宫里有这么大的夜明珠,民间就没见到过,你去哪儿给老娘淘换去?"

冯招财见潘五妹两眼立睖起来,马上就要狮吼了,忙把水烟袋拾起来,点上,双手递给五妹,等五妹懒懒地躺下,赶紧地给她捏肩。潘五妹眯缝着眼,咕噜咕噜吸着水烟,嘴里含糊地说:"九斤再来,跟他说,别老弄些废铜烂铁,要挖,就挖个皇帝的墓。"

早晨,太阳在灰色的房顶上染了层淡淡的橘黄,空气里弥漫着股股淡淡的晨烟味儿。游街卖豆花的小贩,叫声格外悠扬。这时候,琉璃厂街上的店铺的门,陆续打开,有的伙计打着哈欠,揉着惺忪的眼睛,开始往门前摆放旧书、古玩。聚鑫斋的小伙计用袋子把东西提出来,哗啦倒在店门前,蹲在那里开始摆放。有个小媳妇经过,他停下手里的活儿,照量移动的绣花鞋,舔舔干燥的嘴唇,嘟哝道,哪个王八蛋的媳妇儿,脚裹得这么小。

几个陌生人抬着个巨大的东西,来到聚鑫斋门前,也不答话,直接就往店里抬。伙计叫道:"哎哎哎,你们干什么的,那是个啥行子?"

有个汉子小声说:"跟冯掌柜说,我们来卖东西。"

伙计梗梗脖子："我们店里从来只卖东西。马上搬出去！"

"你就说，我们把万宝堂的牌子带来了。"

伙计愣了愣，眨巴眨巴眼睛，问："啥，你说啥？"

汉子用手闷闷地敲敲用布蒙着的东西："万宝堂的牌匾。"

伙计用力点点头，拔腿向后院跑。没多大会儿，冯招财与潘五妹来到店里，瞅着横在店里的大家伙，吃惊道："真是万宝堂的牌子？"

汉子说："是不是，您看看就知道了。"说着把包裹的布拉开，用手敲了敲板面。冯招财见果然是万宝堂那块鎏金大牌匾，怕是假的，蛹动着身子跑出店门，抬头看去，发现万宝堂原来挂牌子的门面已经被红布蒙住，门前贴了张红纸。他回头对小伙计说："小子，去看看万宝堂门前贴的什么？"伙计点点头，不紧不慢地走着。冯招财骂道："你他娘的就不会快点儿。"伙计小跑着去了，瞅了几眼，小跑着回来，说："上面写着，店面装修，暂停营业。"

冯招财确信，店里这块牌子，确实是万宝堂的匾牌了，于是问："怎么弄到的？"

"我们是专门干这个的，很简单。"

"给我铺到店门前，我当地板用了。"

"夜明珠呢？"汉子把手伸得老长。

冯招财回头对潘五妹谄媚地点点头，五妹脸上泛出牙痛般的表情，不大情愿地去了后院。没多大会儿，她手里托着那个石头蛋子过来，放到柜台上。汉子抓起来，用衣襟遮着看了看荧光，点头说："给冯掌柜铺到门前。"

由于聚鑫斋门前铺了万宝堂的鎏金牌匾，来往的人都凑过来打量一番，然后回头去瞅万宝堂门脸上遮着的红布。冯招财看到围观的人表情复杂，心里感到无比的喜悦。刘三礼刘掌柜闻讯赶来，瞅着脚下的匾，嘴里就像唤小鸡似的啧啧着，不想被鎏金的字滑倒了，在牌子上打了两个滚，惹得围观的人哈哈大笑起来。刘掌柜爬起来，弹弹长衫，说："没想到这玩意儿贼滑溜。"进了店，刘掌柜用手弹几下胸襟，抖两下袖子，对冯招财拱手道："冯爷，祝贺您了。"

冯招财得意地说："瞅见没有，万宝堂都蒙上红布了。"

刘掌柜点头道："小的瞅见了，还写着装修呢。"

冯招财哼道："跟爷我较劲儿，你说你能有好果子吃吗？"

刘掌柜忙说："那是，那是。"

这时，他们听到门外传来喊声："让一下，让一下。"冯招财见外面挺吵，出门一看，顿时傻眼了。官府的班头带着差役，抬着块万宝堂的牌子，正往墙根儿上靠。牌子也是鎏金的，跟之前送来那块就像双胞胎。班头来到冯招财面前，把手伸得老长："冯掌柜，把夜明珠拿来。"

冯招财大惊，结巴道："什，什么夜明珠？"

班头说："你不是说要用夜明珠换万宝堂的牌子吗？"

冯招财忙说："我是说过，可我已经把牌子换来了，你没看到铺在地上。"

班头说："你那个是假的，我们这个才是真的。"

冯招财说："那你怎么证明是真的？"

人群中突然有人喊："冯掌柜，我来为他证明。"冯招财抬头看去，见是蔡守信，顿时傻眼了。蔡守信来到店前，用脚跺几下地上的牌子："这是假的。"敲敲倚在墙上的牌子，"这才是如假包换的真东西。"

冯招财急道："你，你。"

蔡守信笑着说："听说冯掌柜这么爱我店的牌匾，我就把他送给那大人了。"

班头冷笑道："冯掌柜，这次你知道我们送的是真东西了吧，拿珠子来，要是你想赖账，那对不起，以后你就不用在这条街上混了，聚鑫斋从此将不复存在。"

冯招财灵醒到自己中招了，见店前看热闹的人嘻嘻哈哈的，就像看猴似的。他对班头说："麻烦您回去跟那大人说，小的随后就给他老人家送去。"班头说："那好，我们就在府上等你了，要是你不去，可别怪我们不客气。"冯招财把门前围观的人轰走，回到后院，潘五妹上来就给他两个大嘴巴子,骂道:"猪脑子,被人家耍得就像个孙子,你赶紧把夜明珠给我弄回来,要不老娘跟你没完。"冯招财也不敢说什么,换上衣裳,转身就走。

潘五妹叫道:"站住,去哪儿?"

"我,我去见那少音,要不去他们就来抓我了。"

潘五妹恨道:"最好把你的猪头砍下来。"

冯招财见到那少音,哭天抹泪地诉说了自己被骗的事。那少音耷拉着眼皮说:"那个我不管,你作为商人,应该懂得以诚信为本,否则,你将怎么立足于此街。如果你拿不出夜明珠,这个对不起,我只能把你的店给没收了。不过呢,本官就看在我们多年交情的份儿上,体恤于你,你把夜明珠折成银两给我就行了。那么大的夜明珠,少说也得值万两,这样吧,你给我两千两银子,此事就过去了,否则只能查缴你的聚鑫斋。"

在回去的路上,冯招财无精打采的,有熟人跟他打招呼,他也没心情回应了。回到店里,他看看门前铺着的牌子,再看看墙上竖着的牌子,那脸就像刚死了至亲。潘五妹与刘三礼从店里出来,她上去就扭住冯招财的耳朵,把他扭得表情丰富:"你赶紧把我的夜明珠弄回来,要不老娘跟你没完。"

刘掌柜说:"五妹,事已至此,就算把冯爷杀掉也无益。不如这样,您前去跟蔡守信道个歉,然后把牌子卖给他,反正他们也需要牌子不是。"

冯招财苦着脸说:"三礼啊,你能帮我去说说吗?"

刘掌柜摇头说:"这事儿我说了白说。"

潘五妹说:"三礼,还是你去吧,他猪脑子能办成什么事儿?"

刘掌柜点头:"那我就去说说。"

就在这时,小伙计说:"哎哎哎,你们看?"大家回身看去,蔡守信正指挥着自家伙计摘门面上的布。那红绸像条红龙舞动着落到地上,"万宝堂"的匾牌依然在阳光下熠熠生辉。刘掌柜吧唧几下嘴,说:"这下不用去了,人家的牌子根本就没动地方。"

潘五妹看到这种情景,恨得又把冯招财的耳朵拧出几个花,叫道:"赶紧把这两块牌子给弄走,要是老娘我出来再看到,我就把你冯招财煮了下酒。"冯招财搓着耳朵,对伙计叫道:"瞅你娘个×,赶紧找斧头来,劈了当柴烧。"随后,冯招财去找那少音,对他说:"那大人,您送去的牌子是假的,人家万宝堂的牌子根本就没丢,还好好的呢。"

那少音瞪眼道:"混账,牌子是本官派人亲自去拿的,这还有假。再者,人家没有牌子就不能再做个挂上吗?你别跟本官玩儿什么花样儿,要是你三天内不把两千两银子送到府上,本官马上派人把你的店封了,把你全家关进死牢。"

冯招财损失了两千两银子,还在琉璃厂落下了个笑柄,被老婆潘五妹抽了十多巴掌,耳朵被扭得像染了洋红。他恨得咬牙切齿,心想我定要让万宝堂付出代价,让蔡守信知道老虎嘴里拔牙的后果。等小舅子潘九斤再来送货时,冯招财抹着眼泪说了被蔡守信戏弄的事,并让他立马带人抄了万宝堂。潘九斤怒道:"现在我还欠着兄弟们的银两呢,你却白白断送了两千两。不就是个万宝堂吗,用得着用夜明珠换吗,我直接抄了不就行了。"

潘五妹见冯招财低头耷拉脑的,怪可怜,说:"九斤,别数落他了。"

潘九斤叫道:"不数落他成,拿银子来,我回去给兄弟们发发。"

潘五妹咂舌道:"万宝堂搞得这么大,肯定有钱,去他手里弄去。"

潘九斤瞪眼道:"弄他不是容易的吗,可你想过没有,你刚刚与他发生了过节,现在就去弄他,谁都知道是我们干的,官府要是再插手,想摆平事情还得花银子。再者,兄弟们都在墓地干活儿,也腾不出手来。你最近要跟人家把关系搞好,到时我带兄弟抄了他的店,才不会落下嫌疑。"他朝地上啐了口,"娘的,猪脑子,怪不得让人家给骗了呢!"

二
鬼谷下山

客厅里摆着几件古铜色的家具，有方桌、条案、杌凳、坐墩、扶手椅，全是明代样式，看上去简练、质朴、典雅、大方，墙上挂有郑板桥的瘦竹、元朝王冕的梅花。蔡守信端坐于椅上，盯着茶几上那枚夜明珠发呆。这是枚鸡蛋大小的青色石头，看上去并无特别，只有到晚上，它才会用荧光体现自身的价值。

夜明珠古称"随珠"、"悬珠"、"垂棘"、"明月珠"，等等。据说早在史前炎帝时，已经出现过夜明珠了，如神农氏有石球之王号称"夜矿"。春秋战国时代有"悬黎"和"垂棘之璧"。秦始皇殉葬夜明珠，在陵墓中"以代膏烛"。武则天赐予玄宗玉龙子夜明珠。宋元明时，皇室尤喜夜明珠。

蔡守信伸手捻了下那颗珠子，它就像陀螺似地旋转起来，传出轻微的唰唰声音。这时，柴少武前来汇报说："冯掌柜前来拜访。"蔡守信伸手握住那枚正转得欢的珠子，意味深长地点点头，说："给这枚珠子配上锦盒。"说着把珠子递给柴少武，倒背着手来到了店铺，见冯招财正在看店中摆放的那件巨大的唐三彩陶马。这是尊大型的唐三彩陶马,气宇轩昂,看上去极有个性,有情调,有姿态。它线条流畅,骨肉均匀,神完气足,加上斑斓绚丽的彩釉,看上去极为不同凡响。万宝堂开店后,蔡守信发现别的店里都有镇店之宝,有的在店中或摆巨型砚台,或摆放硕大的玉雕件,或在影壁墙挂幅珍贵的古画,借以彰显店的实力,于是他就把家藏的这匹唐三彩陶马运来,摆在店里。

冯招财扭头看到蔡守信后,马上点头哈腰,赔着笑脸施礼道:"蔡掌柜,您大人不记小人过。现在想来,小的肚量太小了,其实就是您店里的牌大点儿,这又不碍我啥事儿,我却莫名其妙地跟您较上劲儿了,真是太不该了。"说着从兜里掏出个掐丝法琅的鼻烟壶,放到柜台上,"这是件小玩意儿,请您笑纳。"

鼻烟壶是盛鼻烟的容器,小可手握,便于携带。这东西是在明末清初传入中国的,多采用瓷、铜、象牙、玉石、玛瑙、琥珀等材质。蔡守信拿起鼻烟壶来,心里在想,他冯招财花两千两银子买了堆劈柴,按说应在家里咬牙切齿,怎么跑到这里赔礼道歉来了?难道,他已经知道此店有皇宫背景?随后感到不可能,因为那少音都不知道,他冯招财哪会知晓。蔡守信感到有必要摸清冯招财的真实目的,于是笑着说:"冯掌柜您太客气了,实在受之有愧。"

"就是件小玩意儿,您不要说明您还没有原谅我。"

"那恭敬不如从命,我就收下了。"

蔡守信把冯招财领到客厅,问冯招财喝什么茶。冯招财笑着说:"我喝茶喝不出孬好来。"蔡守信说:"既然这样,我给你推荐喝点儿太平猴魁茶吧。这款茶并非人采,而是猴子采的茶。不过,猴子洗没洗手我就不知道了。"

"猴子采的茶?"冯招财惊异道,"猴子也能采茶,那我得尝尝。"

在接下来的交谈中,冯招财显得彬彬有礼,谦虚之极,还频频表白,以后店里来了货,让万宝堂先挑,并给他最低的价……告辞时,冯招财频频回头施礼:"蔡掌柜不用送了,抽空小的专门设宴向您谢罪。"蔡守信站在店门前，看着冯招财肥硕的背影跨过街道，钻进聚鑫斋里，心里在想，他冯招财是不是中邪了，为何把自己低调成夹着尾巴的小狗，还送了价值不菲的鼻烟壶？柴少武凑过来，说："蔡叔，他冯招财终于服软了吧。"

蔡守信说："马上把赵师傅、高师傅叫到后堂，商量件事。"

在会上，蔡守信把那个珐琅彩的鼻烟壶放到茶几上，说了说冯招财拜访的事。赵文轩摇头道："俗话说，黄鼠狼给鸡拜年没安好心。他突然这么客气，肯定有阴谋。"高志光伸手拿起来那件鼻烟壶，眯着眼睛道："康熙年间的珍品，瞧这做工，瞧这包浆，啧，好东西！"

"志光，先别摆弄那个，说说你的意见。"

"刚才你们说什么？"

蔡守信脸色沉下来。赵文轩马上把刚才说的事重复了，高志光点头说："这有什么大惊小怪的，他收购咱们的牌子，上当受骗，因此知道咱们不好惹，于是前来凑近乎。对这样的小人来说，欺软怕硬是他们的本色，没什么特别的。"

蔡守信坚信，像冯招财这种货色的人，不赚便宜就感到吃了大亏，是不会轻易服软的。他预感到，冯招财正在策划对付万宝堂，至于什么样的计划不知道，但肯定是有阴谋。蔡守信说："这件事不能掉以轻心，特别是少武，要加强看护宅院，别让冯招财有机可乘。"这时，店里的伙计进来，说有个陌生人让来传话，后堂有事相商。

"好的，我知道了。"蔡守信站起来点头说。

"后堂"这个说法，是内务府总管庆宽定的暗号，到时派人来说后堂有事，就是说庆宽找他有事。这样的说法，不至于引起大家的怀疑。

赵文轩问："后堂，有什么事？"

蔡守信说："后堂是个朋友，当年他去南方买瓷儿认识的。"

随后，蔡守信拿上刚从冯招财手中骗来的夜明珠，走到琉璃厂外的大街上，租了辆马车奔向皇宫见庆宽。庆宽生于清道光二十八年，早年就读于北京翠微山东之灵光寺，受教于法华大师。他幼即习画，初学山东画家袁瑞寿，又从戴醇士学习山水，最后向河南王丹麓学花卉，在绘画上，他的水墨设色很有成就。由于庆宽工书善画,供职于醇亲王府,从事书法和绘画,很受醇亲王的器重。庆宽由醇亲王府进入清宫内务府,历任内郎、堂郎中、晋三院卿,得到了慈禧的看重,当上了内务府总管,掌管皇家之衣、食、住、行、祭祀、朝贺礼仪、皇子公主事务、宫内筵宴、宫内及圆明园等。

蔡守信见到庆宽后,把夜明珠献上:"大人,这是下官淘换的一件夜明珠。"

庆宽把锦盒打开,发现个头够大,品相极佳,微微点头道:"老佛爷昨儿打牌时还问本官,宫中流失之宝查得怎么样了,本官无法回答,如今献上这个玩意儿,也能应付几下。不过守信你得抓紧了,时间长了,如果没有成效,老佛爷会怪罪的。"

蔡守信为难地说:"万宝堂是家新店,我等又是生脸儿,没有信誉与口碑,大家肯定不会把好东西送来过眼。下官在想,我们应该尽快让大家知道万宝堂的实力,只有这样,他们才会把东西拿来,才能查到宫中流失的宝物。"

庆宽点点头,问:"那你的想法是?"

蔡守信说:"您能不能派人带着几件宫里的至宝到琉璃厂兜售,要求天价,必然会引起商家关注,这时候万宝堂趁机收了,足以证明万宝堂的实力。相信此后,持有宫中流失之宝的商户便会到店里走动,然后我们再根据情况收缴。"

庆宽想了想,说:"办法倒是可行,不过把宫中的珍玩带出去,稍有不慎,如有遗失,我们责任大了!"沉吟一下又道:"这个,这个。那好吧,本官就派人带着一件鬼谷下山,一对乾隆爷时代的粉彩镂空瓷瓶,租用古宝斋的店面展出,你三天内完成交易。"

"古宝斋是?"蔡守信以为是另一家官店外设。

"噢,是这样的,古宝斋的石运达是地方某官员的堂弟。上次他到京办事,曾到府上小坐,拜托我给予照顾。咱们对他知根知底的,把宝贝放他那儿展出,可以降低风险。"

在琉璃厂这条街上，大家背地里聊起刘三礼来，说得好听的是冯招财的尾巴、耳朵，说得不好听的是狼狈为奸的狈，是哈巴狗。刘三礼对冯招财言从计听，路人皆知的目的是奔着潘九斤铲地皮得的宝贝去的，但大家做梦都不会想到是，火柴棍似的刘三礼，竟然暗恋着冯招财肥硕的老婆。

潘五妹是个大号的女人，不只身材高大腰粗臀圆，两乳也是硕大无比，脚也是天足，从没有缠过。她还嗓门大，说话粗，脾气大大咧咧，大手大脚。按说除了胸前的丰满外，其余的"大"加到女人身上，真不敢恭维，但是，瘦得像伞把似的文文绉绉的刘三礼，却被她的"大"折服了，因此把三宝斋的生意扔给伙计，每天多半时间都泡在聚鑫斋里。这当儿，刘掌柜就坐在冯招财卧室里的椅子上，目光不时掠过摆在床前的两个船样的绣花鞋上。

潘五妹横在炕上，咕噜咕噜吸着水烟袋。冯招财用手捏着她的小腿，说："九斤说了，等把眼前的几个坟子掏了就来对付蔡守信，用不了多久，这条街上就没有万宝堂了。"

"冯爷，小的感到蔡守信好像并不简单，万万不能掉以轻心。"

"你看你，怎么就知道灭自己的威风，长人家的志气呢。"

潘五妹"啵"地把烟嘴拔出，瞪眼道："冯招财你这头猪。当初三礼就说让九斤对付万宝堂，你非拿老娘的珠子去换牌匾，结果珠子没了，还买了堆高价劈柴，变成了笑话。要是这次，你再给老娘丢脸，老娘就用斧头把你劈了。"

"放心吧，到时候让九斤多带几个兄弟回来。"

"冯爷，你可不能再惹五妹生气了，生气对身子不好。"

潘五妹说："他冯招财没安好心，是存心想把我气死，好娶个小的。冯招财你就死了这条心吧，只要老娘活着，你就别想了。"

冯招财说："三礼，没事回去吧。"

刘掌柜站起来，目光从潘五妹身上掠过，说："那我回了。"

刘三礼在回去的路上，听说古宝斋摆出了几件宝贝，是名贵的鬼谷下山瓷罐，还有对乾隆粉彩镂空瓷瓶，便直接奔了古宝斋。

"鬼谷下山"的故事出自《战国策》。故事说战国时期，燕国和齐国交战，为齐国效命的孙膑为敌方所擒，师父鬼谷子率领众人一行下山前往营救。元代青花人物罐"鬼谷下山"描绘的就是鬼谷子下山的情景。这个罐子高 27.5 厘米，径宽 33 厘米，素底厚圈足，肩丰圆，短直颈，唇口稍厚，器腹以浓艳的钴蓝釉通体描绘。一行至溪涧板桥的清道者，乘坐在辔以虎豹的双轮车上，前有两步行兵卒，后有一少年将军骑马配弓，右手摇一绣有"鬼谷"二字的旌旗，隔着嶔崎山石，一位着宋代朝服朝冠的文官骑马回首顾盼，左手持笏，神韵生动，画意流畅。罐颈部绘饰波浪纹，肩上则为缠枝牡丹纹，罐身近底处绘内含吉祥纹的莲瓣纹。

乾隆粉彩镂空瓷瓶，清代乾隆时期的官窑产品，花瓶高 40 厘米，黄色喇叭口，双层瓶胆结构，透过镂空外胆的洞眼儿可以隐约看到内胆。瓶身外壁绘有中国传统吉祥物鲤鱼，底部印有"大清乾隆"字样。这瓶，行里人一打眼就知道是宫里的藏品，市面上极难碰到。

刘掌柜来到古宝斋，见有几个掌柜正围着看那几件宝贝，他掏出放大镜来凑上去，但由于隔着玻璃罩子，也没法细看。刘掌柜终于又找到回聚鑫斋的理由了，把放大镜插进袖里，匆匆去了。他折回到聚鑫斋，见潘五妹正在院里撅着屁股洗头，就凑过去说："我帮忙给你换水。"潘五妹从胯下看到刘掌柜，说："这么快回来，有事？"

"街上出现了几件宫里流出来的东西，我想让冯爷去看看。"

"正在睡觉，去把他叫醒。"

"不忙，不忙，我先给你换水。"

刘掌柜就像猴似地蹲在那里，看到了潘五妹领下的浮白与丰满，心里嘭嘭直跳，身体微微有些颤抖，他紧紧地抿着嘴唇，压抑着蓬勃的冲动。刘掌柜扭头看看厢房，听到冯招财那响亮的呼噜声，真盼着他永远也不要醒过来，盼着他突然暴死。潘五妹就在刘掌柜的心猿意马下，把头洗了，擦去水分，两只脚嘭嘭敲着地板，来到卧室里，伸手拍在冯招财屁股上，就像放了个火鞭："起来，刘三礼有事找你。"

冯招财问："什么事，不刚走了吗？"

潘五妹说:"说是街上见到几件宫里流出来的宝贝,让你去看看。"

冯招财赶忙爬起来,眼睛瞪得老大:"在哪里?在哪里?"

潘五妹身后的刘三礼说:"冯爷,东西就在古宝斋。这可是市面上很难见到的东西,咱们买不起,去看看也是福气。"

冯招财把脚套进鞋里:"什么宝贝?"

刘三礼说:"一个罕见的鬼谷下山瓷罐,一对乾隆粉彩镂空瓷瓶。"

冯招财说:"我以为什么宝贝,不就几个瓶瓶罐罐吗。"

刘三礼说:"冯爷,话可不是这么说的,宫中的瓶瓶罐罐,一般出自名窑,件件精品,再者,都是皇上皇后们把玩过的。"

冯招财听说是皇上皇后们把玩过的,感兴趣了,说:"那去瞅一眼。"

潘五妹说:"既然是罕见的东西,老娘也去瞅一眼。"

随后,他们三人向古宝斋走去,路上,刘三礼津津有味地给潘五妹讲有关鬼谷下山的故事。潘五妹头上的桂花油味,随风袭来,刘三礼的心情就像初春的枝条,都想立马吐出骨朵来……古宝斋的掌柜石运达是安徽泾县人,原做文房四宝,后来发现倒腾古玩挺赚钱,于是开了家店,取名古宝斋,专门买卖古玩。由于他的堂哥在地方上当大官,京城里熟人多,因此,石运达与那少音的关系非常铁。

冯招财他们来到店里,刘三礼发现宝贝撤了,问伙计:"宝贝呢?"

伙计说:"刚被万宝堂买走了。"

刘三礼愣了愣,问:"多少银子?"

伙计说:"不知道。"

由于石运达平时也从聚鑫斋拿货,冯招财与他算是有交情,于是顺便拜访了石运达,这才知道,蔡守信花了三万两白银把东西全买走了。冯招财感到有些遗憾,心里是极不平衡的,问:"那些百年老店为何不收,还有,石掌柜为何不收下?"

石运达摇摇头说:"百年老店为何不收?这可是宫里流出来的东西,要是被官府知道,不只财物两失,还会坐大牢的。别说三万两银子,就是白送我,我也不敢要。"

刘三礼问:"那他蔡守信就不怕这个?"

石运达说:"蔡守信初来乍到,还不知道行里水深。"

他们回到聚鑫斋,潘五妹便催促冯招财,让他马上通知潘九斤带人回来,把万宝堂给劫了,把那几件东西弄来。冯招财摇头说:"用你说,我早就想过了,可是九斤正在山西一带寻找古墓群,等把他叫回来,怕是宝贝早就没影儿了。"

刘三礼的目光掠过潘五妹丰硕的胸脯,盯到冯招财脸上,说:"冯爷,虽然来不及劫宝,但您有机会可以报一箭之仇。"

冯招财问:"怎么报?"

刘三礼看着潘五妹那胖嘟嘟的脸:"只要去跟那少音说,蔡守信买了几件宫中流出的宝贝,相信那少音肯定立马找上门去,那么蔡守信必然财物两空。"

冯招财惊喜道:"对啊对啊,我咋没想到。我现在就去。"

等冯招财换了件衣裳走后,刘三礼含情脉脉地看着潘五妹,问:"五妹,你抽烟吗,我给你点上?"

潘五妹说:"不抽。"

刘三礼问:"走这一路,累了吧,我给你捏捏腿?"

潘五妹说:"刘三礼,你比冯招财大,俺得喊你大伯哩。"

刘三礼感到脸腾腾地起火,吧唧几下嘴说:"咱们又不是外人。"

潘五妹说:"时候不早了,回去吧。"

刘三礼站起来:"那我不等冯爷回来了?"

潘五妹说:"不用等了。"

刘三礼再也没有理由待下去了,神情落寞地离去。路上,他不时回头看看聚鑫斋,脑海里映出潘五妹的神情,还有她脖下的那抹乳白,心里充满了惆怅。回到店里,他躺在铺上用想象闪回了潘五妹叉开双脚洗头的样子,深深地叹口气,来到墙角的供桌前,分出三炷香点了,双手执着,闭上眼,嘴里念念有词,然后插进香炉里,跪在地上磕了几个响头……

对于从宫中借出来的宝贝，蔡守信心里是明白，有多少人做梦都会来偷来抢，他自然不会放在店里过夜。当他拿回来后，立马就让内务府的侍卫带走了。现在店里摆着的三件东西，是仿品。这几件高仿的玩意儿，是他与庆宽计划好后，回来打发高志光去淘换的。由于仿得可以以假乱真，是花了五十两银子抱回来的。如今，这几件仿品就摆在店里的柜台上，罩着层玻璃。他相信，隔着玻璃，是没有人能够认出是仿品的。

由于万宝堂买了三件罕见的宝贝摆在店里，店里来的人多了，都围着那个玻璃罩子指指点点，小声叽喳着。蔡守信感到效果已经见效了，相信很快就会有人拿着宫中流失的宝贝前来出售。回到客厅，蔡守信泡了杯猴魁茶，慢慢地呷着，用无名指轻轻地敲着杯体，由于戴着戒指，发出了清脆的"恰恰恰"的声音。他把杯子放下，看了看左手无名指上的戒指，转了几圈，轻轻地叹了口气。

这枚戒指，常把他带到时间深处，勾起他无限的思念。

蔡守信的女儿荧荧五岁时，妻子有病去世了。妻子闭眼前说："我走之后，你再找个人吧，只要对荧荧好就行。"妻子去世后，他重新给她打了新的戒指耳环，然后把她平时常戴的留下，拿到金行重新做了个戒指戴上，再也没有摘下来过，也没有再娶。

在蔡守信当督窑官时，窑厂筛土的刘师傅找到他，说有个富人家要娶他女儿为妾，强扔下几匹绫几两银子，订下抬人的日子，女儿要上吊自杀。蔡守信出面，说姑娘刘婉芝是他的义女，那富人家才不敢强娶了。刘婉芝并不想做蔡守信的女儿，常到家里帮他照顾荧荧，蔡守信看出刘婉芝的意图后，把她介绍给自己的侍卫柴少武。因为柴少武对他忠心耿耿，还曾救过他的命，为人十分正直。从此，他就对外人说，他有两个女儿。

正当蔡守信用回忆重温妻子的温柔时，柜台上的伙计前来说，那少音带着两个差役来了。蔡守信点点头，说："让他们进来。"当那少音来到客厅，蔡守信忙站起来说："那大人，什么风把您给吹来了，快快请坐。"

那少音并没有坐，表情非常深刻，非常严肃，说："蔡掌柜，事情紧急，关系重大，我看在咱们之前的交情上，来跟你透个风。"

蔡守信吃惊道:"什么事这么严重?"

那少音神秘地说:"听说你收了几件宫中流出之物,还放在店里供人参观。这不,有人举报你偷窃宫中藏宝,这下事情闹大发了。"

蔡守信说:"并非偷来,是我花三万两银子买来的。"

那少音说:"就是买卖宫中藏品,按照大清律也是要杀头的。"

蔡守信故作慌张:"这么严重啊,我当初并不知道是宫中流失之物。"

那少音嘲嘲牙花子,装出痛心疾首的样子:"守信啊,要不我说你道业浅呢。本官在这里当了十多年官了,古玩行里的水有多深,本官明镜似的。"

蔡守信说:"那,那我现在把东西收起来成吗?"

那少音摇头说:"已经闹大发了,上面都知道了,收起来也掩盖不住你买卖宫中宝贝的事实。为了对你进行保护,我必须要把东西带走,否则,本官也没法向上面交代了。"

蔡守信想了想说:"如果您现在把东西带走,会影响我店的声誉。您看这样行吗,这几件东西,我晚上给您送去,您也没必要上交,留着把玩得了。我们明天弄套仿品摆上,就充个样子。要是上边问起您来,您就说我店里摆的是仿品。当然了,您可不能对外面说是仿品,要说我们摆的是仿品,等于欺骗大家,以后就没法做生意了。"

那少音欣喜若狂,把拳头顶到鼻头上用力点头:"好,这样最好。"

蔡守信说:"您也知道,这几件东西是我们花三万两买来的,这可不是个小数。我们可以把东西送给您,但您从今以后,必须保证我们店的安全。"

那少音说:"那当然了,从今以后谁敢动你,就是动我。"

蔡守信说:"我们初来乍到,人生地不熟的,自从开业以来,冯招财不停地闹事,这让我们很是担心。因为在下听说,冯招财的小舅子是铲地皮的,有帮子人。在下担心的是,他们会暗里报复我们。您如果能够保证我们万宝堂的安全呢,就给我们写个证明。"

那少音心中装着那三件宝贝,也没有多想,当即让拿文房四宝来,写道:"万宝堂之安危,本官全权负责,如果闪失,本官赔偿……"那少音把带来的两人留下,让他们盯紧店里摆着的东西,以防被蔡守信给换了。

面对这种情况，蔡守信没有办法，只得让高志光再去淘换仿品，等那少音把东西拿走之后，再摆到上面充充样子。高志光刚离开，柴少武来到客厅，说："掌柜的，有个五十多岁的男子，说想让您看件东西。"

"快快有请。"蔡守信明白，万宝堂花重金买下这三件东西，大大地刺激了藏有宫中流出之宝的人，他们已经耐不住了。毕竟，私藏宫中之宝，是极有风险的。一旦事发，可能招来大祸。这时，柴少武领着位陌生男子进来。那人看上去五十多岁，穿着长衫，表情和善。汉子看到蔡守信后，施礼道："蔡掌柜，久仰大名。"

蔡守信还礼道："请坐。"

汉子从兜里掏出件鼻烟壶来，递上去："请蔡掌柜给过过眼。"

蔡守信接过来，仔细端详着，发现是件康熙年间清宫造办处制造的珐琅鼻烟壶，非常精致，但是否是宫中流出，这就不好说了。造办处给皇家造东西，都会顺便多造几件私藏。再者说了，据说八国联军抢了宫中的物件，只会把不容易带走的大东西卖掉，小玩意儿是不会卖的。随后蔡守信考虑到，也许他只是用个小件探探路子，大件的珍品还没有拿出，便说："东西是好东西，如果您同意的话，我们五十两银子收下，不同意您收起来。"

汉子忙点头道："蔡掌柜，您说多少就多少，在下信得过您。"

两人聊了些有关文玩的话题，十分投机。汉子告辞时，看看四周，小声说："在下还有几件大的物件，不方便带在身上，如果您看得上，在下就拿来让您给掌掌眼。"

蔡守信心里一动，说："让别人开过眼吗？"

汉子点头："说实话，别人瞅过，但买不起。"

蔡守信说："您放心就是，只要是好东西，不怕要价高。这样吧，您也不必带着东跑西颠的，这个在路上有危险。哪天您方便时过来，带我过去看一眼，如果是好东西，我会付上定金派人过来拿。"

汉子忙施礼道："蔡掌柜想得很周到。不过哪能让您跑呢，我还是带着东西上门讨教吧。您放心就是，不是好东西在下也不会让您过眼。那，在下先告辞，后会有期。"

等汉子出门后，蔡守信马上派人跟梢，争取找到汉子的住址，然后再酌情处理。比如直接向庆宽大人报告，或者按收购价买下。伙计们跟着那汉子七拐八拐，见他来到个大门楼前，四处张望一番，然后溜进了门。他们把地址记下来，匆匆回到万宝堂。

蔡守信听到伙计汇报的门楼，不由愣住了。

门楼往往是贫富的象征，权势的体现，直接地反映了主人的社会地位。比如大官吏多数居住在胡同的北半部，门楼在主房的东南，采用广亮门或金柱门，而这家的门楼就是如此。蔡守信分析，这个门楼的主人并不是寻常人家，极有可能是朝中权贵。面对这种情况，蔡守信感到不好办了。他相信，老佛爷西逃后，不只洋鬼子到宫中抢劫，极有可能留守的某些王爷与大臣也会浑水摸鱼，往外倒腾东西。如今，他们感到私藏宫中之物，是非常危险的，听到万宝堂高价收购，于是想卖掉。

蔡守信针对这个情况，带上买来的鼻烟壶，去拜访了内务府总管庆宽。庆宽把鼻烟壶接过来看了看，说："确实是宫中流出之物。"当他听蔡守信报出胡同与门楼时，打了个激灵，忙说："守信啊，这个情况有些复杂，不能采取常规办法。"

蔡守信问："难道是？"

庆宽说："打住，打住，不要说出来。这种情况，非常的复杂。这样吧，他们肯定急于想把手中的东西出手，你尽可把价压低，能收购的收上来，不过，万万不可追查是何人家，以防惹来不必要的麻烦。"

蔡守信点头说："属下明白了。"

庆宽说："再遇到这种事情千万别私自采取行动，一定要提前汇报。"

蔡守信后来才知道，那个府里住的是个王爷，曾在老佛爷西逃时受命留守京城。看来，他在留守期间浑水摸鱼，把很多东西都给倒腾到家里了。等那汉子带着物件来时，蔡守信热情地把他让到客厅，看了看东西，说："东西都是真的，不过说实话，这样的东西一般人是不敢收的。我们收上来，必须马上藏起来，并且摆上仿品，以备来查。"

汉子点头说:"蔡掌柜,你说的我都能理解。"

蔡守信说:"这种东西因为有风险,我们不可能给市面上的价。"

汉子点头说:"请蔡掌柜给出个价吧。"

蔡守信报出低于市面上的价半价的数,那汉子犹豫过后,还是点头说:"留下吧。"让蔡守信没想到的是,那汉子没过几天又来送东西,并且有几十件,临走时还说,过几天再过来送几件。蔡守信已经把内务府拨来的资金全花完了,便去向庆宽汇报。庆宽感到资金流向太大,便对蔡守信说:"这样吧,你把收到的东西卖给别人,然后把买家告诉我就行了。"蔡守信心中暗惊,他知道庆宽大人的想法,便问:"这样合适吗?"

庆宽笑道:"这样即得到了东西,还完成了老佛爷交给的任务,还能从中赚到不菲的钱,我们何乐而不为呢。放心吧守信,时机成熟,我定向老佛爷举荐。啊,对啦,江南织造年龄好像不小了,现在呢,办事越来越不利索了。守信啊,你明白本官的意思吗?"

蔡守信点头说:"属下明白,属下回去就想办法。"

庆宽说:"守信啊,没别的事你就回去吧。"

蔡守信回到万宝堂,看到有位汉子盯着万宝堂的东西很专注,便感到有些奇怪。那汉子身材高大,留着络腮胡子,一身短衣,一看就是武架子。蔡守信走到汉子跟前:"我是万宝堂的掌柜,请问您有什么需要吗?"那汉子摇摇头,转身走去。蔡守信来到路边的地摊前,问摊主:"刚才站这儿的人是谁?"

摊主说:"冯掌柜的小舅子潘九斤。"

三
流出之宝

本来冯招财认为,那少音得知蔡守信把"鬼谷下山"买去后,会马上派人去收缴,让蔡守信产生巨大的损失。让他没想到的是不但那几件东西还在店里,那少音还黑乎着脸对他说,你店里的东西怎么来的你不知道吗?不就是你小舅子铲地皮挖人祖坟得来的。律法历来都有规定,盗挖祖坟,极刑。本官没有动你们就格外开恩了,警告你,绝不能动万宝堂,否则本官就会派兵把你们全家打入死牢。

潘九斤听了冯招财的诉苦,冷笑道:"既然蔡守信如此有钱,还收有很多宫里流出来的宝贝,我们把他劫了拿到上海卖掉,再不回琉璃厂了,他那少音去哪里抓咱们!"

刘三礼看看潘五妹,想到他们跑去上海,就再也见不着她了,于是说:"九斤,街上都说冯爷汗毛孔都是空心的,三个鬼都玩儿不了他,最终还是被人家耍得猴儿似的,可见蔡守信有多么狡猾。他能把钱与宝贝摆到面上让你去拿吗?这件事,应该从长计议。"

潘五妹说:"废啥话,今天晚上就去把他劫了!"

潘九斤嘞了下牙花子,说:"今天晚上不行。"

潘五妹瞪眼道:"刚才发的芽子吱吱的,咋又不行了?"

潘九斤说:"这次就带了两个兄弟。"

潘五妹撇嘴道:"那还在这里吹啥牛皮?"

潘九斤说:"下次,我带二十个兄弟回来。"

潘五妹说:"你们这些人真没劲!"说完打个哈欠,去睡觉了。

早晨,冯招财在送潘九斤走时千嘱咐万交代,让他下次要多带兄弟,一定要把蔡守信整趴下。潘九斤拍得胸脯"通通"响:"下次我带三十人来!"送走潘九斤,冯招财想回去睡个回笼觉,刚走进厢房,听到伙计叫唤:"掌柜的,蔡掌柜来了。"潘九斤打个激灵,心想他来干什么?他来到客厅,蔡守信指指放在茶几上的东西,说:"这是老家人捎来的九江茶饼,据说这种饼起源于宋代,八仙吕洞宾在庐山修道成仙时,招待各路仙人特制茶点。诗人苏东坡曾赋诗誉:'小饼如嚼月,中有酥和饴。'我特拿来让您尝尝。"

"哎呀呀,蔡掌柜您太客气了。"

"说心里话,万宝堂的生意这么好,我得感谢您。"

"蔡掌柜,您这话是什么意思?"

蔡守信笑道:"冯掌柜您想啊,当初如果不是您购买我店的牌子,也没有人知道万宝堂,您这一收购,古玩界的人都知道有个万宝堂了,于是生意就好起来了。"

冯招财拉下脸说:"蔡老板,您今天是带着风来的?"

蔡守信摇手说:"不不不,我今天是带着财来的。"

冯招财问:"什么财?"

蔡守信说:"万宝堂为了收购更多的文玩珍品,向银庄借了不少银子,现在到期了,人家催着要,实在没有办法了,我想把收来的部分珍品卖掉。由于这些珍品很多都是从宫中流出来的,不能公开销售,我想让您联系想购买的商家。当然了,也不会让您白联系,我会给您提成的,不知您意下如何？"

冯招财惊异地问："蔡掌柜，为什么您会想到我？"

蔡守信说："您也知道，我们是初来乍到，平时跟别的商铺来往较少。再者，很多商家都从您店里拿货，您跟他们熟。"

冯招财想了想，说："让我考虑考虑再给你答复行吗？"

蔡守信说："那好，我等您的信儿。"

送走蔡守信，冯招财就像丈二和尚，摸不到头脑了。他回到厢房，把正打着呼噜的潘五妹晃醒，说了蔡守信的来意。潘五妹眼睛都没睁，含糊地说了句："鬼才信呢。"说完，翻过身去，又打起呼噜来。冯招财想，既然他蔡守信急等着用钱，想卖掉自己手中的货，明天可能会展示很多宫中流失的宝贝，如果官府前去查抄，蔡守信不但还不了银庄的钱，还因此会破产，并有可能坐牢。随后又考虑到那少爷现在与蔡守信关系好，报也白报。

冯招财打发伙计去把刘掌柜叫来，跟他说了说蔡守信的意思。刘掌柜分析道："这段时间您虽然表面上与蔡守信修好，可能蔡守信信以为真了。也许他认为你们已经冰释前嫌，已然成为好友。再者，蔡守信很少与别的掌柜有来往，而您在这条街上德高望重，很多商家都从您这里拿货去卖，他来求您帮忙，也在情理之中。"

"问题是他把宝贝都卖了，九斤不白带人回来了？"

"你看冯爷您，我们抢来宝贝还不得卖，直接抢钱多好。"

"可我听蔡守信说，卖了钱要还钱庄。"

"冯爷您要明白，历来哭穷都是富人家做的事。"

冯招财点头道："既然这样，我现在就去跟蔡守信说，帮他这个忙。你呢，去给各位掌柜下个通知，让他们明天早饭后过来挑选宝贝。对了，就说这批宝贝非常便宜。"随后，冯招财来到万宝堂，对蔡守信说，已经派人去下通知了，明天都过来看货。

晚上，冯招财跟潘五妹说了说帮蔡守信卖东西的事情，潘五妹扭住他的耳朵就转花："娘的，他蔡守信都把咱们踩进泥里了，你还帮他卖货。"

冯招财把耳朵择出来，说："这等于蔡守信替咱们卖的，要不，九斤带人抢过宝贝来，还得麻烦去卖。"

潘五妹想了想，点头说："说得也是。"

早晨，冯招财还没醒呢，刘三礼就敲得窗子当当响，喊道："冯爷，人都来了。"冯招财赶紧起床，来到客厅，见里面挤着十多个掌柜。石运达问："冯掌柜，宝贝呢，拿出来吧。"冯招财打个哈欠说："各位掌柜，东西不是我的，是蔡守信让我把大家招集起来，说他现在急着用钱，想把平时收来的宫中流出之物卖掉。大家去了，尽管往骨头里砍价，反正他蔡守信急着用钱，是咬不住价的。"

石运达说："宫中流出的物件，我不敢买。"

冯招财说："不买去开开眼不成吗，那可是皇帝皇后摸过的东西！"

石运达点头说："那我们就去看看。"

随后，冯招财带着大家，向万宝堂走去。

在昨天晚上，蔡守信就让伙计们把客厅腾出来，摆上架子，铺上绒布，把收来的宝贝都摆上了，把名贵的古字画都挂到墙上。蔡守信听说冯招财他们来了，于是赶忙出去迎接。柴少武给每个人发了副手套，发了棉布的脚套，然后把他们领到客厅。大家走进客厅，顿时目瞪口呆，有人情不自禁地发出"啊"的一声。

这批宝贝里有鼎彝、远古玉器、唐宋元明各代的书法名画、宋元陶瓷、珐琅、漆器、金银器、竹木牙角匏、金铜宗教造像，以及大量的帝后妃嫔服饰、衣料和家具等。真可谓金翠珠玉，奇珍异宝，无不尽有。除此之外，还有大量图书典籍、文献档案等极为珍贵的作品。每件东西下面，都有个小牌儿，写着品名，以及价格。

蔡守信说："请大家仔细辨认，如果不想买的物件，请不要触摸。"

大家看到各件东西，价格低于市面上的价很多，就连向来不问宫中流出之宝的石运达，也抢购了三件。带着银票的掌柜，立马就买下，没有银票的掌柜，交上定金，跑着回去弄钱了。还有两个同时相中一件物品的，争得脸红脖子粗。刘掌柜看中了一件元代王蒙的山水画，由于没有带钱，生怕被别人抢走了，把扳指撸下来当定金，转身就跑。

冯招财没想到会是这种情况，他也心动了，说："蔡掌柜，您给我也挑一件。"

蔡守信说："冯掌柜你就不必凑这个热闹，事过之后，我赠你一件。"

冯招财问："也是从宫中流出来的？"

蔡守信点头说："当然，要送自然就送最好的。"

冯招财点头说："太感谢您了。"

没过中午，展出的东西全部卖出，还有些闻讯赶来的掌柜，蔡守信让他们到店里选些别的东西，结果店面上的成交额，也高于平时两倍。蔡守信把冯招财领到店面上，让伙计把展示的那件"鬼谷下山"罐子拿出来，送给了冯招财，说："感谢冯掌柜的帮助。"

冯招财抱着罐子，吃惊地问："是真的吗？"

蔡守信说："我们买来就在这里摆着，你是知道的。"

冯招财有点儿不相信自己的眼睛，他小心地抱着罐子，想回去找刘掌柜给看看。路上，他脑子里闪回着那大把的银票，心想，要是潘九斤今天带兄弟来，晚上把万宝堂给劫了，以后就再也不用干别的了，每天忙着花钱就行了。过街的时候，有个小伙子猛地撞到冯招财身上，冯招财手里的罐子掉在地上摔碎了，他看看自己的手，再看看地上的碎片，抬头去找撞他的人，那小伙子已经跑老远了，他喊了几声，追了几步，但他胖得就像酒桶，哪跑得起来。

冯招财回到那摊碎片片面前，见摔得太狠了，已经没有修复的必要了，便大骂几声，转身要走。回头见几个人在那里捡碎片，又折回去把大点儿的碎片用脚踩了。冯招财感到郁闷，回到店里，打发伙计去叫刘掌柜过来。伙计回来说："刘掌柜有事过不来。"冯招财气呼呼地来到刘掌柜的三宝斋，见刘掌柜正对着墙上的画发呆，便气呼呼地拍拍他的头："刘三礼你行啊，爷叫你过去你不去，在这里瞅画。"

刘三礼忙站起来："我正想临这张画呢。"

冯招财说:"爷我问你,在我临走时,蔡守信从店里把那件鬼谷下山送给我了,你认为是真的吗?我怎么感到,他给我的不可能是真的。"

刘三礼道:"在哪儿?我看看。"

冯招财说:"娘的,爷我过马路时,不知道谁裤裆破了,钻出个野小子,把我的罐子给碰掉了,也没追上。"

刘三礼吃惊道:"什么,什么,这么贵的罐子您就把它碎在街上了。哪儿碎的,我们看看还能不能修复。"

冯招财说:"我见碎了,又踩了几下,看来没法儿修了。"

刘三礼说:"按理说,蔡守信不可能给您假罐子。今天您帮了他大忙,他为了表示感谢,给您个真罐子也没什么。"

冯招财说:"给我的肯定是假的。"

刘三礼笑道:"冯爷,小的知道您的心理,您现在把它摔碎了,说假的心里好受点儿。"

冯招财劈头抽在他头上:"你还敢笑。"

刘三礼说:"走,咱们喝茶去。"

冯招财扭头看看墙上那幅画,画得密密的,便皱眉道:"你说你花这么高的价钱买这张纸值得吗?有什么好的,不就是张纸吗,脏糊糊的。"

刘三礼的表情顿时严肃起来:"冯爷您错了,这可不是普通的纸,就算是普通的纸也是元代的纸。再者,王蒙是谁?王蒙号香光居士,黄鹤山樵,是元初著名画家赵孟頫的外甥,出身书画世家,曾一度任官,后来弃官隐居于临平的黄鹤山。元朝灭亡后,王蒙任泰安知州,与胡惟庸有交往,洪武十八年胡惟庸案发被捕,王蒙受到牵连下狱,死于狱中。"

冯招财说:"走走,去我家喝茶去。"

刘三礼把墙上的画卷起来,小心地藏好,这才出来。路上,刘三礼说:"王蒙博学强记,诗文书画的功底极深。他的绘画主要师法于五代董源、巨然的画法,画面构图繁复周密,纵逸多姿,笔墨繁密松秀,自成一家。他的画从各种手法表现江南林木的苍郁茂盛和湿润感,是元代具有创造性的山水画大师,明清及近代画家几乎都学过他的画。与黄公望、吴镇、倪瓒同称为'元四家'。他的真迹极为稀少，民间更是不易见到，我这张《秋日山景图》，牛毛皴密密麻麻，山景数层，层层分明，可算精品。"

冯招财烦道："弄了张破画，你还说起来没完了！"

刘三礼严肃地说："这是宝贝。"

虽然蔡守信卖得便宜，但也没有赔本，因为他收得就便宜。再者，真正好的东西他并没有卖，因为有些东西可能是孤品，也许世上仅此一件，如果流到民间损坏，就再也没有了，他必须要妥善保存。蔡守信把购买者的信息整理好后，来到内务府。庆宽总管接过名单，发现写着人名，店号，门往哪儿开，宅在哪儿，买的什么东西，都记得非常分明，便点头说："本官今晚就派人把这些东西收回来。"

蔡守信说："最好多派些人，换上便衣，同时到各家，以防别家闻讯躲藏。"

庆宽点头道："这个你放心就是了，人手咱们要多少有多少，再者，也不会暴露出你来。"他用手敲了敲茶几，"对了守信，宝贝现在弄回来了，你把购物的账单给本官送来，还有，这次所得的银子是白赚的了，你留下两成作为你个人的报酬，把其余的给本总管拿来。至于店里需要的资金，本官会再从账上拨给你。"

蔡守信忙说："下官就不需要了，您留着吧。"

庆宽摆手说："有钱大家赚吗，这是你应得的，不要哪行。"

蔡守信没有再拒绝，他明白，如果他不拿这两成的银子，庆宽是不会放心的。所谓的同流合污，就是这么流的，这么污的。蔡守信心想，拿到两成的银子，可以收购几件至宝留着。于是，他爽快地应下。告别庆宽回去的路上，蔡守信的心情非常沉重，因为，随着今天晚上的追缴行动，买宝贝的很多商家都会因此垮掉。但是，身在官场，他没有别的办法。回到店里，蔡守信感到应该把自己的嫌疑给除掉，于是打发柴少武去邀请那少音，说店里刚做成了一批买卖，想请戏班子祝贺，请他夫妇前去捧场，并准备了礼品。听说有礼品，那少音当即爽快地应下。蔡守信派人请了戏班子,并把后院收拾出来,扎了戏台,然后等那少音夫妇前来。傍黑的时候,那少音夫妇坐着官轿来了,蔡守信恭恭敬敬地把他们请到客厅,从袖子里掏出个精致的小盒,递给那夫人:"这是对祖母绿的玉耳坠,请夫人笑纳。"

夫人打开盒子,看到玉坠水头十足,喜欢得不得了。

祖母绿自古就是珍贵宝石。相传距今六千年前,古巴比伦就有人将之献于女神像前。在波斯湾的古迦勒底国,女人特别喜爱祖母绿饰品。几千年前的古埃及和古希腊人也喜用祖母绿做首饰。中国人对祖母绿也十分喜爱。明、清两代帝王尤喜祖母绿。明朝皇帝把它视为同金绿猫眼一样珍贵,有"礼冠需猫睛、祖母绿"之说。

蔡守信接着说:"祖母绿象征着幸运、幸福,戴上它,会一生平安。"

那夫人当场把自己的耳坠摘下来,换上那对祖母绿耳坠,于是耳边就像挂着两滴绿水珠。她媚媚地问:"怎么样,好看吗?"

那少音点头说:"好看。"心里却在说,玉坠好看,你的脸太难看了。

那夫人说:"瞧人家蔡掌柜多够意思,以后呢,你要多照顾人家才是。"

那少音说:"这个没得说。"

晚上,华灯亮起,弦乐奏响,蔡守信让店里所有人都陪着那少音夫妇看戏,目的是想让那少音知道,他们全体店员都没出去的,今夜发生的劫宝案跟万宝堂没任何关系。戏演的是京剧《借东风》,内容是刘备派军师诸葛亮来到东吴,东吴缺乏水战用的弓箭,诸葛亮通达天文,乘夜间满天大雾,向鲁肃借了战船二十支,载着草人,冲近曹营,擂鼓呐喊,曹营不知有多少人马,急令放箭,诸葛亮平白得了十万余箭……

那少音与夫人,他们是土生土长的京城人,打小就看京剧,因此入神。蔡守信虽然也看着舞台,但他并没有注意唱什么。他在想,明天那些被劫走宝贝的人都会向那少音报案,他会忙得不得了,然后最终把嫌疑聚焦在冯招财身上,让冯招财百口莫辩,带着别人的误会,以后的日子将会很难过……

夜到子时,刘掌柜还在灯下临王蒙的《秋日山景图》。

王蒙的画全部用密密麻麻的牛毛皴，千笔万笔，需要非常好的耐力。刘掌柜已经皴完头遍，正在进行第二遍皴擦，这时，突听院门传来撞击声，由于声音太大，他吓得手一抖，笔尖在画上戳了个墨疙瘩。中国画只能增，不能减，这笔意外，半天的工夫就算白费了。他气得骂了句："×他娘！"这本来是冯招财两口子的口头语，由于刘掌柜跟他们混的时间长，竟也学会了。他把笔扔下，气呼呼地拉开门，刚要开口骂，五个蒙面人手持明晃晃的大刀挤进来，把刀抵到他脖梗上。

"把店里的宝贝拿出来，否则要你全家的命。"

刘掌柜两腿一软，跪倒在地上，哭道："小小……小……小的，没没……没，没有宝贝……"

蒙面人叫道："别跟爷打马虎眼，你今天还从万宝堂买了件东西。"

刘掌柜忙说："就就，就是张破画，不值钱。"

几个蒙面人开始在店里乱翻，把值钱的古董全部翻出来装进袋里，却忽视了墙上挂着的那张画。持刀的蒙面人说："你只要把刚买的那张画交出来，别的东西就给你放下，否则，等我们找到那张画，什么都不给你留。"

刘掌柜没办法，指指墙上："唉，图便宜，吃大亏，罢了，你们把画拿走吧，把别的东西给小的放下。小的所以叫三宝斋，就因为袋子里那几件东西。"

蒙面人冷笑："你想得倒美。"

刘三礼扑通跪在地上："老爷，你们拿走了，我就没法叫三宝斋了。"

蒙面人用刀背猛击刘掌柜的脖后梗，他就像摊泥似的倒在地上了。等蒙面人背着东西走后，伙计从暗地里冒出来，去舀了瓢凉水，浇在刘三礼头上。刘三礼醒来看看光秃秃的墙，再看看光秃秃的空箱子，眼睛翻出鱼白，又昏了过去。伙计把水桶提进来，又往刘掌柜脸上泼。刘掌柜再醒来开始哇哇哭："我活不成了，我不活了！"

伙计说："掌柜的，咱们马上报官吧。"

刘掌柜愣了愣，说："对，对，马上报官。"

随后，刘掌柜在伙计的搀扶下找那少爷去了。一路上刘掌柜都在哭，都在骂。来到衙门前，发现这里已经站着蹲着很多人，有的人大哭，有的人在骂，有的人在抱着头唉声叹气。刘掌柜这才知道，他们都是白天买万宝堂东西的，几乎在同一时间，全部被抢劫了。

大门开了，班头让大家进去。

那少音揉了揉眼睛，打了几个哈欠，把手伸成牛角，嘟哝道："深更半夜的，这折腾。"然后开始查问情况，大家七嘴八舌地争着说，吵得就像五百只受惊的鸭子。那少音烦了，叫道："别嚷了，把你们的事情写下来，天亮本官查阅。"

刘掌柜哭道："我们没有笔墨。"

那少音说："我们有现成的笔墨，谁用就出一两银子，不用的回家去写。"

刘掌柜打发伙计回家取来笔墨纸张，自己蹲在角落里抹着眼泪在写。古宝斋掌柜石运达招呼道："大家别光顾着掉菜水子了，掉再多也没用。还是想想，是谁实施了这起抢劫。"大家泪水朦胧的目光聚焦到石运达脸上。石运达继续分析道："我们都是从万宝堂买的东西，几乎是在同一时间被抢劫，劫匪首先逼着我们把购买的宝贝交出来，然后又顺带着抢了我们别的东西，这说明什么，这说明是一起有目的、有计划的抢劫！"

刘掌柜抹抹眼泪，说："不会是蔡守信故意低价卖给咱们，暗里又把咱们抢了吧？"

大家七嘴八舌道，他卖得这么便宜本来就不正常，极有可能是他所为。石运达说："不能排除这个可能，但我们要想到有个问题，万宝堂卖的可都是宫中流出来的物件，买卖宫中流出之物，这可是杀头的大罪，按说他最不希望出事。"

大家乱叫道，那还有谁？

石运达说："十多家店，几乎同时被抢，也就是说，劫匪不少于百人。在这条街上，谁能在这么短的时间内，有能力聚集起百人，就是最大的嫌疑。"

刘掌柜突然想到，冯招财曾多次要让小舅子潘九斤抢万宝堂，而九斤的地皮队就有百多人,于是叫道:"冯招财,肯定是他做的,他小舅子领着百十人到处挖人家祖坟,店里的东西都是铲地皮得来的。就是他,就是他!我这就跟他去要画去!"

大家嚷嚷着要去找冯招财,石运达说:"大家要冷静一下。我们贸然去找,如果劫贼还在聚鑫斋窝藏,把我们给砍了怎么办?咱们可都是手无寸铁的书儒。此事,还是要官府出面。"随后,由石运达口述,刘掌柜执笔,写了纸诉状,内容主要是写:"……此次购买,由冯招财发起……十多家店于子时同时被劫,放风与抢劫者,约有百人。时间如此之短,何人能聚集百人,唯冯招财也。尔之内弟潘九斤,下有百人,以抢劫,盗挖祖坟为业。再者,冯招财与蔡守信面和心不和,曾私下谋划,抢劫万宝堂……我等要求,立马派兵捉拿冯招财等人……"

诉状写好后,他们又把那少音给闹起来。

那少音重新升堂,眯着眼睛看了看诉状,看到劫匪有百人左右,心想,自己才有二十个当差的,与之无法匹敌,于是想拖到天亮再去。他敲了敲惊堂木,咳了几响,说:"除了冯招财之外,还有没有其他嫌疑人?"

大家又乱嚷嚷起来。那少音拍拍惊堂木,叫道:"不要乱叫,一个一个说。"

石运达站出来,说:"事情明摆着,除了冯招财,就是蔡守信了。他的东西,出价比市面上的价要低一半,否则大家也不会疯抢。问题是,他为什么卖这么低的价格,这很值得怀疑。"

那少音皱眉道:"这个,蔡守信初来乍到,不认识几个人,去哪里弄百十号人去?再者,昨天他们家里看戏,本官也去了,店员们都在家里看戏,是没有时间作案的。"

石运达说:"那他的嫌疑更大了,他为什么请您去看戏,是不是故意让您证明他们没有作案的时间。我们建议,连蔡守信一同捉拿,回来审问。"

那少音叫道:"他刚刚卖了批货,要祝贺一下,不是合情合理的事情吗?"

石运达说:"他的东西都是官中流出之宝,卖的是民坊的价格,有何要祝贺的？"

那少音惊道："什么，什么？倒腾宫中的宝贝，这个卖者与买者都是死罪。石运达，你想过没有，他倒腾宫中的宝贝，应该最不想把事情闹大，因为这关系着小命呢。还有，你们买宫中的宝贝，本来就是杀头大罪。这件事我们要暗中调查，你们不要声张。如果这事儿闹出去，不只你们几个掉头，本官也跟着倒霉！"

石运达点头说："那么，就肯定是冯招财做的，我们要求，立马把他抓来问案！"

那少音说："冯招财的嫌疑最大，但你们每人都脱不了嫌疑。回头，本官要分别对你们进行审讯。别到时候贼喊抓贼，混淆视听。"

大家的目光顿时都盯到石运达脸上，石运达怒道："哎，你们不会连我也怀疑吧？"

刘掌柜叫道："天都快亮了，大家别在这里争了，再争下去，冯招财带着东西逃跑了，我们去哪儿抓他去？"

那少音说："大家先回去，我立马派人去缉拿。"

大家走后，那少音对班头说："劫匪在百人之上，现在绝不能行动，否则有性命之忧。等天亮之后，再去不迟。"

早晨，潘五妹爬起来上了趟茅房，回来见冯招财打着响亮的呼噜，口水瀑在腮旁，脸上挂着微笑。再看看下身，非常有起色，便伸手扭住冯招财的耳朵，叫道："起来。"

冯招财双手逮住潘五妹的手，叫道："松手，松手！"

"你刚才梦到什么了，是不是梦到可俊的小娘们儿了？"

"我没梦到女的，我梦到发财了。"

"梦到发财你下面逞什么英雄？"说着，猛地把被子掀开，就像骑马那样驰骋起来，突然，潘五妹停下来，照冯招财头脸上就抽了一巴掌，骂道："你这个乌龟王八，回回都是这样，非逼着老娘去养汉不可！"

冯招财心想，老怨我不行，给我娶个小妾试试。

潘五妹似乎看懂了他的想法，冷笑说："俺知道你嫌俺不水灵，想娶个小的，你就别做这梦了，只要俺活着你就娶不成，可是俺必须等你死了再死，你这辈子是没指望了。"

两口子正在打骚仗，突听传来撞门声，潘五妹叫道："起来去看看，谁砸门！"冯招财正穿衣裳，院门传来一声巨响，随后院子里呼隆呼隆传来脚步声。潘五妹扒着窗棂看去，发现是几十个差役，手里都拿着红缨枪，便叫道："咋了，咋了？"这时，差役撞开厢房的门，拥了进来，把红缨枪齐刷刷地对着床，吓得冯招财用被单蒙住了头。

潘五妹光赤着上身，挺着丰满的胸，叫道："你们想干什么？"

班头叫道："我们是来抓冯招财的。"

潘五妹叫道："为什么抓他，是睡了你老婆了，还是抢了你妹了？"

班头见她说得难听，把手中的枪倒过来，用枪柄猛砸到潘五妹头上，潘五妹说了个"啊"便晕倒了，白白的卧在床上像只肥绵羊。班头把冯招财拉出来，给他裹了件被单，押着就走。冯招财叫道："你们凭什么抓我，凭什么？"

班头说："凭什么你自己知道。"

路上的人都在围观，对裹着花床单的冯招财指指点点的。

冯招财并不知道什么情况，心里在想，上次潘九斤来，曾装成货郎去踩清陵，但护陵军戒备森严，实在不容易下手，否则挖几个皇墓……是不是他犯浑，真去挖了，如果这样，那可是灭九族的罪啊。想到这里，冯招财哭了几声，腿一软倒在地上，把后面押着他的差役给绊倒了。他们想把冯招财拉起来，可他就像坨稀泥似的提不起来，最后，他们是把冯招财抬回去的。当把被单拉开，冯财招露出头来，看到已经到大堂上了，周围是十多个熟悉的掌柜，他们眼里都在喷火，他喊道："刘三礼，这到底是咋回事？"

刘掌柜忙行礼道："冯掌柜，小的倾尽家私收了那张画，您就行行好还给我吧。"

冯招财愣了愣："什么，什么，你说什么？"

当那少音审问他时，他才明白，昨天凡是买万宝堂宝贝的掌柜，在夜里子时全部被劫了，不只买来的宝贝被劫，还同时被劫走了大批的宝物，大家都怀疑是他与潘九斤做的。冯招财现在终于明白了，这蔡守信太狠毒了，他打着自己初来乍到，人生地不熟的理由，求他张罗交易，原来在这里等着他呢。他马上分辩道："那大人，各位掌柜，事情不是你们想象的那样，这是蔡守信的阴谋诡计，他是蓄意要陷害于我。"

那少音冷笑道："蔡守信根本没有作案的动机。一是他卖的本是宫中流出之物，不想此事闹大。二是他当夜请了戏班子，店里所有人都在看戏，一直到子时才散场，没有作案时间。三是他初来乍到，少于交往，不可能在如此短的时间内聚起百人。"

冯招财急了，喊道："蔡守信是提前谋划好的。"

那少音说："你不要狡辩了，本官说此事是你所为，并不是凭白说的。一、你有作案动机，自万宝堂开业之际，你就多次刁难，并出重金购买他们的牌子。二、这次主持交易的就是你。三、你内弟潘九斤本来就以抢劫挖人祖坟为业。四、你们店里出售的所有东西都不是收来的，都是铲地皮收来的。五、你多次跟刘三礼说过你要抢劫万宝堂。"

冯招财喊道："冤枉啊！"

那少音冷笑道："把冯招财关进死牢，择日再审！"

班头带人把冯招财拖着就走，冯招财的喊叫声越来越微弱了……那少音说："诸位掌柜，回去吧，此事不可声张，若是上面知道你们买卖皇宫之宝，都得受到牵连，不异于雪上加霜。"

大家垂头丧气地走后，那少音退堂，匆匆来到牢房，把手下支派开，跟冯招财商量说："招财啊，你把劫来的东西分我一半，本官就对其他掌柜说，贩卖皇家宝贝均是死罪，他们就不敢再追究，本官就会判你无罪，放掉你。否则，你的头是保不住了。不只你的头保不住，你老婆，你小舅子潘九斤的命也保不住。"

四
暧昧书生

十多家店被劫，均遭到严重的损失，蔡守信心里并不好受，但他身为官员，受命办店收集宫中流出之宝，背后有皇宫与内务府庆宽掌舵，有些事情他做不了主。现在他能做的是到各家受损的店里拜访，对他们进行宽慰或者帮助。那天，他来到三宝斋，见已经挂牌标明店铺转让。蔡守信敲门进店，见刘掌柜脸色灰暗，无精打采，他比平时更加瘦了，衣裳宽大，像用竹竿挑着件长袍似的，瘦弱得吹口气都怕倒。

"刘掌柜，为何要转让？"

刘掌柜抹眼泪道："小的店所以叫三宝斋，是受宫中三希堂启发。原先，小的手中正好有三件宝贝，分别是一件石涛的山水、家传的和田玉雕件，还有件淘来的鎏金佛像。现在，那件倾尽家私买来的王蒙山水被劫不说，那三件镇店之贝也被人家抢去了，小的实在开不下去了，故此转让。"

蔡守信叹口气说："没想到事情会是这样的。"

刘掌柜无精打采地说："冯招财狼子野心，之前他多次跟小的说要派潘九斤抢劫您的万宝堂，在我的劝说下才没有实施。如今，虽然冯招财被抓，但他小舅子潘九斤还在外面，必然认定是您把他弄进大牢的，肯定会迁怒与报复您，您得注意点儿。"

蔡守信点头说："谢刘掌柜提醒，我会小心的。不过，此店经营多年，算是老字号了，如今转让给别人，实在可惜。要不这样吧，你从万宝堂拿三件宝贝，这样三宝斋就名副其实了。以后你若有钱就还我，没钱就当我送你的。"

刘掌柜弹弹衣襟，抖抖袖子，躬身行礼道："谢蔡掌柜。小的没有周转资金，实在开不下去了。如果您店里缺人手，给小的留碗饭。小的没有别的本事，仿作元代书画可以做到以假乱真。"

蔡守信说："这样吧，我先借你百两银子，你先经营着。一家老店，我实在不忍心看它转让，转出去，还不知道新店主会做什么。"

刘掌柜马上跪倒在地，磕三个响头："蔡掌柜，您是我的再生父母，您的大恩大德，小的今世报不了来世会报。"

随后，蔡守信拜访了几家受损的店，对于因劫案要关门的店给予了资助，让他们继续经营下去。接下来就是冯招财的问题了，虽然冯招财不是好东西，但万宝堂能有现在的业绩，确实得益于冯招财的挑战。相信任何人都不想有敌对面，但有时候，敌人会让你变得更加强大，会激发你更加努力。再者，如果冯招财被砍头，聚鑫斋遭到查封，潘九斤必然不遗余力地对付万宝堂，这会给万宝堂带来巨大的隐患。

蔡守信带了些吃的，去看望了冯招财。那少音为了让冯招财交代出所劫的宝贝，用了重刑，把他折磨得遍体鳞伤，人也消瘦了很多。冯招财看到蔡守信后，跪倒在地，哭道："蔡爷，小的之前有眼无珠，多次冒犯，还请您大人不记小人过，帮小的说说好话。只要小的出去，一定做牛做马好好孝敬您。"

"冯掌柜，这件事跟我没有任何关系。你也知道，买卖宫中流出之物，是杀头之罪。我所以便宜卖出就是不想留下祸根。因此，没有人比我更怕这件事闹大。再者，你也知道，我平时就少于交往，根本不可能在这么短的时间里聚集百人，同时把十多家店给劫了。我相信，劫案肯定是深有背景的。"

"我想过了，这肯定与您没有关系，说不定是石运达那小子干的。据说他堂哥在地方当巡抚，在京城有关系。整条街上就他的后台硬，那少音都得给他留面子。这件事肯定就是石运达做的，别人没有这个能力。"

"此事我不敢妄言。不过我会向那大人求情，看能不能把你捞出来。"

冯招财用头在地上结实地蹾几下："您把小的弄出来，小的愿意给您当条狗。"

随后，蔡守信拜访了那少音。蔡守信为冯招财讲情，那少音感到吃惊。按他的想法，在这条街上没有人比蔡守信更盼着冯招财万劫不复。

"蔡掌柜，你难道忘了他对你的为难了吗？"

蔡守信笑道："当然忘不了！不过此次抢劫，不可闹大，闹大了我们都会受到牵连。如果上边知道街上交易了一批宫中流出之珍宝，肯定会命您查找下落，查不到必然会受到责罚。再者，就算把冯招财砍了也没用，不如放长线钓大鱼。只有把他的小舅子潘九斤抓住，才有可能把劫走的东西追回来。如把冯招财杀掉，潘九斤就不会露面了，那批至宝就找不回来了。"

"理是这个理，但本官不好跟被劫的商户交代啊！"

蔡守信说："只要对他们说，把他放了是想钓他小舅子出来，只有这样才有可能追回宝物，相信大家是不会反对的。"

那少音点头："好吧，本官就听你的建议先把他放了，并且在放的时候对他冯招财说，是你把他救出去的，让他感恩于你，以防他出去继续与你为敌。"

蔡守信施礼道："太感谢了，以后您有什么事尽管跟在下说。"

那少音送走蔡守信，并没有马上就把冯招财放了，而是用了重刑，想让冯招财把劫得的财物交出来变成己有。冯招财被打急了，只得编了藏东西的地方。那少音派人去找去挖，自然找不到，不由恨极。他对班头说："放他之前把他一条腿废了，省得放出去后他逃跑了……"

由于冯招财被抓，潘五妹再无心经营了，把伙计辞掉，把聚鑫斋的门关了，想等弟弟九斤回来商量救人，但是潘九斤杳无音信。平时，刘掌柜会到家里帮着做这做那，很是体贴，让潘五妹感动。一天，潘五妹说："三礼，无论冯招财出来或不出来，我都会记得你的好，会报答你的。"刘掌柜说："五妹，看情况这次怕是出不来了，不知你有何打算。"

潘五妹叹气道："要是冯招财死了，俺就回老家。"

刘掌柜伸手抓住潘五妹的手："五妹，冯招财死了还有我呢，你用不着回老家。你放心，我肯定比冯招财对你好，我会用生命爱护你，不让你受一指甲盖儿的委屈。"

潘五妹问："你的意思是冯招财死了你娶我？"

刘掌柜的表情顿时变得严肃起来，把细长的脖子挺得老高，把一只手举起握紧拳头，高亢地朗诵道："上邪！我欲与君相知，长命无绝衰。山无棱，江水为竭，冬雷震震，夏雨雪，天地合，乃敢与君绝。"

潘五妹把手抽出来："啥意思？"

刘掌柜苍白的脸上泛出些红晕："今生今世，永不相负。"

潘五妹看着刘掌柜那猴急的样子："你说你背什么诗，喜欢俺直接说就得了，不就是想跟俺睡觉吗，你说是不是？"

刘掌柜说："共赴巫山云雨，梦寐以求。"

潘五妹瞪眼道："你就直说想不想吧。"

刘掌柜说："想，很想。"

潘五妹说："那你把冯招财救出来，俺跟你睡一觉。"

刘掌柜低下头不语了，说："我，我弄不出来。"

潘五妹撇嘴道："那还背什么诗！"

刘掌柜所以喜欢潘五妹，主要来自于她的强势，健壮的体魄，豪爽的性格。刘掌柜原来是结过婚的，妻子娇小美丽，极富文才，写得一手好宋词，平时对冯招财百依百顺，结果，她跟店里的小伙计私奔了，从此刘掌柜心理扭曲，反感读过书的女子。当他第一次见到潘五妹，就被她大咧咧的性格给吸引了。本来刘掌柜认为冯招财这次出不来了，终于有机会得到潘五妹了，没想到潘五妹却要求他把冯招财弄出来，从内心讲，他不希望冯招财出来，他也没有能力把他弄出来。潘五妹见刘掌柜委屈得就像个孩子，想想自从冯招财被抓，除了刘掌柜也没有人来问她的死活，心里还是对他感激的，伸手拍拍他的肩说："三礼，我是跟你玩笑的，知道你没能力把他弄出来。我饿了，你去给我弄点儿吃的行吗？"

刘掌柜用力点点头："五妹，你想吃什么，我去买。"

潘五妹说："随便买点儿吧。"

吃过饭后，潘五妹习惯躺在床上吸袋烟。刘掌柜给她点上水烟袋，递上去，坐到床沿上要给潘五妹捏腿。潘五妹把腿缩起来："三礼，坐在椅子上说话。"刘掌柜有些失意。潘五妹叼着烟嘴含糊地说："你说潘九斤还是俺兄弟吗，每次需要他时就没影了。"正在这时，院里传来脚步声，潘五妹以为冯招财回来了，从床上跳起来，赤着脚就奔出去了，原来，是差役过来通知，让她过去一趟。

潘五妹回到房里，趿拉上鞋就走。

刘掌柜独自站在厢房里，目光盯着潘五妹压在褥子上的印，伸手摸摸有些温热。他把水烟袋抱起来含着嘴儿，回想潘五妹含着的样儿，仿佛吻了她。他吸了几口，呛得咳了几声。刘掌柜见床下有双大绣花鞋，船样地摆在那儿，便弯腰捡起来，放到鼻子上嗅嗅，回头看看门窗，把绣花鞋往袖里塞。由于鞋太大，袖子被撑得很紧，他又把鞋插进怀里，袖着手走去……

潘五妹来到官府，听那少音说，让她把冯招财接回去，便说："直接把他放了不就得了，他又不是有什么功劳，还得让俺来接。"

那少音说："冯招财畏罪自杀，把腿别进牢门里弄折了。"

潘五妹说："你就直接说是你们打的不就得了。"

那少音瞪眼道："胡说，我们官府从来都不打犯人。"

潘五妹来到牢房，见冯招财一条腿根本站不起来，便把他背出大牢，扔到衙门外的空场上，见有很多人围观，便骂道："谁看就是看他姥爷！"

说完梗着脖子走了。她回家推上木轮车，一路吱咯到冯招财跟前，把车子放下，抱起冯招财往车上放。由于偏沉，她松开手车子就翻了。围观的人顿时哄笑起来。潘五妹找块石头压到车上，一松手车子还是翻。倔强的潘五妹对着木车踢几脚，骂了句："日你娘的，你个破车子也欺负俺。"她把冯招财拉起来，背着要走。这时，有位五十岁左右的汉子从人群里出来，说："妹妹，我给你扶着车子。"

潘五妹问："为什么？"

那汉子说："别问为什么，你把他放到车上。"

汉子扶着车把，等潘五妹把冯招财放上，说："女流之辈，哪能推车，这样吧，你也坐到车上，我送你们一程。"

潘五妹说："哪能让你推，要不你坐上去压着，我把你推到家里请你喝酒。"

汉子说："妹妹不要争了，上去吧，省得让别人看笑话。"

潘五妹咂了下舌，见围观的人满脸的不怀好意，于是梗着脖子坐到车上。路上，她不时回头看看推车的汉子，身材修长，穿件灰色长衫，长长的脸儿，细长的眉眼，显得很和善。潘五妹心里热乎乎的。想想围观的有几百人，都在看她热闹，就没有伸手的，只有这汉子帮忙不说，还让她坐到车上，这是什么恩，这是千里送鹅毛，这是雪中送木炭。到家后，汉子帮潘五妹把冯招财抬进厢房，放到床上，转身就走。

潘五妹喊道："站住，站住。"

汉子问："妹妹，还有事吗？"

潘五妹说："吃了饭再走。"

汉子说："举手之劳，不必客气。"

潘五妹追上去把他抓住，硬推进厢房："必须吃了饭再走。"说着把他摁到椅子上，"你们在这里聊天，俺去弄菜。"潘五妹走后，汉子向冯招财告辞，开门时发现门从外面挂上了，只得又回去坐了，跟冯招财聊天："老弟，弟妹真是豪爽之人，得此佳妻，实乃贤弟之福啊。"

冯招财点头说："是啊是啊。"心里却在想，屁的福。

潘五妹从馆子里拿来几个菜，回来摆到炕桌上，三个人坐在床上边喝酒边聊。潘五妹与冯招财这才知道，这人叫柳正印，原在杭州经营字画，他儿子玉宽仿了幅黄公望的《富春山居图》卖了，不知道怎么就转到官员手中，以为至宝，托人送给京城的王爷，想得到提拔，因宫中已有《富春山居图·无用师卷》、《富春山居图·子明卷》，王爷把画退了回来还写了首诗奚落他："子明江山定，赝品亦无用。如今来新品，献者正痴病。"

　　地方官员追查此画，最后查到柳正印的店，查缴了店不说，还让再赔万两白银。他们赔不起，于是带全家逃离杭州，来到京城琉璃厂谋生。柳正印正想到街上找个活儿干，没想到碰到潘五妹了……

　　当刘掌柜听说冯招财回来了，不由怅然若失。他本以为冯招财在劫难逃，潘五妹孤立无援，必将向他投怀送抱，现在，随着冯招财被放，他的美好愿望也化为泡影了。当听说是蔡守信讲情把冯招财放出来的，很是不理解，于是拜访了蔡守信，说："蔡爷您实在不该把冯招财给弄出来，这是放虎归山，后患无穷啊。"

　　蔡守信说："我这是为大家着想啊。"

　　刘掌柜问："蔡爷您的意思是？"

　　蔡守信端起茶碗来，用盖儿刮刮浮茶，说："这么多宝贝被劫，那大人派人翻遍聚鑫斋一无所获，这说明什么，这说明东西被他小舅子弄走了。因此，只抓住冯招财是没用的，把冯招财处死更是无益，因为潘九斤从此再不敢露面了，东西就再也回不来了。放掉冯招财，他肯定会跟潘九斤联系，到时把潘九斤抓住，才有可能查到宝贝的下落。"

　　刘掌柜用力点头："蔡爷，还是您高明啊。"

　　蔡守信说："你应该像以前那样与冯招财亲近，如有情况，及时向我汇报。如果你诚恳对我，之前借的三件东西与银子就不用还了。"

　　刘掌柜忙弹弹胸襟，抖抖袖子，施礼道："小的感谢蔡爷成全。"

　　在回去的路上，刘掌柜来到聚鑫斋门前犹豫着是否进去，因为他不知道潘五妹是否把他背《上邪》的事告诉冯招财没有。如果冯招财知道此事，这太尴尬了。潘五妹买东西回来,见刘掌柜在门前袖着手来回踱步子,便问:"你不进去,在这里干什么?"

刘掌柜凑到跟前,小声问:"你没跟冯招财说吧?"

潘五妹眉毛扬起来:"说什么?"

刘掌柜羞涩地说:"我给你背诗的事。"

潘五妹说:"说这个干吗?"

刘掌柜点头:"那就好,那就好。"

刘掌柜袖着手来到厢房,见冯招财躺在床上,脸上青一块紫一块的,便上前施礼道:"冯爷您回来了?"冯招财猛地睁开眼睛,见是刘三礼,不由勃然大怒:"刘三礼你来得正好,要不是我走不成路早找你去了!我问你,你为什么咬定是我劫的?还有,你为什么当着大家的面说我想跟潘九斤劫万宝堂?你说你这不是吃里爬外吗,你这不是背后下刀子吗?"

刘掌柜脸涨得通红:"小的是一时糊涂。"

冯招财叫道:"明明是他蔡守信算计了我,你还帮着他们说话。刘三礼咱们绝交了,从今以后,咱们老死不相往来,见面也用不着打招呼了。"

刘掌柜说:"冯爷,小的错了⋯⋯"

冯招财吼道:"滚,别让老子再看到你。"

刘掌柜眼里蓄着泪水,低头耷拉脑地出来。潘五妹说:"三礼,吃了饭再走吧。"刘掌柜叹口气说:"冯爷要跟小的绝交,不让我再来了。"潘五妹瞪眼道:"什么?"扯着刘掌柜进了厢房,对冯招财骂道:"冯招财你什么意思,你想跟刘三礼绝交你有这个资格吗?你就没想想在你坐大牢时谁来问过我的死活,不就是刘三礼常到家里问寒问暖,帮着张罗事儿,你不知报恩还要赶他走。"

冯招财撇嘴道:"别以为我不知道,他刘三礼平时看着你眼里都伸手。你们说,我走之后你们有没有给我戴绿帽子?"

潘五妹恨得牙根儿直痒,跳到床上骑了冯招财,左手抓住他头上那几根毛,轮起右手就放火鞭。刘三礼上去把潘五妹的手逮住:"五妹息怒,冯爷只是说气话!"

冯招财哭道:"你把我打死吧,我不想活了。"

刘三礼说:"冯爷,君子报仇,十年不晚。"

冯招财恨道:"我被关在大牢里想啊想啊,终于想明白了。这是蔡守信设的圈套,目的就是想把我给干掉。他太狠毒了,他故意让我约人来买东西,提前把人安排好,并请那少音去看戏,然后把东西抢回去嫁祸到我头上。等九斤来了,我让他马上把万宝堂给砸了,把蔡守信杀掉替我报仇。"

潘五妹说:"你没那本事跟人家斗就他×的老实点儿。冯招财你真是头猪,想想吧,你哪次跟人家斗赚到便宜了,现在你还在人家案板上呢,就又想对付人家,真不自量力。"

刘三礼说:"五妹你出来,我跟你说句话。"

冯招财说:"什么事不能当我的面说。"

刘三礼说:"冯爷您太冲动了,这事儿只能跟五妹说。"

潘五妹说:"走,咱们出去,甭搭理这头猪。"

两人走出厢房,冯招财扒着窗棂看去,见刘三礼附在潘五妹的耳前显得十分亲密,不由恨得咬牙切齿,心想好啊潘五妹,老子只在大牢里关了几天你就跟刘三礼好上了。随后想道,既然刘三礼看好潘五妹,为什么不让给他,如果潘五妹跟了刘三礼,自己就可以娶个新人了,说不定还能生个孩子。这么想过,便平静下来。等潘五妹回到房里,冯招财平静地说:"我能理解你。当初我被关在大牢里,没指望放出来了,刘三礼趁机问寒问暖,你为了以后的生活与刘三礼好上,是情有可原的。再者刘三礼又看好你,这样挺好,你们没必要偷偷摸摸的。"

潘五妹瞪眼道:"放你娘的狗屁!"

冯招财说:"可是,以后我娶小妾你也不能管我。"

潘五妹恨道:"中,你娶吧。你也没撒泡尿照照,瘸着根腿还想娶小的。做梦吧。除了我潘五妹,再没有这么眼神不济的了!"

晚上,冯招财与潘五妹正睡得香,听到院里传来扑通声。潘五妹披上件衣裳,扒着窗棂看去,见很多人从墙上跳进来,她从枕下抽出把刀来握在手里。冯招财吓得滚到地上,钻到床下。接着传来敲门声:"姐,是我。"

潘五妹听到是潘九斤,把灯点上。冯招财听说是潘九斤回来了,从床下爬出来。

潘九斤问:"姐夫你趴在地上干吗?"

潘五妹说:"腿被人家打折了,上不去床了。"

潘九斤说:"什么,什么,腿被打折了?谁打的?"

潘五妹说:"你先帮我把这头猪抱到床上。"

潘九斤弯腰把冯招财抱起来,啴地扔到床上。冯招财开始哭诉自己的经历,听得潘九斤怒火中烧,眉毛都竖起来了,说:"我这次带了二十个兄弟回来的,就是要跟他蔡守信算账的。你等着,我现在就把蔡守信的头提来。"

潘五妹把潘九斤拉出去,小声说:"九斤,赶紧走!"

潘九斤把她的手甩开:"什么?"

潘五妹说:"你想过没有,他们为什么放了冯招财?我听刘三礼说,放了他是为引你露面的,就是想把咱们一锅端,肯定有人盯咱们的梢,趁他们还没发现赶紧带着兄弟们走,晚了怕来不及了。"

潘九斤梗着的脖子矮了:"啊,原来是这样!"

潘五妹说:"快走。"

潘九斤说:"姐,那我先走了。"

随后潘九斤带着兄弟攀墙而去。潘五妹回到厢房,把灯吹了,躺在床上。冯招财问:"九斤是不是去劫万宝堂了?"

潘五妹翻个身说:"回去了。"

冯招财问:"什么,什么,他不是说去劫万宝堂,把蔡守信的头给我提来吗?"潘五妹摸到他的耳朵用力转花:"猪,你以为把你放出来就没事了,他们是想把潘九斤钓回来一锅把咱们端了。"

早晨,潘五妹起床后,发现院子里多了十几个袋子,把袋子口解开,发现里面装着瓷品、青铜器,散发着股浓厚的浑浊的霉味,知道是昨天夜里九斤带来的,以防别人知道九斤回来过,她把袋子往厢房里挪。冯招财抬起头问:"什么东西?"

潘五妹说:"什么东西你也搬不动,废啥话。"

冯招财看看自己的腿,哭咧咧地说:"蔡守信我×他亲娘!"

潘五妹撇撇嘴,来到院里,刚要把袋子拾起来,突然传来敲门声。她脸色寒了寒,蹑手蹑脚来到门后,扒着门缝看看,见刘三礼手里提着东西站在外面。她把门打开,放刘三礼进来,赶紧把门插上。刘三礼说:"我给你买了油条嫩豆腐,你趁热喝了吧。"

潘五妹附到他耳朵上说:"昨天夜里九斤回来了。"

刘三礼打个激灵,手里的东西吧嗒掉在地上,弄了摊白。他弯腰把油条捡起来,跟潘五妹来到后院,见地上横七竖八几个鼓鼓囊囊的袋子,知道是潘九斤弄来的货,于是把油条放到窗台上:"可不能放在院里,我得帮你搬进房里。"跑过去伸手拾那袋子,嗯嗯几声,没有拾起来,于是把袋子解开往外掏。

潘五妹皱皱眉头,把他扒拉开,拾起袋子就往房里扛。等潘五妹再出来,刘三礼说:"我,我帮着抬吧。"

潘五妹说:"一边去。"

刘三礼感到有些惭愧,在旁边搓着手,眼瞅着潘五妹的大脚夯着地抱着袋子往厢房挪。等潘五妹把最后那袋子搬起来,刘三礼用脚涂了地上的坑儿跟进房里。潘五妹撅着圆圆的屁股把袋子往床下塞。冯招财趴在床沿上,看看潘五妹的屁股,再看看刘三礼那眼神,皱眉道:"刘三礼,这么早就来了?"刘三礼说:"我给你们送早点来了。"说着跑出去,把窗台上的油条提来,放到床头柜上。冯招财说:"三礼啊,跑来跑去多麻烦,以后就住在这里吧。"潘五妹直起腰来,把手举得老高,冯招财把头缩进被筒里:"我开个玩笑。"

刘三礼说:"五妹,我们看看九斤弄的是什么。"

潘五妹说:"以后看吧。"

刘三礼:"五妹你来,我有事跟你说。"

冯招财说:"没事,没事,你们去吧。"

潘五妹说:"有什么事现在就说。"

刘三礼说："要是真有好东西，小的倒有办法让冯爷与潘九斤脱离危险。"

潘五妹急道："急死了。什么办法，快说！"

刘三礼说："那少音这人为了钱能把祖宗卖了，如果有值钱的东西，我们挑几件送给他，兴许他就不再为难冯爷与九斤了。"

潘五妹又撅起屁股把袋子哧哧地从床下往外拉。冯招财趴到床沿上，看看潘五妹的大屁股，再看看刘三礼盯着屁股的眼睛，心里在想，我为什么不成全他们，只要潘五妹与刘三礼好上我就可以娶个年轻俊巴的，趁着还能折腾，说不定生个一男半女。于是把头缩回去，用被子蒙住脸儿。当他们把袋子里的东西倒腾出来，全摆在地上，刘三礼不由怦然心动。可以看得出潘九斤这次挖的墓，墓主最少是个王公大臣，因为陪葬品中的器皿都很精致，有几件竟然是汝窑精品。

刘三礼挑出两件汝窑的青釉瓷瓶，说："最值钱的就是这两件了，有这两件东西足以撑起那少音的眼皮来。"

汝窑是宋代著名的瓷窑之一，创烧于北宋晚期，因其窑址在汝州境内，故名汝窑。汝窑以烧制青瓷闻名，有天青、豆青、粉青等品种。汝窑的青瓷釉中含有玛瑙，色泽青翠，釉汁莹若堆脂，有"似玉非玉"之美誉。与官窑、哥窑、钧窑、定窑并称"宋代五大名窑"。汝窑兴盛前后只有二十年，由于烧造时间短暂，传世品极不容易见到。

刘三礼又挑出两件汝窑盘子："五妹，这两件？"

潘五妹说："喜欢就拿走。"

蒙着头的冯招财说："随便拿，不用客气。"

刘三礼欣喜若狂，努力压抑着心中的喜悦，说："五妹我先回去了，晚上你带这几件瓶子到三宝斋，我陪你去找那少音，记着，要好好拿着瓶子，千万别碎了。"

五
致命交易

自打劫事件过后，蔡守信认为以后的日子会平静下来。冯招财虽有怀恨之心，相信在这段时间里不会再闹事了。潘九斤知道官府正在追拿他，也不敢轻易露面。庆宽得到大量流失的宝贝，足以向老佛爷邀功，不会再催他了。现在，可以把店里几位师傅的家属接过来，大家团圆了。随后，他打发柴少武回南方接人，打发赵文轩去附近租院子，以备家属来时住。

闲来无事，蔡守信想去找刘三礼聊聊，探听冯招财的消息，以防冯招财狗急跳墙，对万宝堂做出反常之事。刘三礼正在卧室用放大镜照量盘子，听店里伙计说蔡守信来了，忙把盘子用布包了，塞到床下。他来到客厅，弹弹衣襟，抖抖袖子，施礼道："蔡爷，您有事打发人叫小的一声，何必亲自来呢。"

蔡守信问："冯招财那边什么情况？"

刘三礼说："还躺在床上，不能走动。"

蔡守信说："如果潘九斤回来，要及时向我汇报。"

刘三礼愣了愣，心想潘九斤刚回来过蔡守信就来问，难道他知道潘九斤回来过了？于是说："蔡爷，相信在这种情况下，潘九斤不敢回来了，就算回来也是偷偷摸摸的。小的要是听说他回来一定立马向您汇报。"

送走蔡守信，刘三礼又回到卧室，把那两件汝窑的盘子拿出来用放大镜照量。他明白，这两件东西不比自己那张王蒙的画价低，要是花钱买，没有千儿八百两银子是拿不下来。他把玩了会儿瓷盘，躺在床上，从枕下掏出潘五妹船样的绣花鞋放到鼻子上嗅嗅，满脸陶醉的样儿，然后闭上眼睛想象与潘五妹拜堂成亲，嗯嗯啊啊，儿孙满堂，激动得脸蛋儿就像猴子屁股似的。

爱情就是这样，当它到来之后，会让人忍不住要做些反常的事情。刘三礼忍耐不住想见到潘五妹的冲动，又折回去了。这当儿潘五妹正在院里给冯招财煮药，刘三礼来到后，蹲在潘五妹跟前帮她递柴。潘五妹说："三礼你来得正好，帮我个忙。"

刘三礼说："五妹你说。"

潘五妹说："前段时间我以为冯招财出不来了，把伙计打发走了。你去看看，要是他还没找到活儿，就把他叫回来吧，这店还得开，不开哪来钱，没钱吃什么。他就在胡同里周大脚家租的房子，南屋靠西那间。"周大脚是个八十岁的老太太，就因为没有裹脚，在这片都很出名。就因为这双大脚，她就没有找到婆家，自己守着个院，靠租房过日子。

刘三礼点头说："我这就去。"

厢房里的冯招财听刘三礼来后，顺着窗棂看去，见他又匆匆走了，心里就开始化魂。他们打得火热，会不会在药里加毒药，想把我给害死啊？从古至今，为了通奸谋杀亲夫的事多了去了。这么想过，冯招财害怕了，当潘五妹把药端进来后，他只是呼呼地吹，却不敢下嘴喝。等潘五妹出去后，他把药倒进老鼠洞里，等潘五妹再进来，他吧唧几下嘴说："太苦了，我喝不下去，以后别给我煮了。"

潘五妹说："怕苦你就别喝，以后也不要走路了。"

冯招财抬头看看腿："这些王八蛋太狠了，竟然用棍子敲，我听到咔吧一声，这骨头就给敲断了。等老子的腿好利索，看我怎么报仇，我要把他们的腿敲断，插进他们的腔里。"

潘五妹撇嘴："报仇报仇，再报你就没命了，也不长记性！"

由于冯招财怀疑潘五妹与刘三礼有一腿，晚上吃饭的时候也担心下毒，等他们先动筷才吃。饭后，潘五妹与伙计去收拾店面，冯招财对刘三礼说："三礼，有件事我早就想跟你说了，其实我跟潘五妹早没感情了，要是你喜欢我可以成全你们。"

刘三礼愣了愣："冯爷，您这话是什么意思？"

冯招财说："跟你说实话吧，早先我找人查过八字，我跟潘五妹合不来。先生私下里对我说过，她命里克我，所以我老是倒霉。兴许你们俩人的八字合得好。"

刘三礼狐疑地问："冯爷您这是真心话吗？"

冯招财说："当然是真心话，你跟潘五妹过，我就可以娶个新人。你难道怀疑我不喜欢黄花闺女，而是喜欢潘五妹吗？"

刘三礼知道这是冯招财的真心话，问："要是潘五妹不同意咋办？"

冯招财说："放心就是，爷我帮你。"

刘三礼跪倒在地上给冯招财磕头："冯爷，要是您成全了我们，我做牛做马都会报您的大恩。"正在这时，潘五妹从外面进来，瞪眼道："你们这是干什么？"

冯招财忙说："我让刘掌柜看看床下有没有落下东西。"

刘三礼从地上爬起来，说："没有落下。"

潘五妹说："都是整袋子拉出来的，能落下个屁！"

刘三礼见冯招财同意他跟潘五妹好，跟在潘五妹屁股后面，嘴上就像抹了蜜似的，再也不避冯招财了。潘五妹想喝水，马上倒，想抽烟，马上点，想躺会儿，马上去捏腿。潘五妹皱眉道："刘三礼你懂不懂礼节，当着冯招财的面就捏我的腿。"

冯招财说："捏吧，捏吧，没关系。"

潘五妹说："那好，你滚出去，让刘三礼到床上来。"

冯招财说:"我腿脚不利索,要是能走我就出去了。"

潘五妹说:"冯招财你是真想当乌龟。"

冯招财说:"反正已经当了。"

潘五妹骑到他身上又是一阵扑通,打得冯招财鬼哭狼嚎。

晚饭后,那少音在客厅里喝茶,双腿搭在脚凳上。丫鬟蹲在那儿给他捏腿,他伸手捏捏丫鬟的脸蛋儿。丫鬟挤挤眼小声说:"夫人就在隔壁烧香。"那少音把手抽回去,端起杯子轻轻地呷几口,眯上眼睛,满脸享受的表情。他曾跟夫人商量要把丫鬟纳成妾,但夫人说得等到她死了。夫人家里势力大,她哥在朝中禁卫军中当差,那少音只能偷点儿腥,但不敢明来。不过他已经跟丫鬟说了,将来会给她个名分,丫鬟就把自己给了他,并想怀上他的孩子,让夫人承认这个现实,尽快给她个名分。

那少音的客厅非常简陋,墙上挂的都是无名之辈的画,家具都是新家生,看上去就不值钱。但是,那少音后院有个书房,房里有地下室,地下室里堆满珍贵瓷器、玉器、名贵字画。上边多次想把他调到地方为官,那少音不肯去,去地方为官虽然官职升了,但不会像管理琉璃厂有油水可捞,他宁肯当这个职位不大油水大的官。

当那少音听到夫人的脚步声,忙把双腿抽回。

丫鬟站起来,拿起抹布擦几下桌子。

夫人叫着丫鬟去了,那少音独自来到后院,钻进书房,把门插死,来到窗前往外看看没人,这才把书架推开进入密室。蜡烛亮起,地下室里那些宝贝顿时熠熠生辉。他从袖子里掏出放大镜来,细致地照量架子上的东西。事实上他并没有多少鉴别能力,只是享受这种过程。当他累了、烦了、不顺心了,只要来这个密室里看看宝贝,情绪就会立时变得晴朗起来。

室内的铃铛响了,那少音忙从地下室里出来。那少音为防下人接触地下室,专门设计了铃铛,绳子牵到客厅,有人找他时拉拉牵引的绳子他就知道了。那少音来到客厅,听说刘掌柜与潘五妹前来求见,问:"空着手来的?"

"抱着个东西。"

"什么东西？"

"不知道，这么大。"下人比画着。

那少音点头："让他们进来。"随后去更衣室换官服。那少音每次接见别人都会换上官服，保持自己的威严。潘五妹与刘掌柜坐在客厅里，见那少音从后门进来，马上站起来。那少音的目光掠过茶几上那个包："坐吧，坐吧。"刘掌柜弹弹胸襟，抖抖袖子，行礼道："潘五妹淘换了几件东西，想孝敬您老人家。"

那少音说："刘掌柜，这不太好吧，他冯招财还压着案子呢。刘掌柜你是知道本官的，本官向来大公无私，绝不徇私枉法。"

刘掌柜忙说："这个小的知道。不过，据小的调查，他潘九斤确实没有作案的时间，您想，在劫案发生的那夜，潘九斤还在山西挖土呢，这时间就对不上。"

"那么，你认为是谁劫了这批宝贝？"

"小的认为所有购买宝贝的人都有嫌疑。"

"嗯，本官也是这么认为的。"

刘掌柜把包解开，把瓶子小心地放到茶几上，说："大人，这几件瓷儿可是好东西，都是汝窑真品。您也知道，汝窑是宋代五大名窑之一。北宋后期被官府选为宫廷烧御用瓷器。您瞅这釉多滋润，这天青色多纯正，这胎有多薄。青如天，面如玉，蝉翼纹，晨星稀，芝麻支钉釉满足，可是典型的汝窑出品，这是非常名贵的。"

那少音说："听你说得挺热闹的，是真品吗？"

刘掌柜忙说："实话跟您说吧，这是九斤从地里挖出来的，绝不是新家生。您不放心可以找行家看，要是有什么差错小的赔您。"

那少音说："量你也不敢弄些新家生来糊弄本官。"

刘掌柜忙说："那是，那是。"

那少音捋捋胡子："这个潘九斤呢，是有案底的，如果抓住他是要砍头的。当然了，砍不砍头本官说了算。"

刘掌柜说:"小的明白。"

那少音说:"你们先回去吧。这些东西?"

刘掌柜忙说:"又不值几个子儿,您留着把玩吧。"

告别那少音出来,刘掌柜自感帮了潘五妹大忙,细长的脖子挺得老高,趾高气扬地说:"放心,有我刘三礼暗中使劲,保他九斤无事。"

潘五妹说:"三礼,谢谢你了。"

刘掌柜伸手抓起潘五妹的手:"五妹,五妹。"

潘五妹把手抽出来:"三礼,俺有男人。"

刘掌柜说:"五妹,我曾学过麻衣相,柳庄相,梅花易,周易,并对四柱有较深的研究。他冯招财准头嫌短,鼻根塌陷,两目罩有黑雾,必有灭顶之灾。再者,按中医说,肝主目,肾主发,你瞧他的头,都扒得像鸟窝了,这说明肾气枯竭,无子之命。你们在一起不会有好结果的,轻则重病,重者暴亡。如果咱们结合,那就不大相同,将是锦上添花,福禄祯祥,寿比南山,儿孙满堂。"

潘五妹说:"俺才不信你的话呢。"

刘掌柜说:"千真万确,千真万确。"

在路过三宝斋时,刘掌柜非要让潘五妹进来坐会儿,见潘五妹不肯,便说:"五妹,我有要事相商。"等潘五妹进房,刘掌柜伸手把门插上,抱住潘五妹就乱亲。潘五妹反倒把他抱起来放到桌上:"你想跟俺睡觉是吧,那好,你能把俺抱进睡房俺就从你。"

刘掌柜从桌子上跳下来,叉开双腿,双手抱住潘五妹的腰,嗯嗯几声,潘五妹纹丝不动。

潘五妹说:"这不赖俺,是你没劲儿。"说完把门打开走了。

刘三礼看看黑洞洞的门,哭咧咧地说:"刘三礼你丢人了,连个女人都抱不动。"

失落的刘三礼暗下决心,明天就去买大鱼大肉,一定要吃成虎背熊腰,让潘五妹看到他的雄壮,体会到他的力量与耐力……

那少音对潘五妹送来的瓷儿并不放心，为知道真假，打发差役请来古宝斋的石运达。在这条街上，石运达对古瓷器的鉴别还是极有口碑的。当石运达到来后，那少音说："本官在街上淘了几件东西，你帮着掌掌眼。"石运达看到那几件汝窑的东西，故作惊讶道："这可是汝窑真品，世上罕见，千金难得啊。"

石运达并不知是潘五妹送来的，以为是那少音在街上淘来的，想拍拍他的马屁。其实东西是汝窑的不假，但品相并不好，也算不上精品，再者汝窑由于时间较短，留下来的东西少，由于认知度低，在市场上不太流通。那少音听说是真品，心中高兴："每件值多少钱？"

石运达故意夸大其词："那大人，这个可是天下至宝，件件都值万两。您得好好留着，我在这条街上好多年都没见着这么好的东西了。您也知道，汝窑的时间较短，传下来的东西极少，相信用不了几年，这几件东西的价值就会翻番。"

"照你这么说，我还真得着了？"

"那是，那是。"

送走石运达，那少音把几件东西小心地搬到密室，又用放大镜照量一番。心想，看来这潘九斤还真能弄到好东西，既然这样，真不能把他抓起来，得留着他给我搜寻天下之宝。

傍晚，那少音领着两个差役来到三宝斋，想让刘三礼给潘九斤传达消息，让他放心地去挖宝。刘掌柜正在房里临画，听说那少音来了，手忙脚乱地把值钱的东西往柜台下面塞，喊道："来了，来了。"打开门后，那少音瞪眼道："刘三礼，你这么久才开门，是不是藏东西，怕本官顺你的啊？"

"哪里哪里，刚才小的正在打盹呢。"

那少音倒背着手来到店里，四处瞅寻，目光落到货架上那件鎏金铜佛上。刘三礼打个激灵，忙说："鎏金的，薄薄的一层，近代仿品。"那少音转过头来，用手敲敲柜台："三礼啊，去给冯招财传个话，让他转告潘九斤，如果他每次弄到货先让本官挑几件，以后本官不只不缉拿于他，还会保证他的安全。否则，只要他露面就把他抓住关进死牢。"

"中，我现在就去。"

"中什么中，跟谁学的，听着这么别扭。"

"小的马上就去，他们不敢不从。"

"此事不可宣扬，这个，毕竟潘九斤是有案底的，宣扬出去，本官也保不住他。还有，他每次弄到好东西，你要亲自给本官掌眼，一定挑最好的。如果你把事情办妥，以后你的店里就不用交税了，再者，有什么好处呢，本官也不会忘记你。"

"小的明白，小的一定给您挑精品。"

那少音临走时，指着柜上那个鎏金佛说："三礼啊，夫人最近想请尊菩萨拜拜，这不你这里正好有吗，本官就从你这里请了。"

"老爷，老爷，这佛不能拜，这佛是千手佛。"

"千手佛好，说明有本事，值得拜。"

"老爷，这尊佛不是中土的，您看是不是有西域的元素。不是咱们中国的佛，拜这个不吉利。"

"别糊弄本官，佛本来就是洋人，我们要拜就拜正宗的。"

"老爷，哪天我再给您淘换个好的。"

"反正你说过这是仿品，值不了几个子儿，难道你舍不得？"

刘掌柜牙痛般直吸溜嘴："不瞒大人，本店所以叫三宝斋，就是因为店里有三件宝贝，就包括这件佛，如果您把他请走了，小店只剩两件，就得改名了。"

"本官终于知道你的店为何叫三宝斋了，名字不错。"

"是的大人，所以小的不能改。"

"那好，把另两件宝贝也拿出来让本官瞅一眼。"

刘掌柜把铜佛从柜上取下来放到柜台上："老爷，本来三件，上次被贼人抢了，就剩这件了，拿走吧，反正我看着也堵心。"

送走那少音，刘掌柜盯着原来放铜像的痕迹骂道："强盗，比强盗更强盗。"他抽抽鼻子，眼睛变得湿润润的，嘴吧唧几下，从柜台下面把几件宝贝拿出来重新摆上，想到马上要出去，又把宝贝给收拾起来，塞到了柜台下。

虽然刘掌柜为失去铜佛而懊恼，但想想去见潘五妹，心情又好起来。自上次没能把潘五妹抱进卧室以达凤愿，但毕竟知道潘五妹允了，只怨自己力气不够。自那夜过后，刘掌柜买来钱钱肉，买来牛鞭对身体进行大补，吃得身上老燥热，他相信现在自己有劲了。这时，潘五妹正躺在床上吸水烟袋，咕噜咕噜响。冯招财正扶着床沿来回走动，但那只受伤的腿一着地就钻心地疼。潘五妹把烟嘴儿从嘴里啵地拔出："现在你还想不想娶小的了？"

"娶那个干啥！"冯招财的表情痛苦。

"你不想传宗接代了？"潘五妹撇着嘴。

"盗人祖坟，断子绝孙，看来这话还真应在我身上了。"

"跟挖人祖坟有啥关系，九斤养了个三女人，每个都生了好几个孩子。"

"说得也是。可我得说实话，其实刘三礼人不错。"

"什么不错，就像根儿火柴棍儿。"

冯招财听到此话以为他们真睡了，心里有些难受，爬到床上用被单蒙住脸，心里在想，等老子的腿好了立马就去找黄花闺女，生个大胖小子让你潘五妹看看，是老子不行还是你不会下蛋。这时，院里传来刘三礼的喊声："五妹你出来下，我有事跟你说。"

冯招财说："潘五妹，刘三礼叫你出去，去吧。"

潘五妹赌气道："去就去。"她走出厢房，与刘三礼来到客厅。刘三礼眉飞色舞地说："成了，成了。"

潘五妹问："什么成了？"

刘三礼说："我把店里那尊魏代鎏金佛送给那少音为九斤求情，他终于同意，只要以后九斤弄回东西先给他挑几件，不但不抓他，还要保护他呢。"

潘五妹说："三礼，谢谢你了。"

刘掌柜说："五妹，我那件鎏金佛可是花一千两白银买来的，为了你就是千两黄金我也舍得。放心吧，九斤可以大摇大摆地回来了。"

潘五妹说："太好了。"

刘三礼小声说:"五妹,我现在有劲儿了,我能抱动你。"

潘五妹说:"那好,你抱起来让我看看。"

刘三礼挽挽袖子,猛吸口气,伸手圈住潘五妹的粗腰,嗯嗯几声,潘五妹仍纹丝不动。这时冯招财推门进来:"我以为你们去三宝斋了,原来你们在这儿,继续整你们的,我出去转转。"说着挂着拐出去了。潘五妹推刘三礼:"刘三礼,把手放开。"刘三礼放开手:"五妹你不要怕,跟你说实话吧,这是冯爷同意的,他说要成全咱们俩,等咱们俩好上,他想找个新人。"

潘五妹恨道:"这个王八蛋,他竟然出卖俺,俺跟他没完。"

刘三礼说:"五妹,他不要你我要你。"

潘五妹叫道:"刘三礼你对俺的恩俺记在心里,以后会报答你,可你以后不要再说这样的话了,也不要再对俺动手动脚了,你把俺看成什么人了?再说,就算冯招财把俺休了咱们也是不可能的。"

刘三礼说:"五妹……"

潘五妹叫道:"刘三礼你先回去!"

刘三礼脸色变寒,灰溜溜地走了。潘五妹抽抽鼻子,泪水从眼里瀑下来。想想自从嫁给冯招财,不怕他穷,不怕他丑,处处护着他,关心他,疼爱他,他不但不感恩还嚷着要娶小妾,如今竟然要把她推给刘三礼。潘五妹恨得咬牙切齿,梗起脖子跑到店里,问伙计:"冯招财呢?"伙计指指门外。

潘五妹跑出门,见冯招财正拄着拐在瞅万宝堂的牌子。她二话不说,上去撕住冯招财的头发,摁到胯下就扑通,把冯招财打得没个人腔。从此潘五妹开始厌恶冯招财,并慢慢地疏远刘三礼。

一天夜里,潘九斤回来,听说那少音已经发话,只要每次弄到货先给他挑几件,从此对他保护,便啐了口说:"本来就不是老子干的,凭什么要抓老子。"

冯招财说:"事情都是蔡守信惹起的,他把宝贝卖给别人,又派人把东西抢回去。我敢说现在万宝堂不只拥有大量宝贝,还有大量的银子。九斤,只要把万宝堂劫了,以后咱们也不用铲地皮了,也不用开这破店了。"

潘五妹皱眉道:"冯招财你咋狗改不了吃屎,你想想你跟人家较劲哪次赚到便宜了。人家都说好了伤疤忘了疼,你现在的腿还瘸着呢又要对付人家。九斤咱别听冯招财在这里瞎叫唤,他是挑唆活人上吊,没安好心。"

潘九斤说:"姐夫,等你的腿好了再说吧。"

潘五妹说:"唉,你以后也别叫他姐夫了,他想把我推给刘三礼,然后自己娶个小的。"

潘九斤瞪眼道:"冯招财你要敢负了俺姐,俺点你的天灯。"

冯招财说:"天地良心,我对你姐是真心实意的。是他刘三礼癞蛤蟆想吃天鹅肉,每天缠着你姐净想好事儿,可不赖我。"

潘九斤怒道:"我现在就去把刘三礼扁了。"

潘五妹说:"干吗,刘三礼再怎么说也有恩于你,他为了你的事跑前跑后的。再说了,这也不怨刘三礼,前段时间我为你与冯招财的事跟他走得近了些,让他误会了。我已经跟他说明白了,虽然冯招财是头猪,但我潘五妹也不是轻浮之人。"

早晨,蔡守信正在院子里打太极拳,突然传来鼓掌声,回头见是女儿荧荧,心里无比喜悦,但还是坚持把拳打完,这才问:"什么时候到的?"荧荧跑过去扑到蔡守信的怀里说:"爹,我们刚到。"蔡守信把荧荧推开:"去休息吧。"虽然他心里非常高兴,但不会表现在脸上。在他当督窑官的时候,就有人给他起绰号叫蔡一脸,意思是天塌下来,火烧着屁股,他的表情也不会有变化,总是板着那副脸儿。荧荧说:"爹,我给您带了些烧饼、捺菜,还有弋阳年糕。"

蔡守信点头道:"好,好。"

柴少武与妻子刘婉芝来到院里,刘婉芝款款行礼道:"义父可好?"

蔡守信点头说:"好,你们去歇着吧。"

荧荧撇嘴:"爹,我们大老远来到这里,你还绷着个脸。"

刘婉芝说:"荧荧,其实义父心里高兴着呢。"

蔡守信说:"你们先去休息。"说完倒背着手来到客厅,扭头见柜子上放着几个点心盒子,走过去打开,捏块米糕填进嘴里,不由轻轻地点了点头。这时,高志光敲门进来,说:"刘掌柜有事求见。"

蔡守信点点头:"让他进来。"

原来刘掌柜实指望帮助潘五妹把九斤的事情摆平后,潘五妹会对他感恩,会投怀送抱,没想到事情办好了,现在潘五妹对他冷冰冰的,连句亲热话都不让说,从而感到自己之前的想法错了。他重新梳理思路,认为想得到潘五妹就必须把冯招财与潘九斤整了,让她潘五妹变得无依无靠,孤立无援,才会依靠他。刘掌柜来到客厅,弹弹胸襟,抖抖袖子,施礼道:"蔡爷,小的今儿才知道,潘九斤偷着回来好几次了,特来跟您言语一声。"

蔡守信皱眉道:"是吗,他还敢回来?"

刘掌柜说:"蔡爷,冯招财与潘九斤从来都没有放弃报复您的想法,您必须要引起注意了。小的听说您女儿,还有店里大师傅的家人都接过来了,这要是出事就麻烦了。"

送走刘掌柜,蔡守信不由叹了口气。他所以让家属们来,是以为潘九斤背着案不敢轻易回街上,没想到他竟然胆大包天,还偷着过来。于是,他带上茭茭带来的点心前去拜访那少音,对他说:"那大人,潘九斤多次回来,大人都不派人去抓,这让被劫的掌柜们颇有微词,认为大人不负责任。"

那少音故作吃惊:"什么,潘九斤回来过?"

蔡守信说:"是的,据说回来过多次了。"

那少音说:"本官并不知道他回来,要知道早就把他绳之以法了。"

蔡守信认为有些事情指望别人是不行的,还得自己想办法。回到万宝堂后,他带着高志光,要去聚鑫斋探风声。冯招财现在已经扔掉拐了,由于之前疑神疑鬼,不敢喝药,落下了残疾,走起路来还有些瘸,但并不太妨碍走路。他正指挥着伙计摆放东西,见蔡守信来了,马上施礼道:"蔡爷您来了,快快有请。"他又高声喊道:"潘五妹,万宝堂的蔡爷来了,泡茶,泡好茶。"

"冯掌柜不必客气,听说你们新上了货,想来买几件。"

"买什么买,看中就拿走,我的就是您的。"

蔡守信让高志光去挑东西，他跟冯招财来到客厅。潘五妹泡上茶放到茶几上，说："冯招财，你被抓进大牢后还是蔡爷把你捞出来的，蔡爷是咱们的恩人，我们可不能收钱啊。"

"用你说，我们肯定不收钱。"

"对了，听说九斤常回来。"蔡守信说。

潘五妹愣了愣，忙说："蔡爷您听谁说的，没影的事，现在官府正抓他呢，他哪敢回来，这些货都是打发别人捎回来的。蔡爷，说实话，九斤他冤死了，上次的劫案真不是他做的，那时他还在山西踩点呢，哪有这飞毛腿回来抢东西。"

蔡守信说："是啊，我也不相信是他做的，不过其他掌柜的可不这么认为。最好不要让他露面，一旦被捉住，有嘴也说不清了。"

潘五妹说："多谢蔡爷提醒，我们不让他回来。"

高志光选了几件瓷器拿进客厅，让冯招财说价。冯招财坚决不要钱。蔡守信说："冯掌柜，钱还是要给的，你不收下次我怎么好意思再来。这样吧志光，给这几件瓷儿定个价，说说定价的理由。"高志光指着两件汝窑的盘子说："这两件是汝窑真品，窑是好窑，只是品相不好，如果器型端正能值千两，但这样的品相每件只能算一百两。"他又指着那件唐三彩侍女，"这件东西出自唐代，好东西，只是釉面剥落太多，只能出二百两。"

潘五妹说："我们说过了不要钱了，您拿走就得了。"

蔡守信还是硬把钱放下，带着东西走了。冯招财与潘五妹看着茶几上的银票，心理不平衡起来。上次刘三礼拿去的两个盘子比这个要大，器型也端正，按照高志光的说法价值不菲。潘五妹骂道："他刘三礼真不是好东西，感情以前他都是在糊弄咱们，从咱们这里蹭去的东西都很值钱。"

冯招财冷笑说："不是好东西还让人家抱。"

潘五妹瞪眼道："你是好东西能把老婆往人家怀里推吗？俺算看透你了，你就是个当乌龟王八的命，从今以后老娘不管你了，你爱找谁就找谁。不过话都说到头里，九斤拿回来的东西卖了钱你一分都不能动。有本事你自己去赚钱去。"

潘九斤每次回来，刘三礼都去跟蔡守信汇报，蔡守信向那少音举报让他捉拿，那少音嘴上说好好好，却总不行动。潘九斤的胆子越来越大，竟然到万宝堂去转悠试他们的底线。一天，万宝堂刚开门，潘九斤来到店里不停地让伙计拿东西看，也不买。每当有人进来买东西就凑过去说："赝品，不值钱。"

伙计被他折腾烦了："爷您到底买不买东西，不买别碍我们的事！"潘九斤把手里的陶罐猛摔到伙计头上，破口大骂："老子不买到这里干什么？"柴少武听说店里有人闹事，从后堂出来，问："谁闹事？"店伙计指指潘九斤："就是他，不买不说，有人进店他就说咱们的东西是假货，还把东西往我头上摔。"

柴少武说："你哪个山上蹦出来的猴子，敢到万宝堂闹事！"

潘九斤冷笑道："老子就闹事了，你说咋地吧。"

柴少武说："店里太小，亮不开架势，咱们出去。"

潘九斤说："出去就出去。"

当蔡守信听说有人闹事，柴少武与他干上了，马上赶出来，见柴少武正跟潘九斤在门前的空场里比画，本想上去制止，但他想看看潘九斤到底有何本事，就站在旁边。

潘九斤与柴少武都是学过把式的，潘九斤用的是大洪拳。大洪拳是宋太祖赵匡胤习练的拳术之一，是少林武功的基础拳，动作连贯、功架完美。凡练少林拳术、器械、散打、技击者，都从大洪拳起手。它的特点是以活马步为主，上承禅法、下化武艺、掌拳并用、刚柔相济、攻守自如，天下无敌。拳法虽然好，但潘九斤生活糜烂，爱嫖，爱赌，爱喝酒，每天接触的都是墓气，这套拳在他手里算糟蹋了。柴少武曾经当过兵，练的是实用派拳法，说不上宗派，但他经过战场的洗礼，不重形式，在于实战。他的技术主要是踢、打、摔、拿、跌、击、劈、刺等。就在潘九斤摆架势时，柴少武健步向前，躲过潘九斤的拳，侧踢到潘九斤膝盖上。

潘九斤滚倒在地，乌龙蛟柱起来，赢得围观者大声叫好，可没等站稳，柴少武又一记侧踢把他放倒。潘九斤后滚翻刚要起身，柴少武飞身跃起，弹踢正中潘九斤下巴，潘九斤四仰八叉地躺在地上，感到天旋地转，再也站不起来了。柴少武用脚踩着他的胸脯，冷笑道："我以为你多么厉害，不过如此嘛。"

蔡守信让柴少武把潘九斤捆上，亲自送到衙门。那少音见潘九斤被抓，心中暗惊，便明知故问道："蔡掌柜，此是何人？"

蔡守信说："这位就是抢劫宝物盗人祖坟的潘九斤。"

那少音说："噢，是吗，来人啊，把他给我关进牢房。"

蔡守信说："大人，此人作恶多端，应斩首示众。"

那少音说："这个，等本官对他审讯过后再酌情处罚。"

蔡守信明白那少音被冯招财收买住了，不给他施加压力肯定不会惩治潘九斤。回去后，他专门拜访了几家掌柜，对他们说，已经把潘九斤抓住送到衙门，怂恿他们去找那少音索要宝贝，要求把潘九斤就地正法。这时，那少音正在训斥潘九斤："本官不抓你并不是让你到街上胡作非为的，就算你没有劫持店里的宝贝，单凭你铲地皮这行当就足以令世人唾弃，你说你不但在街上晃来晃去，还去万宝堂闹事，你闹事也倒罢了，可你别让人抓住啊。"

潘九斤说："大人，万宝堂藏有大量宫里流出来的宝贝，等小的把店劫了，把得到的宝贝全部送给您。"

那少音愣了愣："赶紧走，别的事以后再谈。"

潘九斤刚从后门出去，十多家店铺的掌柜就涌来了，要求那少音严惩潘九斤，追回被劫之物。那少音看到这种情况，后悔把潘九斤放走了。不过那少音毕竟在官场驰骋这么多年，脑瓜子还是够用的，他不慌不忙地对大家说："抓住潘九斤有用吗？他又没有随身带着宝物，我已经把他放了。"

大家愤怒地盯着那少音。

那少音不慌不忙说："本官放他就有放他的理由。放了他，暗中派人跟踪，争取找到他的老窝，只有这样才有可能把劫走的东西追回。就算把他杀了也只能解一时之气，从此就把线索断了。"大家毕竟都是想追回失去之物，听那少音这么说，也没有什么脾气了，都低头耷拉脑地走了。

六
天价营救

当蔡守信听说那少音把潘九斤放了,气愤不已,从而更加确定那少音已与冯招财同流合污,从此以后,那少音不但没有利用价值,极有可能与冯招财反过来对付自己。他相信潘九斤有那少音的保护,会更加有恃无恐,极有可能会对万宝堂采取行动。

蔡守信给店里的伙计们开会,让他们对家属交代.尽量不要单独外出,以防有什么意外,因此搞得气氛很紧张。事情最终还是发生了,荧荧与姐姐刘婉芝要去雍和宫进香,蔡守信专门派柴少武同往,认为以柴少武的身手不会发生什么事情,但还是被人家算计了。

雍和宫位于京城东北部,是康熙帝建造府邸赐予四子雍亲王的,称雍亲王府。雍正三年改王府为行宫,称雍和宫。雍正十三年雍正驾崩,曾于此停放灵柩,因此雍和宫主要的殿堂由原绿色琉璃瓦改为黄色琉璃瓦。后来又因乾隆皇帝诞生于此,雍和宫出了两位皇帝,成了龙潜福地,所以殿宇为黄瓦红墙,与紫禁城皇宫一样的规格。乾隆九年雍和宫改为喇嘛庙,特派总理事务五大臣管理本宫事务。可以说雍和宫是规格最高的佛教寺院。

那天，柴少武带着两架小轿行在胡同里，突然有辆马车从对面顺着胡同堵过来。由于胡同太窄，两行人肯定错不开，柴少武上去交涉，马车的门帘突然掀开，一股粉尘迎面扑来，柴少武顿时感到头晕眼花，身子跟跄几下歪倒在地。当他醒来时，见轿子东倒西歪，荧荧与刘婉芝已不见踪影，抬轿的人也不知去向。柴少武爬起来感到胸口剧疼，才发现有人用小刀在他胸上刺了字，"五十件宫流之宝，至团河行宫换人"。

柴少武回到万宝堂，把此事向蔡守信汇报后，号称蔡一脸的蔡守信不由震怒，脸变得紫红烂黑，一脚把茶几给踢翻了，叫道："岂有此理。"但随后他就冷静下来，在院里来回踱着步子，考虑营救计划。五十件宫中流出之宝他确实拿不出来，问题是就算他能拿得出来也不见得能把人换回来。他马上打发人去胡同找街坊问，团河行宫是什么地方。

团河行宫始建于乾隆四十二年，占地有五百多亩，是京城第一行宫，当年几代帝王都经常在此下榻。该行宫主要的建筑是璇源堂与皇帝的寝宫涵道斋。光绪年间涵道斋变成慈禧太后居住的太后殿，原来太后居住的清怀堂变成皇帝的寝宫。但此宫在八国联军侵入时，已经焚烧成废墟了。

赵文轩与高志光建议报官，但蔡守信认为报官没用，说不定此事是那少音与冯招财策划，目的是想图谋万宝堂，向他求助反倒坏事。蔡守信经过缜密的思考后，便有了个完整的思路。他打发人把刘掌柜叫来，对他说："出大事了，我义女与女儿被强人劫持，要让我带五十件宝贝，你去帮我定几个木箱，我准备装宝贝。"

刘掌柜吃惊道："何人所为？"

蔡守信摇头："现在还不清楚。"

刘掌柜说："那好，小的现在就去。"

蔡守信其实是想让刘掌柜向冯招财传达这个信息，他已经筹划用宝贝换人，不要伤害人质。随后他坐马车直奔内务府，想得到庆宽的帮助，不巧的是庆宽被老佛爷叫去玩儿麻将了，等了很久不见回来。他又匆匆赶回店里，指挥大家把店里的好东西全搬出来，让刘掌柜请来附近的几个掌柜帮着装箱，并亲自到各家古玩店借宝贝，搞得就像真用东西去换人似的。

一切都做好了，蔡守信认为足以能够稳住劫犯，于是又来到内务府拜见庆宽，没想到庆宽还没回来，这让蔡守信心急如焚。他不由长叹一声，如果庆宽今晚不归，事情就真麻烦了。天擦黑时庆宽终于回来了，见蔡守信还在客厅等着，不由心惊，以为出事了："守信，这么晚了有事吗？"

蔡守信说："因万宝堂的生意，我们与人结仇，结果我的爱女与义女被他们劫持，传话要用五十件宝贝换人。我已经装了两箱赝品，明天去换人。您能不能于今天夜晚派二百兵潜伏于团河行宫处，等交换之际把他们拿住？"

庆宽点头："这个好办，我让那少音派人去。"

蔡守信摇头说："万万不可，那少音可能与劫匪私通，让他去只会坏事。再者说了，就算他没有通匪，手下只有二十人，去也无济于事，属下恳求您不要通知他。"

庆宽怒道："什么？他那少音竟敢私通劫贼！"

蔡守信道："说来话长，属下回头再跟您详细汇报。"

庆宽点头："守信，放心吧，人命关天，再者此事是由万宝堂引起，本官有责任也有义务营救爱女。本官会派二百名精兵，争取把他们一网打尽。"

蔡守信说："大人，您可当回事办啊。"

庆宽说："守信，我们是什么关系，你放心就是。"

蔡守信急忙赶回万宝堂，安排大家把箱子里的真东西拿出来，下面塞进些假货，再在上面摆上仿品，把箱子抬上马车，准备去换人……

当初，潘五妹极力阻止潘九斤劫万宝堂的人，但潘九斤曾被蔡守信送往官府，实在难以咽下这口气，再有冯招财添油加醋，潘五妹没能劝得下。为以防官府出面，潘九斤让冯招财去找那少音商量，让他协助这起绑架。当时，那少音没等冯招财说完就怒道："胡闹，本官系朝廷命官，岂能助纣为虐！"

冯招财说："那大人您可想好了，小的目的很简单，只是想出口气罢了。换回来的宝贝小的一件不要，全给您。"见那少音有些动摇，又说：

"话又说回来，就算失败也跟您扯不上干系，您何乐而不为呢？"那少音想想万宝堂自开业以来，收购了很多官中流出来的宝贝，件件都是精品，如果把这批宝物弄到手，献给老佛爷，会官升三级；如果卖掉，会让子孙后代富贵连绵，于是问："你们想怎么做？"

冯招财说："很简单，我们设法把蔡守信的至亲握到手里，让他用宝贝换人。如果他向您报官，您就假装去查，但不要行动。他等不及了，肯定会用宝贝去换。"

那少音说："你们做吧。"

冯招财回去跟潘九斤说了那少音的意思，潘九斤说："既然这样，我们就可以大干一场了。"随后他叫来二十位兄弟，在琉璃厂附近潜伏下来，派人盯着万宝堂。功夫不负有心人，终于打探到荧荧与刘婉芝要去雍和宫进香，于是策划了这起劫案……自劫持成功后，那少音并没有等到蔡守信报案，感到意外，于是把冯招财、潘五妹，还有刘掌柜都请到府上了解情况。

冯招财说："潘九斤那边已经准备好了，就等蔡守信带着宝贝去换人了，您就等着收宝贝就行了。"

那少音皱眉道："要是带去的是假货，岂不白费事了？"

刘三礼说："我看到了，都是真的。"

那少音问："你怎么知道的？"

刘三礼说："小的还帮蔡守信装箱了。"

那少音点头说："好，那么今晚你们就在这里过夜吧。"

冯招财问："我们就不打扰了，还是回去吧？"

那少音摇头说："如果本官把你们放了，潘九斤把东西带着跑了，本官去哪里找你们去。放心，只要潘九斤把东西送来，你们都会没事。"

潘五妹问："那，那他送不来呢？"

那少音说："那就把你们当劫犯砍了。"

听到这里，他们顿时惊得目瞪口呆。冯招财说："大人，家里还有两个等信的，我们不回去他们以为出事了。"

刘三礼说："这样吧，我跟潘五妹回去跟他们说，一切正常，按计划行事。否则他们不敢交换。"

冯招财叫道："大人，潘五妹是潘九斤的亲姐姐，您把她留在这里他不敢不回。让我回去捎话。"

潘五妹怒道："冯招财你说什么？"

刘掌柜说："既然潘五妹是九斤的亲姐，只有她回话九斤才会相信没什么事。"

那少音说："这样吧，我派人陪同，说好之后马上回来。"

冯招财站起来想走，那少音说："你不能走，你在这里等着。"

冯招财吃惊道："为什么？"

那少音冷笑："有你在这里押着，潘五妹念及夫妻之情，才会老老实实地回来。"

冯招财哭丧着脸说："大人，我们平时老吵架。"

那少音不再理会冯招财，派班头带刘掌柜与潘五妹到聚鑫斋回话。路上，刘掌柜说："五妹你听到没有，他冯招财要把你押在那里，不管你的死活。我早跟你说过冯招财命里带煞，早晚会把你们害死，你就不听。"

潘五妹说："行啦，行啦，现在就别说风凉话了。"

回到聚鑫斋，他们对两个打听消息的兄弟说，让他们回去告诉潘九斤，一切正常，按计划行事。潘五妹嘱咐道："回去跟九斤说，换回东西后，一定要马上送到那大人那儿，可不能带着跑了，否则那大人就会把我跟冯招财关进大牢。"

当潘九斤听回来的兄弟说，让他换到东西马上交给那少音，要不就把他姐与姐夫关进大牢，脸上便泛出阴险的笑容。他从始至终就没想过要把东西送回去，也没想过要把人质放了。他这次的计划是把万宝堂的东西弄到手，把蔡守信砍了，带着他两个女儿与宝贝逃离京城，找地方享受去。

潘九斤见有个兄弟对荧荧与刘婉芝动手动脚，过去一脚把他给踢倒。那兄弟爬起来，苦着脸说："大哥，兄弟们半年都没见过女人了，干脆让兄弟们开荤得了，又误不了交换宝贝。"

潘九斤怒道:"劫财不劫色,劫色不劫财,否则会倒大霉的。虽然咱们是强盗,但强盗也有强盗的规矩,不能胡作非为。如果她们咬舌自尽,我们用死人去换岂不麻烦。"其实潘九斤是想留着自己要的,自然不会让别人染指。如果不是正处在交换之际,情绪紧张,他早把荧荧与刘婉芝给糟蹋了。

兄弟说:"大哥,我摸摸行吗?"

潘九斤摇头:"不行!等宝贝到手,老子领你们去上海喝花酒,什么样的女人没有。都给老子忍着,忍不住的自己出去解决。"

为防止在自己睡了后有人侵犯人质,潘九斤让自己的亲信三秃子守着两位小姐,并对他说:"三秃子你给我看好了,要是谁敢动她们就给我砍了。"其实三秃子比谁都好色,当初他曾是寺里的武僧,酒后去强奸民女时被抓,让人家硬生生把命根子砍去,寺里知道后把他赶出寺院,从此他再也色不成了。由于他在寺里时曾与潘九斤一起练过把式,于是投奔正在挖墓的潘九斤,成为潘九斤的得力助手。

三秃子尘根去了,胡子慢慢退去,欲望也退了,便把兴趣转移到研习武功与墓造结构上,竟把各时代的墓穴特点掌握透了。最让兄弟们对他佩服的是,一次他们踩了个清朝早期的古墓,虽墓堆周围已有很多盗洞,但三秃子却说此墓并未被盗,因墓室之门不在四周,而在顶部。兄弟们从上面挖穴,三十米后果然发现墓门在顶部,于是打开墓门,从里面盗出很多金银器、玉器、瓷器、青铜器,从此三秃子成为他们团伙的军师与堪舆师。每次挖开墓,别人忙着收拾东西,他就研究墓室构造,总结经验,以备后用。

潘九斤去休息了,与三秃子共同看守荧荧与刘婉芝的兄弟和他商量道:"三哥,闲着也是闲着,要不兄弟我跟她们玩玩儿,你就当看戏成吗?"三秃子说:"啥,看戏,有啥好看的。老子当初一夜曾采过五个黄花闺女,做得太多,现在看着女的都烦。再说了,我的眼睛是用石茧洗过的,能看透地下十米,如果看了你跟女人睡觉就白洗了。"

那兄弟问:"什么是石茧?"

三秃子说:"这是种生长在巨石中的虫子,像豆虫,一千年才长成,汁是透明的,用它的汁洗过眼睛后能隔墙看物,能看地下十米。"

那兄弟说:"那你到外面等着,等小弟做完了你再进来。"

三秃子摇头说:"大哥交代过了,怕秽气,不能乱来。要是你在这里憋得难受,去睡觉,我自己看着她们。"

那兄弟垂头丧气地盯着荧荧的脸儿直吞口水。三秃子掏出个本子,开始在上面画着墓室结构,不时看看那兄弟,见他那眼里伸手的样子,说:"你去睡觉吧,别他娘的馋得眼珠子掉出来砸破了脚。"那兄弟爬起来去休息了。

三秃子把手里的本子扔下,看看门,来到荧荧跟前,伸手摸摸她的脸蛋,把荧荧吓得瞪着眼睛直摇头。刘婉芝用鼻子嗯嗯,对三秃子挤眼弄眉,意思是不让三秃子动荧荧,有什么狠对她来。三秃子看刘婉芝媚媚的眼神,长叹一口气,又回去坐在椅子上开始画图。

卯时,潘九斤醒来,让兄弟们带着两个小姐,到行宫废墟旁的林子里候着。有兄弟问:"这么早去干吗?"潘九斤说:"废你娘什么话,大白天押人过去,村人看到要是报官不麻烦了?马上行动,在那里耐心等着,一定要把宝贝与人给我全带回来。"

有个小兄弟问:"大哥,你呢?"

潘九斤说:"我给你们放哨,由三秃子带你们去交换。"

三秃子领着二十人押着两个小姐走出村庄,来到行宫那片狼藉的废墟旁,找树林子藏着。几个押荧荧与刘婉芝的小兄弟用手去赚便宜,摸得两个姑娘鼻子里直嗯嗯。三秃子把他们踢开,骂道:"滚开,坏了大事,老子要你们的命。"

其实蔡守信于子时就带马车来了。为防潘九斤怀疑马车里藏人,已经把两辆马车的棚子揭去,故意露着箱子,并且他只带了高志光与两个赶车的,目的是让潘九斤放心交易。现在他们就在行宫西面的树林里等着。高志光担心地问:"守信,要是他们认出是仿品就麻烦了。"

蔡守信没对高志光说曾经找庆宽大人帮忙，所以高志光感到这起营救十分冒险。蔡守信担心的不是这个，他担心庆宽是不是办实事。现在的官员尔虞我诈，真真假假，他们的话不能当真听。不过蔡守信认为，再怎么说自己也为庆宽弄到不菲的外财，如果这事儿给办不好，他肯定要把事情捅到朝上，让他庆宽前程难保。相信庆宽也明白这道理，肯定会当事办的。

天亮了，蔡守信带着马车来到行宫旧址处，停在那堆废墟前。废墟旁有座土山，是挖湖堆积起来的，上面是茂密的树林。蔡守信站在马车前，向四周张望着。没多大会儿，有个光头带着十多个人，押着荧荧与刘婉芝从树林里出来。蔡守信见高志光把手握到刀柄上，对他摇摇头。等三秃子他们近了，蔡守信说："东西带来了，你们放人吧。"三秃子已经安排了十人，把东西拿到手后由他们把蔡守信等人拿住，他点点头："把人放了。"

蔡守信与高志光来跑到荧荧与刘婉芝跟前，把她们身上的绳子解开，把嘴里的布拉出来："他们没怎么你们吧？"

荧荧与刘婉芝点点头。

蔡守信看看正在开箱的秃子，心中暗暗着急，怎么这时候了庆宽安排的人还没动静。蔡守信带大家刚走几十步，见树林子里冒出十个人奔他们来了，便知道潘九斤根本就没打算放他们，不由心急如焚。这时，他们发现十个人后面跟着清兵，这才放心，然后拔腿向湖边跑去。三秃子发现上当，去追蔡守信他们。蔡守信从兜里掏出几个炸管点着扔向三秃子，一声巨响，三秃子他们忙躲开。

三秃子见官兵越来越近，便放弃去追赶蔡守信他们了，领着几个兄弟拔腿就逃，没想到对面又涌来很多兵，把他们团团围起来，杀将过来。三秃子见包围他们的兵足有三百人，他们总共二十人，已经被杀得还剩五六个了，再反抗就没命了，于是把刀扔掉，跪倒在地，把手举起来。蔡守信见救援的兵足有三百人，不由感动。他没想到庆宽这么当回事儿，说派二百官兵竟然派了三百人。带兵的参军来到蔡守信跟前，行礼道："蔡掌柜，没人受伤吧？"

蔡守信忙说："多谢参军。"

参军点头道:"没人受伤吧?"

蔡守信说:"你们这么及时,并未受伤。"

参军说:"没受伤就好。"

蔡守信对高志光说:"你们赶着马车带小姐先回去。"把参军拉到旁边,掏出银票来塞到他手里。参军忙说:"不可,不可,这是庆大人吩咐的事,我们哪能收这个。"蔡守信低声说:"兄弟们候了大半夜了,给兄弟们买点儿酒喝。不过我没发现他们的头儿,最好能把潘九斤抓住。"接着,他们对三秃子等人进行突击审讯,让他们领着来到租房,潘九斤早没影了。

蔡守信与参军带着被抓的人回到营房,把他们关进大牢,亲自对他们审讯,这才知道,那少音、刘掌柜也参与此案了。蔡守信让他们画了押,对参军说:"先把他们关着,七日后可把他们砍了,到时我再来致谢。"

参军抱拳道:"属下遵蔡掌柜吩咐。"

蔡守信带着画押的供词,前去拜访庆宽大人,见面就跪倒在地,给庆宽磕了几个响头。庆宽忙把他拉起来:"守信你看你,这样就见外不了是,你的事就是我的事嘛。"

蔡守信把那少音参与的事情说了说。庆宽小声说:"守信啊,本官早知道那少音不是好东西,但有个问题,那少音是老佛爷的外戚,根子挺硬。不是不能动他,动了他有些关系不好平衡。这样吧,我打发人告诫他,并让他赔礼道歉,赔偿损失,你看如何?"

蔡守信说:"属下的意思是您不用插手,也不必让他知道您参与此事,一切就交给属下办理。如果他来找您,您把利害关系跟他说明,这样我可把他手里的东西给您弄来。相信那少音在街上混了多年,家里就是个宝库。"

庆宽点头说:"守信啊,这样最好。我跟老佛爷打牌时还谈起过你。老佛爷说这么有能力的人,必须要委以重任。你放心,本官心中是有数的。"

自打早晨起来,那少音就去归置自己的密室。由于马上就有大批宝贝入住,不归置怕放不开。由于不方便找人帮忙,他累得满身大汗,虽然累,一想到马上就要富可敌国了,心中无比地喜悦。早饭后,那少音想去看看冯招财他们，突听下人进来汇报，说潘九斤求见。那少音赶忙说："快快有请。"

下人把潘九斤带进客厅，那少音见他头戴斗笠，缩头耷脑的，感到有些不妙。潘九斤说："大人，我们本来就要得手了，不想有三百多官兵把我们包围了，如今，我二十个兄弟死的死伤的伤，被抓的被抓，就我自己跑掉了。"

那少音脸上的笑容还没褪去，愤怒的表情已经上来，显得非常恐怖。"胡说，你他妈的说假话都不会编，哪来的三百官兵，他蔡守信去哪里弄三百官兵去，三百官兵别说蔡守信调不动，就是本官也没权力调三百官兵。本官就怕你出尔反尔，如今果然这样。潘九斤我可把丑话说到头里，你想独吞这批货是没门儿。"

潘九斤哭丧着脸："老爷，小的说的都是真的，不信您去查。"

那少音气得脸都红了，嘴唇有些发紫，叫道："本官没必要查，他蔡守信从哪里弄三百官兵，你难道不知道大清用兵制度吗？你不懂本官懂。来人，去跟潘九斤运东西，如果带不回来把他的头给砍了带回来。"班头带着几个衙役，拉起潘九斤来就走。

那少音是想潘九斤会带宝贝回来，没想到他竟然说没换到宝贝。他当然不相信蔡守信能派动三百官兵，这不是去打仗，不是关系到皇家利益，他一个普通商人能有这么大能量的话，就不会跟冯招财在这里纠缠了，直接就把冯招财灭了。那少音来到软禁冯招财、潘五妹、刘掌柜的房间，对潘五妹说："你与潘九斤是一母同胞吗？"

潘五妹吃惊道："老爷，怎么了？我们是啊！"

那少音说："潘九斤突然回来说，蔡守信带三百官兵把他们包围了，东西没换到手，还把他的兄弟给砍的砍抓的抓，你相信吗？"

潘五妹说："胡说，我一听就是胡说。"

那少音说："本官早应该想到，一个盗墓贼他还有什么信用。不过，如果他不把东西给交上来，你们就死在大牢里吧。"

潘五妹与冯招财听到这里抹着眼睛哭起来。刘掌柜吓得脸儿黄黄的，说:"老爷,老爷,这跟我没啥关系吧,这样吧,你放了小的,小的去劝劝潘九斤,让他把东西给您送过来。"

那少音点头道:"好吧刘掌柜,你去告诉潘九斤,如果他想独吞那批货,就是逃到天涯海角,本官也要把他抓住,连同潘五妹、冯招财一起砍了。"

刘掌柜见潘五妹哭得伤心,说:"让我与五妹一块去说吧。"

那少音叫道:"不行,潘五妹走了,我留着冯招财这废物干什么。怕是让潘九斤出二两银子交换他都不肯,就你自己去。"

刘掌柜走出大牢,并未直接去找潘九斤,而是跑去万宝堂了。说到底,刘掌柜并不希望潘九斤能够成功,他倒希望是现在的结果,这样那少音就不会放过冯招财与潘九斤,他可以想办法把潘五妹救出来,趁机把她搂在怀里。

刘掌柜见到蔡守信,说:"蔡爷,小的这两天去外地收东西去了,回来听说小姐回来了,真是吉人自有天相,值得庆贺。"

"托你刘掌柜的福。"蔡守信面无表情。

"小的听说这件事那少音也参与了,他还把冯招财与潘五妹押起来,让潘九斤把劫来的东西送来换人,结果潘九斤回来说您带三百官兵把他们包围了,那少音不信,认为是潘九斤想独吞东西,不管他姐的死活了。"

蔡守信点头说:"那少音说得对,我蔡守信如果能调动三百官兵,早就把冯招财给办了,何至于用宝贝去换人。这次我万宝堂损失惨重,把私藏的好东西全部用来换女儿了,还借了其他掌柜不少东西。这次万宝堂面临着关门的危机。他那少音应该把东西追缴回来还给万宝堂,而不是私吞。"

"小的给您盯着潘九斤,有什么情况会及时向您汇报。"

蔡守信说:"那就麻烦刘掌柜了。"

刘掌柜来到聚鑫斋,见伙计趴在柜台上昏昏欲睡,便仰起脖子敲敲柜台:"哎,你看到过潘九斤吗?"

伙计睡眼惺忪,说:"没见着。"

刘掌柜说:"我去给冯掌柜拿点儿衣裳。"说着来到后院,推开厢房的门,在墙根里那堆东西里扒拉,找出几件玩意儿塞到袖子里。经过柜台时,见伙计趴在柜台上迷糊,便悄手悄脚地过去了。回到三宝斋,刘掌柜从袖里掏出东西来放下,这才去向那少音汇报。那少音正在训斥班头。原来班头领着四个差役押着潘九斤去找宝贝,结果四个人被潘九斤撂倒逃走了。刘掌柜跟那少音商量,把潘五妹放出来让她与潘九斤联系。

那少音瞪眼道:"要是潘五妹跑了我去哪儿找人去?"

刘掌柜说:"你把冯招财关在牢里,潘五妹念及夫妻之情,她肯定不会逃走的。"

那少音点点头:"有道理。"

刘掌柜回到三宝斋,躺在床上,从枕下掏出那双绣花鞋抱在怀里,心想,这次潘五妹回来,孤立无援,万般无奈,定然委身于自己。他把绣花鞋塞到枕下,匆匆来到厨房,摸起三鞭酒咕嘟几口,抹抹嘴唇,拔腿向聚鑫斋奔去,想在那儿等潘五妹回来。

被关在大牢里的潘五妹冷冷地盯着冯招财:"冯招财你就是狗改不了吃屎,我跟你说过多少次,不要再跟蔡守信作对,你就不听,结果怎么样?"冯招财恨道:"这跟我有啥关系,是潘九斤他×的不念亲情带着那批宝贝逃跑,要不我们能受这连累吗?"

潘五妹说:"冯招财,要不是你挑唆九斤他能这么做吗?你想过没有,当初人家蔡守信开店碍你哪根筋了,你用夜明珠换人家的牌子,要我是蔡守信早找人把你砍了。你说你把狗腿都给弄瘸了还不长记性,这次你能给我看!"

冯招财说:"这狗日的潘九斤,要不是他逃走我们能这样吗?"

潘五妹恨极了,把冯招财摁到胯下一阵扑通,锤得他鬼哭狼嚎。班头站在牢外,看戏似地看着潘五妹在那里锤,等她歇了才说:"潘五妹,老爷叫你过去有事商量。"

冯招财叫道:"你们关我没用,九斤不会拿东西来换我。"

班头问:"那关着谁有用?"

冯招财说："潘五妹是他亲姐。"

潘五妹听到这里恨得就是没把刀，要有直接就把冯招财放了血。她对着冯招财那条瘸腿踢了几脚，疼得冯招财在地上打滚。狱卒把牢房门打开，潘五妹出来后，冯招财想爬出来，班头用脚抵住他的秃脑门往里踩了踩，把门关住："你就老实在里面待着吧。"

冯招财跪倒在地："五妹，你跟那大人说说把我也放了吧。"

潘五妹头也不回地跟班头去了，来到那少音的客厅，潘五妹说："渴死我了。"说着端起那少音的茶碗咕嘟咕嘟喝下，把嘴里的茶梗吐出来，问："抓住潘九斤了吗？"那少音叹息道："潘九斤不顾及亲情，为财忘义，实在是让人心寒。本官考虑到你的无辜，因此把你放了。至于冯招财嘛，本官暂且不能放。"

潘五妹点头："中。"

那少音说："当然，如果潘九斤回来，你能劝他把东西交上来，我自会把冯招财放掉。再者你跟潘九斤说，本官跟地方官员都有交情，无论他逃到哪里都会被官府追缉。如果他能够把东西交上来，我呢，就让他当班头，从此可以光宗耀祖，无须四处奔波。"

潘五妹又点头："中！"

潘五妹从衙门出来，想想聚鑫斋的冷清与无聊，还有那些从墓里挖出来的东西散发着阴冷的怪异的味道，突然有种无家可归的感觉。去找刘三礼吧，他那色急的样子实在让人恶心。

潘五妹决定去柳正印家。

自上次柳正印把她与冯招财推回聚鑫斋后，平时常去家里帮忙，因此她与柳正印的女儿柳小惠、儿子柳玉宽都很熟了，全家人都对她很亲切。这时，柳正印正在房里泡纸。这些纸是从文家装裱坊里买来的，文家三代都是搞装裱的，技艺精湛，常有人拿古画揭裱，那些覆背纸揭下来泡水染纸做旧，是最好的原料。他听到院里传来了结实的脚步声，便知道潘五妹来了，忙把手里的棍子扔下，迎出来，说："五妹，快进屋，你还没吃饭吧，我去给你做饭。"

潘五妹问："小惠呢？"

柳正印说："去卖窗花去了。"

潘五妹问："玉宽呢？"

柳正印说："在东房里画画呢。"

潘五妹说："给我下碗面去吧。"

柳正印给潘五妹泡上茶，去煮面了，他打了四个荷包蛋，下了半把面条。把面捧到潘五妹跟前，又从橱子里端出腌辣椒、韭菜花。潘五妹用筷子翻翻面，翻出四个荷包蛋，吧唧几下嘴，眼睛有些潮湿："柳师傅，要是他冯招财有你一半对我好，我早烧死了。"

柳正印说："吃吧五妹，吃完了再说。"

潘五妹把面吃完，抹眼泪道："柳师傅你说我还有法儿过吗，他冯招财挑唆潘九斤去劫人家蔡守信的闺女，害得我被关进大牢，几天都没有吃顿饱饭没有合过眼。我想好了，我不能再跟冯招财过了，再过下去非得让他害死不可。"

柳正印说："五妹你先去睡会儿吧，醒了再说话。"说着把她领到柳小惠的房间。潘五妹见桌上摆了很多新剪的窗花，咂舌道："这闺女手真巧。"见小惠的床收拾得干干净净，一尘不染，便摇头说："柳师傅，闺女家爱干净，我在牢里沾了身尘土，还是去睡你的床吧。"柳正印说："没事的，小惠昨天还问你过来没呢。"

潘五妹摇头说："柳师傅，我还是睡你的床吧。"

柳正印把潘五妹打发睡了，去街上买了些酒菜，回到家里，蹑手蹑脚地收拾，生怕聒着潘五妹。潘五妹已经醒了，闭着眼睛听着细微的切菜声感到很亲切。小时候懒床，母亲都是早起来做好饭，她每听到这种声音都感到心里温暖。潘五妹睁开眼，见柳正印轻手轻脚的，感到嗓子有些堵，眼里不由蓄满泪水，朦胧了柳正印的背影。回想嫁给冯招财以来，他就像个大爷似的衣来伸手，饭来张口，啥正事都不干，有好用的自己用，有好吃的自己吃，从没有给她留过，也从没有关心过她，原来被人关心是这么温暖，这么幸福。

天色渐渐暗了，小惠回来了，说："爹，我今天卖了三十多幅。"

柳正印说："小声点儿，你潘姨几天没睡了，正睡觉呢。"

小惠小声说："那我去买点儿菜。"

柳正印说："都买了，一会儿你去炒。"

潘五妹听到他们在小声说话，忙坐起来说："小惠回来了？"

小惠说："姨你再睡会儿，我做好饭叫你。"

潘五妹躺在床上，回想在牢里时，冯招财为了自己能够出来，竟然劝那少音扣押她，这还是夫妻吗，还有法儿跟他过吗……当潘五妹坐在热腾腾的一桌饭菜前时，她突然感受到了家的温馨，想想自己的遭遇，心里难过，把酒喝高了，结果醉得不省人事。柳正印叹口气说："小惠，现在冯招财还在大牢里，你潘姨回去也没人照顾，让你潘姨睡我的床，我跟玉宽睡。"小惠点点头，帮父亲把潘五妹抬到床上，小声说："爹，人家有男人，你可别……"

柳正印瞪眼道："胡说什么！"

小惠知道，由于潘五妹性格豪爽，大大咧咧，就像她去世的娘，父亲对潘五妹的关心已经有些过了。

柳正印年轻苦读，以求功名，常到一家店里买纸。卖纸的姑娘大他五岁，因为脾气柴还想招养老女婿，二十七八都没婆家。她像大姐似地照顾柳正印，每次他来买纸，都给他算最便宜。由于柳正印家里穷，没钱买纸，很久没去店里了，卖纸的姑娘竟找到他家，给他送了些纸，说，你个书生真傻，有个办法不用你花钱还有用不完的纸。柳正印问什么办法。姑娘说，嫁到我家当女婿。柳正印摇头。姑娘说，想想吧，不用你干活儿还有用不完的纸，还有人照顾你，不愿意就傻了。柳正印同意了，姑娘当天晚上就留下了。成婚后，店里店外、家里家外都是妻子张罗，柳正印只顾读书，但连考几次都没成功。后来他们有了小惠与玉宽，小惠受母亲的影响里里外外的都行。玉宽在这种女性强势的家里变得像柳正印似的越来越内向，越来越不愿意出门，就知道在房里画画。由于小惠的娘脾气大，性子急，前几年有病去世了，店里的事由小惠张罗，柳正印与儿子还是里外不动手，就像闲人似的……柳正印那天见到潘五妹，看她那倔强的性格，仿佛看到亡妻，因此对她极有好感。从此心里就暗暗地喜欢上她了……

潘五妹睡后，柳正印泡了壶茶想让潘五妹喝，但是潘五妹打着响亮的呼噜，怎么都叫不醒。柳正印趴在床沿上盯着潘五妹的脸儿，想伸手摸摸。他回头看看窗子与门，把手慢慢地伸过去，当快伸到脸上时，手指突然弯动，又抽回来，摇头说："不可，不可。"

早晨潘五妹醒来，见床前放着椅子，上面摆着茶壶与碗，抬头见柳正印趴在八仙桌上睡着了。她爬起来，把柳正印晃醒："柳师傅，你去床上睡会儿，我去做饭。"柳正印醒来抹抹眼睛说："这么早起来干吗，你先去躺着，我去做饭。"潘五妹把他拉起来，推到床上，把鞋给他脱了，盖上被子，去做饭了。

柳正印躺在有着潘五妹体温的被窝里，哪还睡得着……

七
皇宫背景

  由于那少音认定潘九斤独吞了从万宝堂得到的宝贝，感到吃了大亏，气得老打嗝，就像鸡吃了毛噎着了。当听下人说蔡守信拜见，便对下人没好气地说："就说本官出去了。"没多大会儿下人回来，说："大人，蔡守信说是关于潘九斤的事情。"那少音心想，他蔡守信不会现在才报案吧，便冷笑道："你没听到本官已经出去了！"下人没多大会儿又折回来，说："大人，蔡守信说关系着您的前程，您不见会后悔的。"那少音怒道："没完没了，让他进来。"那少音拉拉官服，坐在客厅里，脸拉得老长。等蔡守信进来，耷着眼皮说："蔡掌柜，本官说已经出去就是说明不方便见你，你为什么如此执着，说，到底有什么事！"

  "那大人，我是来报案的。"

  "什么案，快说！"那少音都没拿正眼瞅蔡守信。

  "贼人把我女儿劫持之后，让我用五十件宝贝去换，万宝堂拿不出这么多宝贝，只得四处去借，因此损失惨重，不知您对这件事有什么看法？"

那少音冷笑道："有什么看法，那是活该！"

蔡守信问："大人，您怎么可以这么说呢？"

那少音说："如果你早报案，本官必尽心查案，说不定早就把劫犯归案了，你也不会有此损失。可是你藐视本官，私自与劫犯交易，事后再来报案，这样的案子本官不受理。"

蔡守信说："由于潘九斤独吞财物，他兄弟三秃子等人气不过，前来向我揭发，说大人您与潘九斤共同谋划劫了万宝堂收藏的古玩。这让我感到很震惊，您身为朝廷命官，怎么可以勾结劫匪图谋万宝堂财物呢？按大清律条，您知道这是什么罪吗？"

那少音恼羞成怒："胡说，这是诽谤！"

蔡守信冷笑道："至于是不是诽谤是不是胡说，我说了不算。我会带着他们的诉状，交到老佛爷手中，让她老人家来判此案。"

那少音哈哈狂笑几声："本官都没有见过老佛爷，你小小的草民想见老佛爷，做梦吧。再者，就凭你一派胡言就想整倒本官，简直是天方夜谭。"

蔡守信说："那好，我到菜市口给您带碗好酒，为您送行。"

那少音怒道："信口雌黄，来人，把他给我拿下。"

蔡守信说："你最好别冲动，抓我之前应该去见庆宽总管。"

那少音冷笑："本官爱见谁，用不着你操心。"

差役把蔡守信拿下，关进了死牢。那少音随后来到牢里对蔡守信小声说："蔡守信，本官实话跟你说吧，你说的都不假，本官就是想利用潘九斤把你万宝堂的宝贝占为己有。没想到潘九斤竟然如此歹毒，骗了本官。不过没关系，我会派人去抄万宝堂，相信你的店里不只五十件宝贝，肯定还有些值钱的东西。至于你，走进这大牢已经等于死了，就算本官私通劫匪，谁人能知道呢？蔡守信啊，你看似聪明，其实你是个傻子。"

"你想把自己往死路上送，我拉都拉不住，成，去抄吧。"

那少音走后，几个牢卒把门打开，蔡守信以为放他出去，没想到他们围过来把他摁到地上，把他随身带的银子搜去了，还要撸他手上的戒指。蔡守信把手指弯起叫道："大胆，谁让你们这么做的？"有个狱卒说："快把手指伸开，要不然把你的手指给砍去。"

蔡守信没办法，只得把手指伸开，任凭狱卒把戒指给撸去了。蔡守信说："别给弄丢了，丢了小命就没了。"几个狱卒见他是案板上的肉了还这么大的口气，扯住领子在他脸上来了记响亮的耳光，骂道："蔡守信你有没有发现你这个牢房的木栅比别人的粗，不知道吧，老子告诉你，这间牢房是专关死刑犯的，你关进这里已经死了。"

蔡守信问："冯招财关在哪里？"

狱卒冷笑："在隔壁呢，你想见他？"

蔡守信说："把他带进来，我想跟他说说话。"

狱卒哈哈笑几声："你以为这是万宝堂啊。这里是牢房，老子说了算。"

蔡守信说："你想不想知道两个死敌关在一起是什么情况？"

狱卒愣了愣笑道："对啊，你们是死敌啊，来来，把冯招财带过来，让他们两人在牢房里对掐，咱们看看热闹。"几个狱卒到隔壁把冯招财带过来，冯招财看到蔡守信后，惊异道："这人长得怎么就像蔡守信？"狱卒笑道："什么叫像，他就是万宝堂的蔡守信。"说着把他推进牢里。

冯招财吃惊道："真是蔡守信？"

蔡守信说："冯掌柜，这么快就把我给忘了？"

"你真是蔡守信？"冯招财不敢相信自己的眼睛。

"跟你说过我就是蔡守信。"

"哈哈，哈哈哈，哈哈哈哈，爷我本来挺郁闷的，现在有蔡掌柜陪我坐牢，太好了，我不郁闷了，那我们就聊聊天吧。说说你犯了什么事进来的，还被关进了死牢？"

"潘九斤独吞我的东西后，那少音去讹我，被我杀了。"

"啊？你把那少音给杀了，吹吧，你顶多杀个差役。"

"反正被打进死牢了，我闷得慌，所以找你来聊天。"

冯招财说："既然咱们都被打进死牢了，那我就跟你说点儿实话吧。蔡守信啊，要不是潘九斤这王八蛋吃独食，我就得喊你一声老丈人。本来我们策划好，把东西换到手给那少音送去，然后把你杀掉，我把你闺女娶了，没想到他潘九斤破坏了我的好事。"蔡守信本来就有火气,听到冯招财这么说,摁住他就往死里打,打得冯招财直喊救命。外面的狱卒在喊:"冯招财快起来,你个孬种,你不会反抗吗?"

"我,我打不过他,救命啊!"

蔡守信边打边说:"你以为我叫你过来是跟你聊天,我是满肚子的火没处发,就想借你出气。"

狱卒本来想看两人打架,如今见冯招财只顾抱着头喊救命,感到不太好玩儿,于是把冯招财拉出来,对着蔡守信一阵扑通……

从大牢回到府上,那少音回想蔡守信说的话,越想越感到不对劲。为什么蔡守信提到老佛爷还提到庆宽大人。为什么蔡守信被关在大牢里还说要去菜市口为他送行。

那少音心里嗵嗵直跳,心想,蔡守信向来思考缜密,多次把冯招财玩儿得溜溜地转,他不是那种胡吹海谤之徒,这么说可能是有原因的。本来那少音想派人去抄万宝堂的,心想还是等把事情落实好了再做不迟。于是,带了几件东西前去内务府拜见庆宽,想听听风声,看蔡守信是不是有何阴谋,或早把诉状告上去了。

虽然那少音是慈禧的外戚,但也不属于近亲,是拐了好几道弯的。当初他就借着亲戚托亲戚再托亲戚找到庆宽,庆宽才为他争取到这个职务。一直以来,庆宽都是那少音的后台。那少音见到庆宽后,说:"下官有一事前来请教。"

庆宽点点头:"请讲。"

那少音哭丧着脸说:"街上有家万宝堂诽谤我与劫犯私通,要把诉状告到官里。"

庆宽说:"少音啊,蔡守信曾跟我商量过要去面见老佛爷,被我劝回去了。我的意见是你们私下里把事情解决。他无非是想让你赔偿些损失,你就满足他的要求,事情就过去了。否则这件事真闹开了,不只你要受到处罚,本官也会受到连累。"

"这个！"那少音没想到庆宽已经知道此事。

"少音啊，也不是我说你，你在街上淘几件东西不算困难吧，你说你何必与劫犯私通共同谋划万宝堂呢？有件事呢我是跟老佛爷打牌时听到的，这件事你可不要跟任何人说起，如果误了老佛爷的大事，你脑瓜子就保不住了。"

"什，什么事？"那少音缩着脖子，眼睛瞪得老大。

庆宽看看四周，小声说："万宝堂的店名大不大？"

那少音说："大！"

庆宽问："店牌大不大？"

那少音说："非常大。"

庆宽说："为什么这么大？"

那少音说："他蔡守信张狂！"

庆宽摇摇头说："他人生地不熟的为何张狂？"

那少音说："他不知道天高地厚！"

庆宽耷下眼皮说："实话跟你说吧，这家店是老佛爷懿旨钦开的，目的就是为了查找宫中流出之宝。所以伪装成民坊，是方便于收购宝贝。如果是宫中所开，必然没人敢把宫中流出之物拿去卖。现在你听明白了吗？你应该与蔡守信搞好关系才是，如果你跟他较劲，就等于与老佛爷较劲，你说你不是找死吗？"

那少音早惊得目瞪口呆，大汗淋淋："这，这……"

庆宽阴着脸说："这件事情只有老佛爷与本官知道，现在你也知道了，但绝不能透露出去，透露出去影响了收缴宝物，是杀头大罪。好了，本总管把实情告知你了，你自己看着办吧。"

那少音就像打愣了的鸡似的，坐在那里没动。

庆宽敲敲茶几："那少音，回去吧！"

那少音打个激灵，哭丧着脸说："小的以前不知道这事，您得多替小的给包揽着点儿。"

庆宽点头说："你按我说的去做，保你没事。如果蔡守信有什么要求要满足他。从今以后你要做到心中有数,不可太贪,太贪必出大事。"

万宝堂的人听说蔡守信被抓,顿时炸了窝子。他们把店门关了,都挤在院里闹着要去官府要人。赵文轩说:"大家不要冲动,现在还不知道什么情况,都先回去,我跟志光去看看情况,回来再想办法。"柴少武也要跟着去。高志光说:"你胸上的伤没好利索,不要去了。"

随后,赵文轩与高志光向衙门奔去。

那少音愁眉苦脸地坐着官轿回来,见门口正在吵闹,忙让停下轿子。他听说是万宝堂的人来要蔡守信,愁得那脸就像苦瓜皮似的,跑到赵文轩跟前施礼道:"两位师傅请回,小的请蔡掌柜来是有要事相商,吃过饭后小的用轿子把他送回去,你们回去等着就行了。"

班头吃惊道:"大人,你咋说自己是小的?"

那少音忙说:"本官,本官。"

赵文轩说:"我们想见见我们掌柜。"

那少音说:"两位师傅请放心,蔡掌柜是我请来的,我们谈点儿要紧的事情,谈妥之后马上就把他送回。班头,你领这两位师傅去喝点儿酒,记咱们账,千万不要让他们请。"

赵文轩见那少音不像是说假话,就跟高志光回去了。

那少音哭丧着脸来到客厅,双手搓得哧哧响,就像踩着烧红的地板似地来回走动,自言自语,这可怎么办,这可怎么办,完了,这次算完了!随后他躬着身就往牢房跑,来到蔡守信的牢房前,也不顾衙役在面前,扑通跪倒在地,哭咧咧地说:"下官有眼无珠,还请蔡爷原谅小的无知!"

班头打个激灵,嘴张得就像耗子洞。

几个狱卒看到这里顿时傻了眼。

蔡守信说:"那大人,注意形象,起来,起来。"

那少音爬起来,见狱卒瞪着眼呆得像没了魂,喝道:"愣什么愣,马上把蔡爷放出来!"两个衙役忙掏出钥匙,由于手抖得厉害,钥匙掉在地上。他们把牢房打开,扑通跪倒在地,哭道:"小的有眼无珠,小的这就把戒指与银子还给您。"那少音惊道："什么，你们把蔡爷的戒指与银子都给抢了！来人，把他们关进大牢！"

蔡守信说："算啦算啦，上什么不正下什么歪。"

那少音说："上梁不正下梁歪，下官有责任，下官该死。"

蔡守信把戒指戴上，来到冯招财的牢房前："冯掌柜，多谢你陪我聊天，就是你的嘴太臭，竟然骂我的女儿。"回头对跪在地上的几个狱卒说："你们几个，帮我掌冯掌柜的嘴。"

冯招财跪倒在地哭道："蔡爷，饶了小的吧，小的够可怜了！"

那少音撸把脸上的汗，躬腰道："请蔡爷书房小坐。"

班头脖子都缩没了，说："蔡爷您请。"

那少音躬着腰把蔡守信引到书房，对书童说："马上跟夫人说，我要跟蔡爷坐坐，要弄最好的菜。"书童刚离开，他扑通跪倒在蔡守信面前，哭道："蔡爷，小的有眼不识泰山，您千万别跟小的一般见识，您放心就是，您的损失小的全部负责。"

蔡守信把那少音拉起来："那大人，不要这样，这要让外面的人看到，会影响不好。"

那少音忙爬起来，施礼道："小的遵蔡爷的吩咐。"

蔡守信说："以后不要这么称呼。"

那少音说："小的遵命。"

蔡守信说："那大人，俗话说，不知者不为罪也。此次任务除庆宽大人之外再无人知道。就算在万宝堂，除我之外也无人知道此店背景。当然，现在你知道了，但你要为此保密，不要让外人看出异常，否则，完不成任务老佛爷怪罪下来，我等吃不了得兜着走。"

那少音大汗淋淋，脸色苍白："小的遵命。"

蔡守信说："自我来到街上，多有耳目向我举报，说你藏有很多宫中流出之宝。这些东西在你的手中是祸不是福。如果查出，你前程尽折，还会被抄家问斩。如果卖掉，买家出事同样会牵出你来。不如这样，你把私藏官中流出之宝，偷偷地送到万宝堂，将来我会向上面说是你帮助寻回，为你邀功。"

那少音忙鞠躬："多谢蔡爷成全。"

蔡守信说："当初我送你的鬼谷下山就不要了，留着作为纪念吧。再者，并非只有官中流出之物是宝贝，民间也有很多至宝，可以收藏这些嘛！"

那少音说："再有什么好东西，小的一定想着蔡爷。"

那少音与夫人陪蔡守信吃了顿丰盛的午餐，要派官轿送他回去。蔡守信摇头说："太显眼了，我还是走回去吧。"那少音恭恭敬敬地把蔡守信送出老远，回到府上，用手撸把脸上的汗，抬头见夫人向他翻白眼："又咋了？"夫人撇嘴说："瞧你这官当的，真没有骨气，他蔡守信送你什么好处，把你给收买成孙子了。"

那少音怒道："你懂个屁！"

夫人撇嘴说："那少音你还有没有尊严？"

那少音叫道："你少在这里胡说。你懂什么，这万宝堂与蔡守信可不是我们想的那么简单，是有大背景的。"

夫人皱眉道："什么背景，难道比庆宽大人还大？"

那少音说："万宝堂是老佛爷懿旨办的，目的就是为了暗中收集官中流出之物。你说他的后台比庆宽大人怎么样？跟你说过多少次了，女人家少掺和男人的事，你就不听，这样下去我们会倒大霉的。"

夫人听到这里，眼睛瞪得老大，嘴张得就像红手镯子，半天没合上。那少音哼了一声，气呼呼地走出门。

当那少音站在密室时，看着满室的宝贝，实在不舍得拿出半件，但这关系到身家性命，不能不拿。他像牙疼般吸溜着嘴，把那些官中流出来的东西都挑出来，总共有上百件。然后又把东西挪到外面，亲自把它们包起来，装进箱子里，然后坐在箱子上抹眼泪。

晚上，那少音亲自带着马车把东西拉到万宝堂。

蔡守信把东西收下后，把那少音领到书房，拿出两包猴魁茶："我平时最爱喝这个茶，你带回去尝尝，如果好喝以后再过来拿。"

那少音说："以后您喝茶小的给您弄，哪能要您的茶。"

蔡守信说:"以后你要像以前那样称呼本官。"

那少音忙说:"不敢,不敢。"

蔡守信说:"称谓是小事,误了收集之大事就麻烦了。"

那少音心中还有个疑惑,问:"既然万宝堂是宫里私设,为何还要留着冯招财的聚鑫斋?小的回去就把聚鑫斋查封。"

蔡守信摇头说:"万万不可,万宝堂能有今天的威望与业绩,主要得力于冯招财。"

那少音吃惊道:"难道他也是您的人?"

蔡守信笑道:"那倒不是。你想过没有,万宝堂初来乍到,谁知道有万宝堂这个店,可是,自从冯招财收购本店的店牌后,搞得古玩界都知道有这家店了。再者,我用假牌骗走他的夜明珠,这件珠子献到宫里,据说老佛爷非常喜欢。"

那少音用力点头:"蔡爷真是高明。"

蔡守信又说:"如果没有冯招财不停地责难万宝堂,这么大的牌子,这么大的排场,别人早怀疑万宝堂有背景了,近而会猜到是宫里私设,就不会有人把宫中流出的东西拿来了。正由于冯招财的挑战,不只打消了别人的顾虑,也看到了万宝堂的实力与诚信,因此收到很多宫中流失之物,并受到老佛爷的称赞。"

那少音问:"那么,潘九斤抢劫去的东西也是假的?"

蔡守信点头说:"我岂能用宫中流出之宝去换小女。第一天我装进箱的确实是真的,目的就是为了让刘掌柜通风报信,让劫匪知道我确实用真东西换人,晚上我们又换上赝品,并提前派兵埋伏到行宫附近,等潘九斤的人出现后就把他们给拿下了,他们连假东西都没得到,潘九斤因此逃亡并牵连到冯招财夫妇。"

那少音终于明白,蔡守信为何能调动三百官兵:"我们如何处置冯招财?"

"留着他吧,反正他现在的日子也不好过。"

"好的好的,以后小的随时听您调遣。"

那少音在回去的路上，虽然为献出的宝贝感到心疼，但也感到欣慰。欣慰的是多亏有庆宽这个后台打通关系，蔡守信并没有死缠烂打，并向他吐露真声。如果蔡守信直接捅到老佛爷那里，自己的小命就没了，有多少宝贝也没用了。路过三宝斋时，他见灯还亮着，便前去拜访。刘掌柜没想到那少音半夜里来，店里的好东西没来得及收起来，开门见有辆马车停在那里，更吃惊了，忙说："老爷，小的已经休息了，明天小的去府上拜访。"

那少音瞪眼道："什么，看来你不欢迎本官？"

刘掌柜牙痛般嘶牙花子："欢迎是欢迎，只是太晚了。"

那少音推开刘掌柜，倒背着手走进店，歪着头看架子上摆着的东西，突然发现有个鸡血石石榴雕件，血的部分正好是开口的石榴米，利用得非常巧妙。那少音眼睛顿时亮了。刘掌柜面如死灰，浑身开始颤抖，说："假的，假的，不是鸡血石，是浸色。"

鸡血石是中国特有的宝石，因石头中具有红似鸡血的辰砂而得名。鸡血石是由"地"和"血"两部分组成，"血"的矿物成分主要为辰砂；"地"的成分则不尽相同，以红色为基调，温润华贵、晶莹剔透，为"印石三宝"之一，素有"印石皇后"的美誉。据说鸡血石的开采始于宋代，盛名于清代。康熙、乾隆、嘉庆等皇帝十分赏识昌化鸡血石，将其作为宝玺的章料。名贵鸡血石以浙江昌化、内蒙古巴林为主。那少音看出刘掌柜的这个雕件是昌化鸡血石，虽然血并不是多么深，但作为石榴米来用，这样的血色恰到好处。他伸手把雕件抓到手里，刘掌柜扑通跪倒在地，磕头道："老爷，老爷，这是小的店里的镇店之宝，要是没了，小店就有名无实了。"

那少音瞪眼道："刘三礼，你私通潘九斤，妨碍本官办案，应该把你给抓起来，查抄你的三宝斋。当然了，如果你把这件东西送给本官，本官就格外开恩。"

刘掌柜哭道："老爷，小的没了这件东西就没法活了。小的会上吊、跳井、喝药。求求您了，给小的留下吧。"

那少音说："那好，本官打发人给你送鹤顶红或者麻绳来。"

刘掌柜知道这件东西是保不住了，说："老爷，要不这样，小的把这件东西送给您,您把潘五妹放掉,否则,小的就撞死在您的门上,让您擦半天。"

那少音扭头看到架子上还有件春秋战国的青铜器,鼎腹极浅,蹄足粗壮,簋口微敛,两耳小而无珥,是秦簋的通制。这件东西纹饰以窃曲纹、鳞带纹为主,看上去包浆非常好,知道也属罕见,于是伸手拿下来:"把这件东西也送给本官,立马放人。"

刘掌柜虽然爱财,但最终还是没有敌得过爱情,悲壮地说:"拿走,今天晚上就放人。"那少音把东西递给下属,回头说:"刘三礼,实话告诉你吧,事发当天我就把潘五妹放了,你去找她吧。"

刘掌柜说:"这几天我天天待在她家里,也没见她回去。"

那少音说:"放出来了,她去哪里本官就不知道了。"

刘掌柜换了件衣裳,洗了把脸,弄撮茶叶嚼着,来到聚鑫斋,把门敲开。伙计抹着眼睛问:"刘掌柜,这么晚了来有事吗?"

刘掌柜问:"潘五妹回来了吗?"

伙计说:"昨天回来拿了几件衣裳走了,让小的在家里看店。"

刘掌柜问:"她没说去哪儿了?"

伙计说:"没说。"

刘掌柜来到厢房,点上蜡烛,目睹着潘五妹的用具,回忆着她这个房里的喜怒哀乐,眼睛顿时湿润了,烛光变成光斑。这天夜里,刘掌柜并没有回去,他就在潘五妹与冯招财的房里睡的,还做了个美丽的梦,在梦里他与潘五妹成婚了,生活得非常幸福……

无依无靠的潘五妹在柳正印家待了几天,感受到了最真挚的感情、懵懂的爱情,并深刻地感受到了家的温暖。在这几天里,她把柳正印家一家三口的棉衣棉被都拆洗了,把角角落落里擦得干干净净。她做这些的时候是愉快的,是幸福的。她从来都没有想过劳累也会如此幸福。但是她做完这些以后,就再也没有理由待下去了,于是向柳正印提出回去看看。

柳正印感到失意:"五妹,一个人在家多冷清,在这里住吧,大家也好有个照应。"

潘五妹说:"有些事情是必须要处理的。"

柳正印点头:"处理完了就回来吧。"

柳正印把潘五妹送到巷口,潘五妹说:"柳师傅回去吧。"她慢慢地往前走着,心里恋恋不舍。来到巷口,回头看去,柳正印还呆站在那里,她感到心里有些难受。在这个家里,她体会到了以前从没有体会到过的东西,她突然明白什么叫生活,什么叫幸福,终于知道冯招财有多讨厌了。

回到聚鑫斋,潘五妹见伙计正趴在柜台上睡觉,敲敲柜台,伙计抬头见是老板娘,忙站起来说:"您回来了,刘掌柜在等您。"

"刘三礼?"潘五妹皱了皱眉头。

"他每天都在这里待着,有时候还在这里住下。老板娘,是不是咱们欠他钱?"

"咱们什么时候欠过他的,倒是他欠咱们的。"

潘五妹来到后院,闻到股腐烂的气息,感到有些恶心。以前她并没有这样的感觉,但是出去住了几天,这才发现家里的味道这么可恶。她走进厢房,见刘掌柜正躺在她的床上,半张着嘴,颧骨高起,眼窝有些塌陷,样子非常恐怖。她用脚踢踢床头柜:"刘三礼,赶紧起来。"刘三礼睁开眼,眨巴着眼皮,吧唧几下嘴:"我是不是在做梦?"潘五妹叫道:"不是做梦,赶紧起来!"刘三礼见潘五妹回来了,把被单掀开,意识到没穿下衣,忙又把被单盖上。

潘五妹来到院里,见墙根那堆瓷器的碎片旁有几个耗子在吱吱地游走,一阵风刮来,传来浓烈的墓气,不由皱起眉头。当年奶奶去世时,家人把爷爷的墓打开,她就闻到过这种味道,至今记忆犹新。后来,冯招财与潘九斤盗墓,每天往家里弄墓里的东西,她习惯了这种味了,可是出去住几天再回来,这些味道变得刺鼻了。

刘三礼从厢房里出来,问:"五妹你这几天去哪儿了?可把我急死了,我以为你出什么事了。"

"去亲戚家了。"潘五妹并没有回头。

"亲戚？以前咋没听说过？"

"刘三礼你是我什么人，我为什么要告诉你？"

刘三礼眨巴眨巴眼睛，像只受伤的小鹿那样，眼睛湿漉漉的："你饿了吧，我去给你买饭去。"说着拔腿就跑。潘五妹看到刘三礼佝偻着身子的背影轻轻地摇摇头，用鼻子哼了声。她想把家里收拾干净，可拿起扫帚来划拉几下，就把扫帚扔下了。这个家里除了腐臭的味道就是那些垃圾般的生活回忆，实在没有任何让她留恋的东西了。她来到客厅里，呆坐在那里，突然不知道自己将来何去何从了。这时，班头突然来到家里，问："潘五妹，想不想把冯招财弄出来？"

潘五妹竟然犹豫了，说："什么意思？"

班头说："那大人说了，你只要交上十两银子就放掉冯招财。"

潘五妹说："我没有十两银子。"

班头说："潘五妹，这样吧，只要你给我一两银子，我就告诉你一个天大的秘密。"

潘五妹摇头说："我没有一两银子。"

班头说："太可惜了，真是太可惜了，这个秘密关系到你们的生死命运，你不想知道算了。"

潘五妹见说得这么严重，从袖里拿出一两银子："说完了就给你。"班头看看四周，小声说："这件事可不能告诉别人，要传出去是要杀头的。你知道万宝堂是谁开的吗？你别跟我说是蔡守信开的，这个小孩都知道，不值一文银子。实话告诉你吧，万宝堂是宫里开的店，他蔡守信的后台是老佛爷，那大人知道这个消息后都吓得尿裤子了，你说你们还跟他斗，这不是找死吗。蔡守信没杀你们已经格外开恩了。识相点儿吧大姐，有好吃的吃点儿，有好用的用点儿，不要老跟自己过不去了。"潘五妹听到这里不由笑了，但脸上的表情却像哭。想想冯招财不知道天高地厚，蹦蹦达达的不知道多能，其实是拿着命根子戳马蜂窝。她把手里的银子递给班头，说："这个消息值。"

"大姐，千万别出去乱说，这是要命的。"

潘五妹点点头："放心吧，我不会说的。"

班头说："大姐，你拿点儿银子把冯招财弄出来吧，如果你的钱不够，去了可以跟那大人讲讲价，相信用不了十两就能捞出来。"

潘五妹说："他就不值十两银子。"

班头走了没多大会儿，刘三礼买东西回来了。原来，刘三礼跑到附近最好的馆子买了几个菜。他把菜放到茶几上，说："五妹，还是热乎的，你赶紧吃吧。"

潘五妹说："班头来过，说花十两银子就能把冯招财捞出来。"

刘三礼摇头说："五妹，像冯招财这种德性，把他放出来没有任何好处。这样的人，在大牢里还老实点儿，出来还不知道又要弄什么事，每次都会连累你。"

"你回去帮我写个休书。"

"给谁写？"刘三礼问。

"我不想跟冯招财过了，我要把他休了。"

"五妹，这女人休男人，不上讲。"

"那就让他把我给休了。"

"中中中，我现在就写。"

"你回去写吧，一会儿我过去拿。"

"中中中，我这就回去。"

刘三礼兴冲冲地走后，潘五妹来到厢房，把床头柜挪开，抠出块地板，从里面掏出个包。包里是几百两银子。她拿出二十两银子，把其余的银子又放进去，把床头柜压上，然后去了三宝斋。刘三礼已经把休书写好，坐在那里正得意。只要潘五妹与冯招财解除了夫妻关系，她潘五妹无亲无故的还能靠谁，不就得靠他了吗，靠他就不得跟他结婚吗？他来到后院，看看两边的厢房，仿佛看到挂着彩灯红绸的场面，不由兴奋得就像发低烧似地喘息。潘五妹来到后，刘三礼双手把休书递给她："五妹，冯招财还在大牢里呢。"

"我去大牢里让他签印。"

"那你带着毛笔与印台。"

"这样吧刘三礼,你跟我去。"

"中中中,我跟你去。"

两人走在街道上,刘三礼说:"五妹,实话跟你说,我存了不少银子,你搬过来我不让你受指甲盖点儿的屈。你过来,我把钱全部交给你管,你想买什么就买什么。以后你就是三宝斋的掌柜,我给你打下手。"

潘五妹说:"刘三礼,你嘴里的味道太难闻了。"

刘三礼猛地把嘴捂住,含糊地说:"忘了嚼茶叶了。"

潘五妹说:"那就少说几句吧。"

由于几个狱卒抢了蔡守信差点儿把命搭上,他们把恨都加在冯招财身上了,把他的嘴给抽得像弯过来的腊肠。冯招财已经听狱卒说了,蔡守信的后台是老佛爷,他不由心如死灰,实料自己这次算是没法儿活着出去了。当他看到刘三礼与潘五妹来了,就像墨夜里看到了星辰,就像在海中看到木棍,惊喜万分:"我以为你不管我了呢。"等潘五妹与刘三礼走近了,冯招财说,"你们只要把我给弄出去,我就成全你们。我对天发誓,绝不食言。"

"你真想成全我们?"潘五妹问。

"我要有半句假话天打五雷轰。"

"既然这样,那好,刘三礼把休书给他。"

刘三礼掏出休书来,把毛笔、印台,通过牢栅的间隙递进去。冯招财并没有看那张纸,而是可怜巴巴地问:"别我真签了你们不管我了。"潘五妹平静地说:"放心吧冯招财,刚才班头去找我了,只要交上十两银子就把你放了,银子我都带来了。"说着从兜里掏出二十两银子,托在手里,"其中十两是给你的。"

冯招财盯着刘三礼:"刘掌柜,真的?"

刘三礼点点头:"当然是真的。"

冯招财还是不太相信,手里握着笔在犹豫。

刘三礼说:"招财啊,签吧,早签了早把你弄出来。"

冯招财吧唧几下嘴，虽然不太相信他们的话，但在这种情况下，他没有别的选择，只好在休书上写上名字又摁上手印。潘五妹把休书接过来，把银子递给刘三礼："三礼，你把其中十两银子交给那少音，其余的十两给冯招财。我先回去了。"

刘三礼说："五妹你放心就是，我保证办好。"

潘五妹点点头，转身走了。刘三礼压抑着喜悦，走几步，回头见冯招财双手握着牢门，眼睛充满祈盼，心里更加得意了。

刘三礼把冯招财接出来后，冯招财深深地吸了口新鲜的空气，说："刘三礼，你终于如愿以偿了，你怎么答谢我？"

"你这话是什么意思？"刘三礼问。

"什么意思你不懂啊，现在我老婆变成你老婆了，我成了光棍子了。刘三礼，如果你想跟潘五妹过得安稳就给我一百两银子，否则我天天去闹你们，让你们不得安生。"

"你，你怎么这么赖皮。"刘三礼怒道。

"我冯招财本来就是盗人祖坟的恶人，你说我赖皮是抬奖我了。给不给吧，如果你不给那对不起，我他娘的跟潘五妹同归于尽，做鬼夫妻也不会让你们过成。"

刘三礼没有办法，在路过三宝斋时给冯招财拿了一百两银子，说："冯招财，你从此与潘五妹一刀两断，不能再找她的麻烦了，你发誓。"冯招财说："我发誓，我再干涉你们天打五雷轰。"

刘三礼把银子给他，见他拔腿就走，便问："你去哪里？"

冯招财说："老子现在没老婆了，只能去怡春楼了。"

刘三礼摇了摇头，心想，你爱去哪儿去哪儿，老子才不管你呢。他兴冲冲来到聚鑫斋，想跟潘五妹商量成婚的事情，听伙计说潘五妹根本就没回来，不由顿时怅然若失。他独自来到厢房里，一直等到深夜，等得就像热锅里的蚂蚁，终于听到脚步声。他激动地跑到门口，不由大失所望，原来是冯招财回来了。

"你怎么回来了？"刘掌柜皱着眉头。

"我没地儿去不回来去哪里。潘五妹呢?"

"伙计说没回来。对了,你们在附近有亲戚吗?"

"我为什么告诉你?"冯招财得意地说。

"伙计说潘五妹这段时间就没在家里住过。"

冯招财听到这里不由哈哈大笑起来,猛地收住笑:"刘三礼啊刘三礼,你这个大傻瓜,你以为我跟潘五妹分开她就跟你,实话告诉你吧,没有我的帮忙你是痴心妄想。你想要得到潘五妹,我可以帮你,不过你还得给爷二百两银子……"

八
古画情缘

　　自从那少音知道蔡守信的真实身份后，就变着花样巴结他。那少音能够在最肥的位置上干这么多年，并不是他多么有才或者多么有关系，主要因为他会拍马屁。他亲自来到万宝堂，请蔡守信去家里做客，见到店里的任何人都点头哈腰，把大家给纳闷得还以为那少音病了，而且病得不轻。

　　那少音把蔡守信请到家里，两口子陪着他吃了饭，在喝茶的时候，那少音把从刘三礼那儿讹来的鸡血石石榴雕件拿来，说："蔡爷，这是下官从街上淘换的，看着还有些成色，您拿回去把玩吧。"

　　蔡守信拿起来看看，点头说："昌化鸡血，血的部分雕成石榴米，十分巧妙。那好，多谢那大人割爱了。"

　　那少音忙说："蔡爷您客气什么，都是自己人。"

　　蔡守信告辞，那少音让班头用官轿送回去，蔡守信摇头说："我还是走走路吧。"等送走蔡守信，那少音怕在自己家里喝了酒，别路上出什么意外，将来会落下责任，于是派班头暗中跟随保护。蔡守信在琉璃厂街上漫步走着，不时跟熟悉的人打招呼。突然，他见胡同口有个卖剪纸的姑娘，现剪现卖，有几个人围着看，就凑了过去，见姑娘剪的窗花构图精巧，富有情趣，便想买几幅，把手伸进兜里才发现自己并没带银子，于是问："姑娘，你的窗花怎么卖？"

姑娘说："一两银子十幅。"

几个围观的青年嘻嘻哈哈说："就张红纸，这么贵？"

姑娘也不争辩也没抬头，依旧在那里剪着。她脚下已经堆着很多红纸屑，就像踩着片彩色的云彩。蔡守信说："正好没带钱，这样吧姑娘，明天你给万宝堂送一百幅。"姑娘这才抬头去看蔡守信："您真是万宝堂的人？"

蔡守信笑道："难道不像？"

姑娘说："你脸上又没写着店牌，我哪知道。"

蔡守信说："你去万宝堂时，就说蔡守信让送的。"

姑娘吃惊道："您是蔡掌柜？没带钱没关系，先拿走吧。"

蔡守信摇头说："不可，不可。"

蔡守信离开后，班头凑到剪纸的姑娘跟前问："刚才那人说什么了？"围观的小伙子说："他说他是万宝堂的掌柜，想买剪纸没有带钱，谁信啊。"班头听说蔡守信想买剪纸，心想即然他喜欢，我为何不买了送他，将来有什么事求他也算有个交情。于是班头便说："你这剪纸我都要了。"姑娘点头说："一两银子十幅，你拿走吧。"班头瞪眼道："什么，什么，这几张纸你卖这么贵，一两银子能买几刀红纸，这样，我给你一两银子，这些我都拿走了。"

姑娘说："那您去买红纸吧，我不卖。"

班头怒道："你知道我是谁吗？我是专门负责这块儿的，你在这里卖东西按说应该交税。你不卖给我，我就把你的纸没收了，以后你也甭想出来卖了。"

姑娘梗着脖子说："我就不卖。"

班头伸手去抢剪成的窗花，没想到姑娘抓起窗花来撕碎了，把班头气得抽了姑娘两巴掌，把她的剪子夺过来扔到房上。姑娘梗着脖子，气呼呼地盯着班头，突然从兜里掏出把小剪刀，一晃从他脸上划过，然后拔腿就跑。班头感到脸上热乎乎的，用手摸摸发现是血，他哪受得了这气，立马折回去召集兄弟，挨着巷子查询，最后终于查到柳正印家。这时潘五妹正在厨房里做饭，听到外面像打架，拿着菜刀就跑出来，喊道："怎么了？怎么了？"班头瞪眼道："潘五妹你在这里凑什么热闹？"

"到底怎么了？"

"怎么了，你看看我的脸。"

潘五妹听说小惠用剪刀把班头的脸划伤了，是来抓她的，便把手里的菜刀扔掉，对班头招招手说："来来来，借一步说话。"把班头引到厨房，潘五妹说："大闺女家被官府抓去，这多损面子，你就说多少钱吧。"

班头说："一百两银子，少一分也不成。"

潘五妹说："你们去房里坐着喝茶，我去给你们取。"

她急匆匆赶到聚鑫斋，来到厢房，把床头柜搬开，把地板抠开，顿时傻眼了，里面的银子没了。她后悔没早把银子拿走，可现在后悔也没用了。她跑去问伙计："冯招财呢？"

伙计说："他跟刘三礼去怡春楼吃花酒去了。"

潘五妹恨得牙根儿直痒，想想实在没地儿借，折回柳正印家对班头说："明天行吗？"

"那我先把人带走，你明天带钱来领。"

"我先跟小惠说句话。"

潘五妹把小惠拉到厢房，气愤地说："我本来存有二百两银子的，藏在地板里，没想到还是被冯招财这个王八蛋挖去了。你放心，我会马上想办法把你弄出来。"柳小惠点点头说："跟我爹说，万宝堂订了一百幅剪纸，明天给他送去。"

"万宝堂？"潘五妹说，"知道了。"

等班头把柳小惠带走后，潘五妹来到小惠房里，把窗花卷起来塞进个包里，急匆匆地来到万宝堂，嚷着要见蔡守信。伙计见是潘五妹，马上去跟蔡守信说："潘五妹提着个袋子来了。"蔡守信心想，是不是潘九斤回来了，于是来到前堂，问："潘五妹，找我有事吗？"

潘五妹扑通跪倒在地："我求您去救个人。"

蔡守信说："不是冯掌柜放出来了吗？"

潘五妹爬起来，从袖子里掏出张纸来递上去。蔡守信接过来看了看，是张冯招财写的休书，便问："你让我看这个干吗？"潘五妹又扑通跪倒："蔡掌柜，我今天厚着脸皮来求您救个人，您必须去救，您不去我就撞死在您的店里，让您擦半天。"

"起来，起来，去救谁？"

潘五妹爬起来，把手里的包递给蔡守信："这是您订的剪纸，不要钱了，只求您去把闺女救回来。"

蔡守信听糊涂了，问："你有个闺女，我怎么没听说过？"

潘五妹急得直冒汗："不是俺闺女，是柳师傅家的闺女，她在街上剪纸卖，跟班头打架用剪刀把他的脸划了，被班头抓去了。"

蔡守信把剪纸从包里掏出来看看，立马想到在巷口遇到的姑娘，便说："你去领银子，我现在就去找那少音。"

潘五妹摇头说："不要钱了，只求您把她救回来。"

蔡守信问："你跟她什么关系？"

潘五妹说："她父亲曾经帮助过我，我必须要报恩。"

蔡守信坐轿来到那少音府上。那少音见蔡守信匆匆回来了，以为发生什么事了，脸上寒寒的。蔡守信说："那大人，事情是这样的，万宝堂刚订了些窗花，结果剪窗花的人就被你们班头给抓来了，太不像话了。"

那少音惊道："什么，什么，来人，把班头给我找来。"

班头被找来，听说蔡守信是为剪纸的姑娘来的，便寒着脸说："小的，小的并不知道她是您的熟人，小的上去想买几幅剪纸，她上来就用剪刀划小的脸，小的气愤不过才抓她的。"那少音怒道："胡说，你不为难她，她能上来用剪刀划你吗？马上放人。"班头跑着去了，没多大会儿把姑娘领来。蔡守信问："他们没怎么你吧？"

柳小惠说："有个差役摸我脸，被我把他手给咬了，他打了我一拳。"

那少音见姑娘的脸上被打青了,便说:"来人,把班头,还有那个谁,每人打二十大板。"

蔡守信忙说:"姑娘家的脸,哪是随便摸的。班头,你去把那差役找来,把他的脸砸青,此事就算了。姑娘,你看行吗?"

柳小惠说:"好,我要还回来。"

班头又小跑着去了,没多大会儿把差役带来。蔡守信说:"姑娘,你还得剪窗花,这要是把手给打疼了,影响干活儿。这样吧,让班头打,打青了咱们再走。"

柳小惠说:"可得用力。"

班头来到那差役跟前,握起拳头,猛地击到差役脸上,差役噔噔噔退了几步才站住,眼睛立马变得乌青了。

蔡守信对那少音说:"那大人,打扰了。"

那少音忙施礼道:"都是我管教无方,要好好修理他们。"

从衙门出来,蔡守信问:"潘五妹跟你什么关系?"

柳小惠说:"现在还没关系。"

蔡守信笑道:"没关系去店里跪着求我来救你,还说不救就撞死在我店里,让我费事擦地板。我以为她是为她闺女求情呢。"

柳小惠听说潘五妹为救她给人家下跪,不由感动,但随后瞪着蔡守信说:"蔡掌柜,你非等到人家下跪了要死了你才来救我?"

蔡守信说:"这,我不知道救谁啊。"

柳小惠说:"无论是谁也得伸手相助不是?"

蔡守信笑道:"说别人敢划班头的脸我不信,是你我相信。"

柳小惠说:"他抢我的剪纸还抽我耳光,我能不划他吗?"

蔡守信说:"这样吧,是我不对,你坐我的轿子回去,就当对你赔礼了。"

柳小惠说:"那行,我还没坐过轿呢。"

蔡守信笑道:"那就是大姑娘坐轿头一回了。"说完感到这话又不合适,忙说:"回去赶紧给我们剪纸,我再订一百幅。"

小惠回到家里，潘五妹看到她脸上有块青的，骂道："王八蛋，瞧把你的脸打的。"小惠眼睛湿湿的："潘姨，谢谢你。"潘五妹搂住她的肩轻轻地拍拍："回来就好，谢什么啊。"柳正印怒道："小惠啊，咱们初来乍到，人生地不熟，你可别在外面惹事了，你说有什么事不能好好说，你把人家用剪刀给划了，还划人家班头。咱们从老家逃到这里够不容易了，爹不想再逃了，再逃也没地儿去了。以后学学你弟，老实在家里剪纸，为父去找店代卖。"

潘五妹说："柳师傅，别说她了，要是班头不欺负她，她能用剪刀划他吗。不过，以后咱也别到街上卖了，我把聚鑫斋收拾出来，把小惠的剪纸与玉宽临的画摆到店里卖。反正那店面闲着也是闲着，再说了，东西摆到店里也能卖上价去。"

整个晚上小惠都没睡觉，剪了几十幅窗花。早晨，吃过饭后，她带着窗花来到万宝堂。万宝堂的伙计刚把门打开，见她拿着剪纸，忙道："不要，不要，昨天已经买了。"

小惠说："我不是来卖的，是白送。"

伙计摇头说："掌柜的说了，我们不白要人家的东西。"

小惠说："是蔡守信让我来的。"

伙计听说是掌柜的让来的，忙去报，说："掌柜的，有个姑娘来送窗花，说是您订的。"蔡守信刚打完太极拳，正在用条毛巾擦汗，听说昨天那姑娘来送剪纸了，便说："把剪纸留下，给她钱。"伙计跑出去没多大会儿又回来了："掌柜的，那姑娘不要钱。"蔡守信来到前台，对小惠点点头："昨天的剪纸还没给钱呢，一块儿拿上。"小惠把剪纸放到柜台上："不要了，就当我还你人情了，以后咱们谁也不欠谁的了。"说完转身就走。

蔡守信说："站住。"

小惠转过身来，瞪大眼睛："干吗，这么大声。"

蔡守信说："你以后剪些精品，我们裱起来卖，五五分成。"

小惠说："不行，你四我六。"

蔡守信笑道："好好好，就按你说的。"

小惠转身就走，突听蔡守信叫道："站住。"

小惠又回过头来："干吗，你不会一次说完？"

蔡守信说："把钱拿着，回去买点儿红纸。"

小惠摇摇头转身跑了。柴少武凑过来问："那闺女是谁，长得挺俊？"蔡守信笑道："不只长得好看，还敢用剪子划班头的脸。"柴少武吃惊道："哇，这么厉害。"荧荧拿着抹布经过，见柜台上有窗花，凑过来看了看："谁剪的，真好看，能不能送我一幅？"蔡守信说："拿一幅行，从你的工钱里扣。"

潘五妹带着伙计把聚鑫斋收拾干净，把玉宽临的画与小惠的剪纸带来摆在柜台上。刘掌柜听说潘五妹回聚鑫斋了，兴高采烈地跑去，见潘五妹正与伙计在摆画，便腆着脸问："五妹，五妹，这几天你去哪儿了，可急死我们了。"

潘五妹瞪眼道："刘三礼你告诉我，床头柜下的银子去哪儿了？"

刘三礼缩缩脖子："五妹，五妹，不是我拿的，是冯招财。他说你肯定有私藏的银子，满屋里翻，最后就在床头柜下翻出了银子，然后就拿着银子去怡春楼了。"

"王八蛋，我跟他没完。"说着把画打开，往墙上挂。刘三礼把画接过来帮忙，一看这画立马呆住："什，什么来路？"

潘五妹说："你不是懂画吗，给定个价。"

刘三礼发现有两幅是石涛的山水作品，并且都是四尺整张，不由怦然心动。石涛本姓朱，名若极，小字阿长，削发为僧后曾用元济、超济、原济，自称苦瓜和尚。游南京时得长竿一枝，因号枝下叟，别署阿长、钝根、山乘客、济山僧、石道人、一枝阁。他的别号很多，还有大涤子、清湘遗人、清湘陈人、靖江后人、清湘老人、晚号瞎尊者、零丁老人等。他是明宗室靖江王赞仪之十世孙，原籍广西桂林，为广西全州人。明亡后，朱亨嘉自称监国，被唐王朱聿键处死于福州。时石涛年幼，由太监带走出家，法名原济，字石涛，别号大涤子、清湘老人、苦瓜和尚、瞎尊者等。曾拜名僧旅庵为师，非常喜欢漫游，曾数游敬亭山、黄山及南京、扬州等地。他既有国破家亡之痛，又两次跪迎康熙皇帝，并与清王朝上层人物多有往来，内心充满矛盾。

石涛工诗文，善书画，尤其擅画山水，兼工兰竹。其山水不局限于师承某家某派，而广泛师法历代画家之长，将传统的笔墨技法加以变化，又注重师法造化，从大自然吸取创作源泉，并完善表现技法。作品笔法流畅凝重，松柔秀拙，尤长于点苔，密密麻麻，劈头盖面，丰富多彩；用墨浓淡干湿，或笔简墨淡，或浓重滋润，酣畅淋漓，极尽变化；构图新奇，或全景式场面宏阔，或局部特写，景物突出，变幻无穷。

石涛存世的作品不少，但刘三礼知道，这么大尺寸的极不容易见到。他用放大镜看了，用舌头舔了纸，怎么看都是石涛真迹，问："五妹，这个卖多少钱？"

潘五妹说："你看你，我不是让你给出个价吗。"

刘三礼说："这两幅给我了，一百两银子。"

潘五妹不由吃惊道："什么？什么？"柳正印曾对她说过，每幅十两银子就卖，她没想到刘三礼这抠门儿竟出一百两。刘三礼以为潘五妹嫌少，说："二百两银子。"潘五妹更吃惊了，说："刘三礼你可把东西看好了。"刘三礼最后咬咬牙："我只有三百两银子，多一分也没有了。"潘五妹说："既然你这么看好，只能让给你。"

刘三礼说："五妹，我这就回去拿银票，不能让别人看了。"说完匆匆去了。没有多大会儿他拿来银票，递给潘五妹，小心地把画包起来带走了。他转了个弯，拐进万宝堂，说："我有几张画，拿来让你们看看。"负责收购与鉴别古画的赵文轩接待了刘三礼，他把画打开看了看，见是两张石涛的山水画大图，眼睛不由亮了。当前藏家非常热衷于收藏石涛的画，相信以后市场越来越热，再说此画尺寸大，确实难得。他对这两张画进行鉴别后，认定真品，开价五百两。

刘三礼压抑着惊喜："能不能再添点儿。"

赵文轩说："那您拿给别人看看吧。"

刘三礼说:"就这个价留下吧。"

由于一转手就赚了二百两,刘三礼又跑到潘五妹那里,问还有没有画。潘五妹听说刘三礼又来买画,说:"还有几幅没摆上,你挑吧。"刘三礼从架子上把画轴小心地取下,打开发现有两张八大山人的花鸟,两张黄公望的山水,还有几张王蒙的山居图。刘三礼对王蒙的山水非常有研究,看着纸、墨色、笔法都很对头,便问:"这两张画卖多少钱?"

潘五妹说:"不要看情分,你感到值多少就多少。"

刘三礼说:"我先拿三幅,给你五百两,剩下的给我留着。"

潘五妹说:"好的,我给你留着。"

刘三礼把银票给了潘五妹,抱着三幅画走了,想直接送到万宝堂,感到今天刚卖过了,应该过两天再去,于是就直接回三宝斋了。

潘五妹与伙计把所有的画与剪纸都整理好,然后站在店里转着圈看了看,感到货太少。这时,冯招财回来了。他嘴里喷着酒气,问:"什么时候回来的?"

潘五妹翻白眼道:"你管得着吗?"

冯招财打个饱嗝:"刚我听刘三礼说,从你这里花八百两银子买了几张画,画是哪来的?"

"你管得着吗?"潘五妹瞪眼道。

冯招财点头说:"我懒得管你。"

晚上打烊时,潘五妹收拾东西后向柳正印家走。冯招财暗里尾随着跟到柳正印家,顺着墙缝看进去。潘五妹从袖子里掏出银票来递给柳正印。柳正印吃惊道:"这么多钱?五妹,是不是当真画卖了,要是让别人认出来会很麻烦的,以后别人再买,就说是仿品。"潘五妹说:"是刘三礼买的,他自己出的价。刘三礼认不出来,别人也够呛能认出来的。"

柳正印说:"玉宽每次临完画,都会在画心背面写个宽字,要是别人揭裱就很容易发现是仿品的。"

冯招财终于明白这段时间潘五妹去哪儿了,原来她跟柳正印伙上了。

第二天，冯招财睡到中午才起床，打着哈欠来到店里，把手伸到潘五妹面前："给点儿钱花。"潘五妹从柜台上摸起算盘，刷地砸到他的手上，把他砸得表情丰富。潘五妹说："上次你偷了我的钱我还没找你算账呢，你还伸着手要钱。冯招财，我让你在店里住是格外开恩，再不识好歹我就把你赶出去。"

冯招财摇头晃脑道："潘五妹，你无情，别怪我无义。"

潘五妹说："冯招财你信不信我用刀子攮你？"

冯招财说："老子知道你现在跟柳正印那王八蛋过了，柳正印还有个闺女长得挺俊，哪天老子把她弄出去睡了。"

潘五妹把冯招财摁到胯下一阵扑通，边打边说："你要敢动她一根汗毛，老娘就把你杀了，不信你就看看。"

冯招财说："我不动她也成，给钱。"

潘五妹跟冯招财过这么久了，是对他了解的，知道这人什么坏事都能做得出来，于是就给了他些银子。她没想到冯招财蹬着锅台上了炕，没完没了。潘五妹心想，等潘九斤回来一定让他把冯招财这坏臭狗屎弄走，落个清净，但潘九斤就是没影儿。冯招财把钱花完了就要，不给就发狠去找柳正印，这让潘五妹很头痛。潘五妹心想，蔡守信有皇宫的靠山，那少音见着他都点头哈腰的，听说他妻子早没了，现在小惠又在万宝堂剪纸，要是小惠嫁给蔡守信，也算有个靠山，以后就不怕他冯招财赖皮了。店打烊后回到柳正印家，潘五妹与柳正印商量小惠的事。柳正印说："这个我当不了家，得跟小惠商量。"等小惠回来，潘五妹跟她商量说："小惠，你看蔡掌柜怎么样？"

"还行，脸冷，心热。"

"听说他老婆没有了？"

"怎么，潘姨您问这些干什么？"

"小惠，我想帮你去提提亲，你看行吗？"

"合适吗，我比他闺女才大几岁。"

"小惠，有权有势的人娶的妾十八九岁的多了。当然，咱们是坚决不当小妾的,听说,蔡掌柜的夫人早就去世了,现在还没有老婆。姨也就是说说,你不同意咱们就不提,再怎么说他也是结过婚的,还有孩子。"

小惠咂了下舌:"去说吧。"

潘五妹没想到小惠这么痛快地便答应了,匆匆跑到万宝堂,要见蔡掌柜。蔡守信听说潘五妹求见,让她来到客厅。潘五妹说:"蔡掌柜,我今天来是想给您做媒的。闺女你见过,就是柳正印家的闺女柳小惠。这闺女,整条街上的姑娘加起来也不如她俊巴,不如她有才。她随便剪个鸡扔到地上都能咕咕叫,她剪个鸟扔到天上都能飞。还有,这闺女我一打眼就知道是旺夫相,一打眼就知道她儿女双全的命。"蔡守信没想到潘五妹看似粗,还挺有文才,形容得这么好,于是笑道:"你怎么想起来给我介绍柳小惠了,姑娘是不错,可比我闺女大不了几岁,不合适?"

潘五妹说:"这有什么不合适的,古宝斋的石运达第三房太太听说才十九岁。街上卖文房四宝的王掌柜六十了还娶了个二十多岁的黄花闺女呢。您的年龄比他们要小很多,为什么不合适?"

蔡守信说:"我确实没有再娶之意,不过还是谢谢你。"

潘五妹感到有些遗憾,垂头丧气地回去,对柳正印说:"蔡守信说小惠比她闺女大不了几岁,不合适。"柳正印叹气说:"说实话,咱攀不上人家。"柳小惠听后皱眉道:"爹你说什么,什么是咱攀不上人家,是他攀不上我。"

第二天,小惠来到万宝堂,见蔡守信正在店里查看卫生,把他喊住,梗着脖子问:"蔡掌柜我想问你件事,你必须如实回答。"蔡守信笑道:"怎么了,看你这般认真的样子。"

"我长得好看吗?"

"长得挺好看的。"

"我有没有才。"

"你当然有才了,听说你剪的窗花订出不少!"

"那潘姨帮我向你提亲,你为什么不同意?"

店里正忙着打扫的人都惊住了,慢慢地回过头来。蔡守信见大家都看,感到有些不好意思了,说:"这样吧,如果你愿意我收你为义女。"正在擦柜台的荧荧突然说:"爹,我有义姐了,我不要义姐,你就应了吧。"店里的人都说:"掌柜的应下吧。"蔡守信瞪眼道:"你们瞎起什么哄!"荧荧拉着小惠去了后堂,问:"你真想跟我爹成亲,不嫌他老?"这段时间荧荧跟着小惠学剪纸,非常喜欢小惠这种直爽的性格,两个人已经成为好朋友了。

小惠说:"我配得上你爹吗?"

荧荧摇头:"说实话,我爹配不上你,你这么年轻漂亮,还这么有才,他都半截老头子了。"

小惠突然羞涩地说:"那他还不愿意。"

当刘三礼抱着从潘五妹那里买来的画来到万宝堂,赵文轩见有两幅王蒙的山居图,还有一幅八大山人的荷花图,不由吃惊。心想他刘三礼还挺称货,收藏了这么多古画,并且都是罕见的精品。由于价值不菲,赵文轩不敢怠慢,把高志光叫出来一块儿掌眼。高志光说:"我对铜器、瓷器那是没得说,对古画基本算外行,怕帮不上你的忙。"

"帮着看看这纸的年代没问题吧。"

"这个跟瓷器的包浆不同,我建议你再找个人去看看。"

"那你去跟刘掌柜聊聊天,就说正在商量价钱。我抽空去找人看看。"随后赵文轩带着画来到古宝斋,拜见石运达,想着让他掌掌眼。在这条街上,石运达是个杂家,不只对古瓷有研究,在古字画方面也非常有见地。对于万宝堂的人来找他掌眼,石运达感到非常有面子,因此格外热情。他给赵文轩泡上茶,戴上手套,把画打开,见是王蒙的画,眼睛一亮:"什么来路?"

赵文轩说:"从外地人手里收来的,让您给帮着掌掌眼。"

石运达拿起放大镜来仔细看看,并没有看到什么不对,心中忌妒,呲呲牙花子:"这几件东西表面上看是没有问题,可我总感到有些不对劲儿,当然也说不上哪儿不对来。要不这样吧,你多少钱收的让给我,我留着琢磨琢磨,如果是仿的我认了。可你们万宝堂如果收到假画,那就贻笑大方了。怎么样?"

赵文轩本还不敢肯定,如今见石运达说有问题要留下,便认定是真画了。于是赶忙告辞,匆匆回到万宝堂,开始与刘三礼谈价。赵文轩说:"这几件东西表面上看没有任何问题,但我总感到有些不对劲儿,但又说上哪儿不对劲儿。"

"赵师傅,小的学画是从元画入手,临过王蒙的几幅画,也见到过几幅真品,小的敢说这绝对是真的。说实话,小的是因为用钱,才把收藏了多年的画拿出来卖,否则打死小的也舍不得。"

"刘掌柜你看这样行吗,既然这样,这三幅画咱们不讲价,一千两。如果你认为这个价不合适可以拿到别的店里看看,有出价高的就让他们留下。"

刘掌柜压抑着心中的惊喜,还是要装出很痛苦的样子:"这么大的尺寸,这么精致的画,这个价。唉!谁让我等着用钱来着,留下吧。"

赵文轩让账房把银票付了,把画收起来去跟蔡守信汇报。蔡守信听说收了两件王蒙的画,让他把画拿来欣赏欣赏。赵文轩去库房里把画拿来,蔡守信看了看咂舌道:"这么大的尺寸,十分罕见,多少钱收的?"赵文轩说:"三幅画共一千两,这幅画算五百两。"蔡守信点头说:"值,这幅画就值一千两。"这时,荧荧与柳小惠进来,也围上来看。柳小惠看了看画吃惊道:"哪来的?"

赵文轩说:"刚从刘掌柜手里收到的。"

柳小惠问:"多少钱?"

赵文轩说:"两幅王蒙的山居图,一幅八大山人的荷花,一共一千两。"

柳小惠说:"亏大发了。"

赵文轩笑道:"小惠你可别开玩笑,我经不起这吓。"

柳小惠说:"假的!"

蔡守信说:"小惠,别开这种玩笑。为什么说是假的?"

小惠刚要说是她弟弟玉宽临的,是由他父亲做的旧,但随后想到大家知道他们家做仿画,将来可能有麻烦,要是买到假画的都上门找可咋办。于是说:"反正是假的,不信拉倒。"蔡守信说:"文轩,小孩子的戏言别往心上去，把画拿到库房去吧。"

小惠说："谁小孩子？"

赵文轩闷闷不乐地走后，蔡守信对小惠说："小惠你这么说让赵师傅很没面子，以后可不能这么直言快语了。"

小惠说："我直言快语说的是真话。说好话谁不会，不看画我就会说这画真好，是真品，是绝品。我说假画肯定是有根据的。"

蔡守信问："有什么根据？"

小惠摇头晃脑道："你是我什么人，我为什么告诉你？"

蔡守信说："我不是说过要收你为义女吗？"

小惠撇嘴道："谁稀罕！"

荧荧摇头晃脑道："我跟婉芝姐商量过了，坚决不同意你收小惠为义姐。爹，还有件事我跟你说，婉芝姐正给你们缝结婚用品。"

蔡守信瞪眼道："你小孩子乱说什么。"

小惠急了："你说我个黄花大闺女还没人要了。"

蔡守信说："小惠，不是这个意思。"

小惠瞪眼道："你就直接说，要不要吧。"

荧荧嬉笑道："小惠，从今以后我就喊你小娘了。"

小惠说："既然荧荧都这么说了，我就告诉你这画为什么是假的。说白了，这画是仿的，是做旧的。作旧你懂吧，可以用老纸老墨画，这个最不容易辨认。还有是用古画揭裱下的料泡水染。这张画，是用老纸老墨画的，并且画工精湛，当然不容易认了。不信的话你们重新揭裱，看看画心后面有没有个蝇头小字，篆体的'宽'字。蔡大人，这样的画别再买了，再买你会变成穷光蛋，想娶本姑娘都娶不起了。"说完与荧荧得意地走了。

蔡守信听小惠说得这么内行，这么详细，不像开玩笑，马上找到赵文轩，让他重新揭裱一幅。赵文轩以为蔡守信不相信他，闷闷不乐。蔡守信说："文轩，这倒不是我不相信你，倘若是仿品，我们现在还有补救，如果是仿品，我们当真品收多了会坏了咱们万宝堂的名声，再就是会产生巨大的损失。如果是别人故意卖给咱假画四处宣扬，我们的损失将更大。"赵文轩对自己的眼光还是蛮自信的，于是带着情绪把王蒙的那张画揭裱，这才发现是假画。赵文轩感到羞愧难当，叹气道："丢人了。我研究古画几十年，却不如小惠姑娘。"蔡守信发现画的后面果然有非常纤细的枯笔"宽"字，不由感到吃惊。他马上打发人去把小惠叫来，问她如何知道后面有个"宽"字。

小惠摇头说："这个现在不能说。"

蔡守信问："为什么？"

小惠说："你是我什么人？"

由于自小惠加盟万宝堂以来，为人直爽，跟大家处得都很好。自从小惠那天当着大家与掌柜谈婚论嫁后，大家都支持她，就连刘婉芝与荧荧也在帮忙。赵文轩与蔡守信是发小，没有比他更了解蔡守信的了，知道他是喜欢小惠的，现在只是绷着劲儿抹不下脸，于是说："守信啊，我们不是一年两年了，我以发小的身份跟你说几句。当初你怕荧荧小受后娘的欺负，不娶也倒罢了，大家佩服你。后来刘老爷子要把闺女嫁你，人家闺女那么照顾你，你收人家为义女，把她介绍给少武，这也倒罢了。如今你又想收小惠为义女，你到底是怎么想的？凭心里说你敢说你不喜欢小惠？小惠性格直爽，为人义气，跟店里的人相处得都很好，就连荧荧与刘婉芝都为你们的事着急。你再这么绷下去，大家都以为你有病。"

蔡守信就像牙痛般嘞着牙花子，说："我这个年龄……"

小惠说："你放心，我没嫌你老。"

蔡守信说："这个……"

小惠说："急死了，急死了。"说完转身就走，走到门口回头道："赵师傅，他真有病。"说完气呼呼地走了。赵文轩说："守信，行啦行啦，就这么着了。"蔡守信："刘掌柜再送画，不要点破，就说我们资金问题，暂时不收。"

赵文轩说："我说的是你跟小惠的事情。"

蔡守信脸都红了："当初是潘五妹来提的。"

赵文轩说："街上都在传言，潘五妹与冯招财分手后，平时都住在柳正印家，极有可能会跟柳正印再婚。由她来说，也算合适。这样吧，我这就去找婉芝，让她去找潘五妹。"

在蔡守信举办婚礼那天，那少音领着一帮差役跑前跑后，让这场婚礼显得格外隆重与显赫。庆宽大人不方便亲自到场，打发人送来了贺礼。柳正印那边，潘五妹就像亲娘似地张罗小惠婚嫁，从始到终都没用柳正印与柳玉宽动手，把婚事办得有条不紊，这让柳正印心中非常感动。那天，当他们把小惠送出门后，潘五妹累得够呛。柳正印给她泡上茶，要给她捏肩，潘五妹突然羞涩起来："这多难为情。"柳正印也不说，伸手在潘五妹的肩上轻轻地捏着，捏着捏着潘五妹竟然躺在那竹椅上睡着了。柳正印把她的鞋脱掉，弄盆热水轻轻地给潘五妹洗脚。潘五妹醒来，见柳正印正给她搓脚，羞得脸都像着了火。柳正印把她的脚擦干净，突然把她给抱起来，来到床前，轻轻地放下，给她盖上被单。潘五妹没想到柳正印还这么有劲儿，她长大后还没有男人抱过她，冯招财根本就没力气抱起她来，刘三礼累出屁也没能把她抱起来，她喷了声。

柳正印又轻轻地拍拍她："累一天了，你睡吧。"

潘五妹又喷了声，突然伸手搂住柳正印的脖子……

一夜未睡，潘五妹感到心满意足。早晨柳正印说："过几天咱们也办个婚礼。"潘五妹想了想，摇头说："什么年纪了，不办了，就这么过吧。"柳正印点点头，又把潘五妹紧紧地搂住……潘五妹抚弄着他的头说："都这把年纪了，还像小伙子似的。"

早饭后，潘五妹来到聚鑫斋，见伙计正在那里抹眼泪，问怎么了。原来冯招财回来把画与剪纸全部卷走了，伙计跟他夺时，还被抽了俩大嘴巴子。潘五妹恨得牙根儿丝丝痒，只恨自己当初瞎了眼跟这种烂人过了这么久。她跑进厨房，摸起把菜刀，用张废画裹了，直奔三宝斋。闯进门就喊："刘三礼，冯招财来过吗？"

客厅里传来刘三礼的声音："没来，没来。"

伙计对潘五妹眨眨眼，指指客厅。潘五妹把裹刀的废画扯掉，提着刀闯进客厅，见刘三礼正与冯招财围着小桌喝酒，她把刀猛地砍到桌上，把盘子震得蹦起老高，吓得冯招财与刘三礼脸色黄黄的，仰倒在地上。潘五妹说："你们两个听好了，从今以后我们一刀两断，老死不相往来，你们要是再敢惹我我就砍你们，不信就试试。"

冯招财说："那那那，聚鑫斋也有我的一份。"

潘五妹冷笑："你放心，我把伙计的工钱付了以后，不会再过去，就留给你吧。你不是总嚷着要娶小妾吗，这下没有人管你了，你娶个让我看看。"

冯招财说："你，是不是跟柳正印过了？"

潘五妹点头："对，我们昨天晚上就睡了，睡了五觉，老娘可舒坦了。从今天起，我潘五妹就是柳正印的老婆了。还有，别怪我没告诉你们，现在柳小惠是我闺女，蔡守信就是我女婿。你们要是再敢招惹我就掂量掂量吧。"说完把桌子掀翻，扬长而去。

刘三礼坐在地上，眼睛湿漉漉的："这下没指望了。"

冯招财说："三礼，他潘五妹有什么好的，咱们把画卖掉，什么姑娘弄不到手。"

刘三礼叹口气："你说他柳正印哪点比我好了？"

冯招财说："他柳正印哪能跟你比，说白了就是比你有劲儿。上次老子从大牢里出来，柳正印用车子把我与潘五妹推回来，潘五妹就开始与柳正印来往，可能那时候就好上了。三礼，把这件事忘了吧，接着喝酒。"说着把小桌扶起来，把扎在桌面上的刀拔下来，重新收拾起餐具，倒上酒。刘三礼突然爬起来，伸手把小桌又掀翻，跑进睡房趴在被子上哭起来。

九
官坊民营

当刘三礼又拿着假画来万宝堂，赵文轩心里恨得直咬牙，他骗起人来还没完没了了，但表面上赵文轩不动声色，对画赞叹一番，然后说："画是好画，只是我们店里刚上了些货，钱有些紧张，您收起来吧。"

刘三礼忙说："小的信不过别家，还信不过万宝堂吗，你们先收下，啥时有钱了再给我。"

赵文轩摇头："据说古宝斋的石运达非常看好古画，你拿过去让他看看吧，说不他定会买。"

刘三礼感到有些遗憾，于是带着画去找石运达了。石运达见是好画，但关系到自己要花钱买，就不太放心了，于是找来几个懂画的朋友掌眼，最终大家都认为纸、笔墨、款都没有问题。石运达认为机不可失，一次就买了十件。刘三礼高高兴兴把银子拿回去，跟冯招财分了。冯招财看着大把的银子，想把在怡春楼打得火热的姑娘买来当老婆，于是就请人把聚鑫斋打扫干净，重新装修睡房，换了床，然后他去怡春楼里赎姑娘。

老鸨把银子收下，说："我把姑娘打扮打扮，风风光光地送到你家。"冯招财大把的银子扔出去了，哪放心老鸨，要立马把姑娘领走。

老鸨说："看你这么急，那现在就领走吧。"

冯招财雇了花轿，找来唢呐队，敲锣打鼓地抬着姑娘去了。为了去气潘五妹，他刻意要走柳正印家门前。轿子停下，他领着姑娘进了院子。潘五妹正在院里晾衣裳，见冯招财领着位妖艳的女子进来，瞪眼道："滚出去，否则别怪老娘不客气。"

冯招财捏捏姑娘的脸蛋儿："潘五妹你过来闻闻，这身上，香喷喷的，你看这脸皮儿，嫩得都怕弹破，你看这小腰，也就一对掐。你说你有法儿跟她比吗？你跟她比，你就成大母猴子了。实话跟你说吧，老子早想把你休了，只是没腾出手来。"

柳正印出来："冯掌柜，你既已随愿，何必再来奚落别人呢。"

冯招财说："柳正印我给你提个醒。潘五妹这臭娘们毛病大了去了，睡觉打呼噜，放响屁，那声音惊天动地，像三百斤的老母猪打出来的。有脚气，还便秘，最严重的时候拉算盘珠，硬得在屎池里光三天都化不开。她还有口臭，那味道就像刚吃了臭豆腐呼出来的气。你可有心理准备，别到时候把你给熏死了。"

柳正印叫道："滚。你滚！"

冯招财亲亲姑娘的脸儿，搂着杨柳小腰走了。回到聚鑫斋，冯招财打发人写了很多请帖，请街上的掌柜到家里喝喜酒，但最终只有刘三礼来了，手里还没拿贺礼。冯招财去馆子里订了菜，摆到桌上，三个人围炕桌喝。冯招财见刘三礼无精打采，说："哎哎哎，抬头看看我这新娘子，再想想潘五妹那头老母猪，她们有法儿比吗？"

刘三礼耷拉着眼皮："当初我媳妇比她水灵，还不跟人跑了。"

冯招财说："我就纳闷了，你说他潘五妹有啥好的，你们这些臭书生还就看上她了，把她当成了宝贝。实话跟你说吧，就是潘五妹真嫁给你你也伺候不了她，瞧你瘦得像火柴棍儿似的，几下就把你给整折了，你没娶到她还能多活几年！"

姑娘伸出纤纤小手摸摸刘三礼的耳朵，用嫩嫩的声音说："刘爷，楼上的姐妹个个都像天仙，要不要我给你介绍几个啊？"

刘三礼摇头："我消受不起。"

姑娘说："人生能有几回醉啊，何不快乐走一回呢。趁你现在还不是太老，该享受就得享受，将来你老了给你个天仙也做不了。"

刘三礼说："反正我就喜欢潘五妹。"

冯招财说："那赶紧去找你的潘五妹吧，别在这里恶心我。"刘三礼爬起来，无精打采地走了。冯招财摇头说："这人有病，病得不轻，来，咱们喝。"姑娘呷了口酒，对着嘴儿送给冯招财，说："夫君你可是跟人家说的噢，我嫁过来让我当家。现在我是你的新娘子了，你把银子交出来。"

"反正都是一家人，在我这里放着跟在你手里有什么区别？"

姑娘把他的手打开，翻白眼道："是不是男人，是男人就得说话算话。"

冯招财说："是不是男人你来试试。"说着把姑娘掀翻，又亲又摸，然后，墙上的影子活泼起来……姑娘东张西望，就像身上驰骋的冯招财跟她没关联……冯招财折腾累了，翻身下来，倒头便睡。姑娘坐在床上，盯着冯招财那张胖脸儿翻翻白眼，端着灯在房里东瞅西望一番，这才回到床上。

半夜里，门被突然撞开，蹿进几个蒙面人。冯招财惊得爬起来，喊："谁？"冰凉的刀子已经抵到下巴上。他以为潘九斤回来了，说："九斤这跟我没关系，是潘五妹不要我了，不信你去问她。"

姑娘把蜡烛点着，冯招财发现是几个陌生人，不由惊道："你们是什么人，想干什么？"

汉子说："老子来借点儿钱花，识相的赶紧拿来，否则阉了你。"

姑娘说："郎君啊，把钱给他们吧，钱没了可以再赚，命根子没了可长不出来了。"

冯招财说："我把钱都用来赎你了，哪还有钱呢。"

有个汉子说："没钱还留着他干吗。"

姑娘说："郎君你是要钱还是要命啊？"

冯招财没有办法，光着身子把块地砖掀开，从里面掏出银子。汉子问：

"还有没有?"

冯招财哭道:"半文也没了。"

蒙面人用刀柄砸在冯招财头上,就走了。不知道过了多久,冯招财醒来,发现媳妇不见了,找遍了院子也不见影儿,便哭着去了三宝斋。刘三礼听说钱被人抢了,新娘子也不见了,说:"仙人跳!你以为那姑娘真心嫁你?她只是想合伙骗你的银子罢了。冯招财你现在再把那姑娘跟潘五妹比比看。"

冯招财认定是老鸨搞的鬼,早晨奔去,站在院里喊:"还我银子,还我银子。"老鸨领着四个彪形大汉从铺着红绒布的楼梯上走下来,说:"人你领走了,出了这个门就跟我们怡春楼没关系了。"

冯招财说:"我去报官。"

老鸨冷笑道:"你也没打听打听,要是老娘没有后台能做得了这行吗?你再敢胡闹,我就让人把你的胳膊腿卸掉,把你扔进护成河里喂鱼,滚!"四个大汉的眼光顿时凶起来,冯招财不敢再说了,灰溜溜走了,边走边抹眼泪。

冯招财赔了夫人折了银,只剩下聚鑫斋这空壳了,实在没办法,提着菜刀来到柳正印家,要死要活想讹钱花。

潘五妹说:"你等着,我去拿。"

冯招财喊道:"不用多了,一千两就行。"

潘五妹点头:"中,等着。"一双大脚嗵嗵地敲进厨房,摸起菜刀,嗵嗵地出来,扑上去照冯招财就砍。冯招财躲开,半边袖子被刀划破了,吓得他跑得像猎枪顶着屁股的兔子,一阵风跑出小巷。他气喘吁吁地跑到三宝斋:"我先在这里躲躲,要是潘五妹来了,千万别说我在这里。"刘三礼自从知道潘五妹跟柳正印过了,像丢了魂似的,每天无精打采。听说潘五妹要来,走出店门张望,期盼能够看到她,遗憾的是,潘五妹并没有来。他深深地叹口气,自言自语道:"我哪点儿比柳正印差了?"

冯招财没有生意没有收入,实在过不下去了,想把聚鑫斋卖掉。街上的人都知道冯招财赖皮,没有人问津。万般无奈之下,他找到了万宝堂。

蔡守信想到岳父与新岳母潘五妹需要店面，聚鑫斋位置也不错，于是出钱把店盘下，把店名改成聚文斋，送给岳父。从此，柳正印与儿子读书写字画画，潘五妹主持经营此店，把此店经营得非常好。

冯招财卖店得了些钱，租了刘三礼的柜台，提些木刻套印的画卖。木刻套印源自荣宝斋木版水印，是根据画稿笔迹的粗细长短、曲直方圆、刚柔枯润，设色的深浅、浓淡、冷暖及色相的向背阴阳，分版勾摹，刻成若干板块，由深至浅逐笔依次叠印，可以做出以假乱真的画来。

这段时间，冯招财再无以前的飞扬跋扈了，他变得安分了。但当潘九斤回来之后，立马就原形毕露了。那天晚上，刘三礼刚把店门关上，接着传来敲门声，便把门打开，顿时吓得打了个激灵。因为外面的人是潘九斤。潘九斤见刘三礼愣怔，把他推开，问："发生什么事了，我咋看到聚鑫斋的牌子变了，人也换了？"

刘三礼叹口气说："这话说来长了。"

冯招财赤着脚跑来，喊道："九斤，九斤，你可回来了。"

潘九斤问："发生什么事了？"

刘三礼说："发生了很多事情。"

冯招财伸手把刘三礼拨开，干哭几声，蹭蹭眼睛："九斤啊，你走之后出大事了，店被蔡守信霸占，你姐也被人家抓去了。我没办法，只能跟刘三礼在这里凑合。"

潘九斤怒道："什么，什么，把俺姐被抓了，俺现在就去救人。"

刘三礼忙说："慢着，慢着，你们想救人也好，想砸万宝堂也中，但你们不要在我的店里谈，要谈找家客店住下，想干什么都行。"

潘九斤逮住刘三礼的领子："你什么意思？"

刘三礼说："什么意思？你们从我这里去万宝堂闹事，要是让蔡守信知道，我这店就没法开了。九斤，有些事情你在外面不知道，我问你，你知道蔡守信什么来头？我不跟你绕弯了，直接告诉你吧。万宝堂是皇宫开的店，目的就是为查宫中流出之宝的，蔡守信直接归老佛爷西太后管，那少音都对蔡守信点头哈腰的，你说咱们能惹得起吗？别太冲动了，想想吧，为什么每次跟他们较劲都伤着自己，你再冲动就没命了。"

潘九斤吃惊："皇宫开的店？冯招财，这是真的吗？"

冯招财低下头："反正大家都这么说。"

潘九斤骂道："那你还让我去万宝堂。"

刘三礼说："九斤，我给你做点儿饭，你吃了赶紧走吧。"

潘九斤问："俺姐咋办？"

刘三礼说："以后再说。"

潘九斤恨道："此仇不报，枉为人也。"

刘三礼叹口气："君子报仇，十年不晚。"

等把潘九斤打发走了，冯招财跟刘三礼说："刘爷，你要记住，无论什么时候都不要跟潘九斤说潘五妹跟柳正印的事，让潘九斤知道了，他跟柳正印与蔡守信就变成亲戚了，我报不了仇不说，你再也得不到潘五妹了。"

刘三礼叹口气："唉！现在说这个有用吗，不说了，睡觉去。"

时隔不久，刘三礼与冯招财听说潘五妹怀孕了，刘三礼对得到潘五妹彻底失望了，从此走出了失恋的阴霾，说："木已成舟兮一切俱往唉。"潘五妹怀孕，不异于给了冯招财一记耳光，因为他跟潘五妹滚了几十年都能做到。他恨恨地说："有什么了不起，不就是怀了个野种吗，生出来也是个没屁眼儿的。"

由于街上都在传说万宝堂是官里开的事，万宝堂的人也听说了，蔡守信这才跟大家解释，当初成立万宝堂的原因。店里人听说万宝堂是皇宫开的，顿时都感到自豪，但自豪过后，问题就来了，从此再没人拿着好东西让万宝堂过眼了，倒是大家知道万保堂是宫中私设后，有很多顾客前来观光，并买些东西。

万宝堂的员工骄傲了没几天，庆宽突然领着便衣来到店里，语重心长地对蔡守信说："守信啊，此店已经没有保留意义了，可你为皇家收集那么多宝贝，劳苦功高，本官正在寻找空缺想委以重任，只是现在没有合适的位置，你还需耐心等待。放心吧，一旦有合适的机会，本官定当向皇帝举荐委以重任。当然，你也可以继续经营万宝堂，以后不必往内务府缴纳了。"

随后庆宽派人对店进行清理，把仓库里的东西以及银两全部收上去，最后把万宝堂的房契递给蔡守信："这个店，你可卖掉作为大家的报酬，从此，该店跟宫里跟内务府没有任何关系了，别人问起来，你就说根本没有这回事。"此后，庆宽再没过问万宝堂的事情。

蔡守信面对这么大的摊子，没有资金也没库存，实在难以撑下去了，他去找庆宽想借点儿钱维持，等到他的任命。庆宽并没有见他，只是打发人说现在是特殊时期，不方便相见。蔡守信顿时陷入两难，经营此店没有资金，把门关掉没有官位，并且还有这么多人没有着落。小惠说："既然这样，咱们不求提拔，再回江南当你的督窑官去。"

蔡守信摇头说："督窑官已经另有人了，回不去了。"

小惠说："咱们就好好经营这店，别人能赚钱咱们为何不能？"

蔡守信说："道理是这个道理，可庆宽把万宝堂的钱掏空了，把库存清走了，现在万宝堂就剩个空壳。唉，都怨我当初太傻，庆宽分给我的那份子钱我总以为是不义之财，都交到万宝堂的账房里了，否则也不至于落得如此境地。"

小惠说："现在的问题不是资金，而是你的心气没了。你想过没有，虽然后台没了，但万宝堂的名声与威信还在，其价值不止万金。我们就算赊别人的货，别人也信得过我们不是。就算我们去银庄借钱，他们也得给咱们最少的利息不是。我们应该借着万宝堂以前建立起来的威信与名声，放低标准，转型经营。"

蔡守信感动地说："夫人，我这辈子做的最对的事情就是娶了你。"

小惠嗔道："那你当初还不肯要我呢。"

蔡守信说："那是怕委屈了你。"

小惠说："喊，说得就像真事似的。哎，你得打起精神来好好干。"摸摸自己隆起的肚子，"你总不能让我们娘俩儿饿着吧。"

随后蔡守信按小惠的指导思想，去银庄借了银子，赊了货物，开始收购与出售中低端的文玩，并销售文房四宝与书籍。

由于万宝堂名声在外，银庄的掌柜说需要钱就吱声，送货的商人说下次一块儿结算吧。蔡守信现在终于明白，店的声望的重要性了。从此，万宝堂的生意红火起来。

七月份，小惠要生产了，预产期要比潘五妹早两个月。潘五妹说："这也太不巧了，我要没怀上，就可以伺候你月子。"

小惠笑道："我的孩子亏大了，比你的大，还得喊你的舅舅。"

潘五妹遗憾地说："要是早认识你爹就好了。"

小惠笑道："早认识我娘也不同意。"

潘五妹说："说得也是。"

小惠说："姨，谢谢你了。我父亲与弟弟都很木讷，多亏你照顾。"

潘五妹说："小惠你可不能这么说，认识你父亲后我才知道以前是白活了，唉，你说我早干吗去了。"

小惠在七月九日生了个大胖小子，取名蔡丰，举家欢喜，街上很多掌柜都前来祝贺。蔡守信专门给庆宽与那少音发了请帖，但庆宽与那少音都没有回音，这让蔡守信隐隐感到不好。事后蔡守信专门拜访了那少音，那少音说出了实情。原来，庆宽与皇帝的关系很紧张，在孩子庆贺那天，庆宽招集幕僚去商量对策了，所以没有前来为孩子庆贺。蔡守信大惊，心想，如果庆宽大人出什么事，会不会牵涉出万宝堂来？

那天，蔡守信闷闷不乐地回到家里，小惠见他愁容锁面，问："我给你生了个大胖小子，应该高兴才是啊，为何哭丧着脸？"

蔡守信说："庆宽现在的处境可能非常困难，我怕他有什么事，会牵涉到万宝堂。"

小惠说："你与庆宽共事时，每笔钱的来龙去脉都记得清楚，你又没有得到什么好处，你怕什么。"

蔡守信说："话虽这么说，如果真出了事，就不好说了。"

小惠说："咱们问心无愧，不要多想了。"

不久，蔡守信得到消息，庆宽已经不在京城了。事情是这样的，光绪曾想打四个镯子给慈禧太后做生日礼物，庆宽做了四个样品给慈禧太后看，慈禧太后都很喜欢，然后又拿给光绪皇帝看。光绪问需要多少钱，庆宽说需要四万两银子。光绪大吃一惊，脱口而出："岂不是要抄我家？"原来光绪辛辛苦苦攒了四万两私房银，不放心内务府，存在宫外的钱庄里吃利息，结果庆宽一开口就把他的私房钱给弄光了，光绪又不得不给，自然恨上了庆宽。

庆宽平时非常贪，仗着老佛爷撑腰，很高调地贪污，大报花账，气焰逼人，断了他人的财路，得罪了许多人。有个满族御史密奏庆宽家藏御座，举动不轨，还说他假冒太监。两条罪都是杀头的大罪。光绪不管是真是假，随即严查，要杀庆宽，可查了许多天，没有可以定死罪的证据。光绪只能给庆宽办了个"违制"的罪名。原来庆宽在家门前立了块"下马石"，属于不是他这个级别的官员应该享受的待遇，违制罪名成立。光绪将庆宽"革职抄家"。过了一段日子，"江西盐法道"出缺，吏部公选推举接替官员。大家一致推选的新任道台，就是被革职的庆宽。庆宽被光绪从内务府赶出来，干上了更有油水的差事。

这时候蔡守信终于明白，庆宽急匆匆地扔掉万宝堂，是因为遇到事了。在这次事件中那少音受到牵连，被革职抄家，从此再未露面，有传言说可能被抓起来了。

自从蔡守信喜得贵子后，冯招财心里就不平衡了，想想自己落到如此田地，似乎都与蔡守信有关。要不是蔡守信多次整他，他也不至于沦落到无家可归，借住在刘三礼的屋檐下，每天看他的眼色行事。当冯招财听说潘五妹也快生了，更是气不打一处来，他对刘三礼说："刘爷，我们难道一辈子寄人篱下吗？"

刘三礼问："招财，你有什么想法？"

"听小道消息说，蔡守信的后台出事了。"

刘三礼想了想说："招财我可把丑话说到头里，瘦死的骆驼比马大，可别给我惹事儿。如果你想惹事儿，赶紧从我店里搬出去，你怎么折腾我都不管，但不能在我店里惹事。"

冯招才忙赔笑道:"刘爷您放心就是,小的只是说说。"

一天,冯招财正在门前张罗生意,见潘五妹挺着个大肚子经过,便喊道:"哎,潘五妹,什么时候下崽啊,告诉我一声,我帮你挖个坑埋了。"潘五妹听到冯招财咒她孩子死,脾气又上来了,把手里提着的豆腐脑儿扔到他摊子上,骂道:"没种的东西,你还好意思活着,要我早就死了。"

冯招财摇头晃脑道:"潘五妹,如果我没记错的话你可四十一岁了,你这个岁数生孩子就是鬼门关,往好里说死一个,往坏里说大人小孩都保不住。"潘五妹气得追着冯招财去打,刘三礼忙说:"五妹,别生气,要动了胎气就不好了。"

潘五妹回到家里后感到肚子疼,一看裤裆都湿了,柳正印见要生,马上去请接生婆。本来下个月生的,生了顿气动了胎气,提前要生。潘五妹在心里说,要是我的孩子没了,我立马去把冯招财杀了。

接生婆来到家里,见是给潘五妹接生,又不足月,想打退堂鼓。她对柳正印说:"咱可把丑话说到头里,这孩子不足月,潘五妹都四十多岁了,又是头生,这骨缝也不见得开得了,要是出了事可别怪我。"

柳正印听了这话,惊得目瞪口呆,结巴道:"能,能出啥事?"

接生婆看看自己的手:"如果顺当了大人孩子都没事儿,如果不顺当可能只能保一个,如果倒霉透了大人小孩都保不住。"

柳正印神情若失,搓着手说:"这可怎么办?"

接生婆说:"要不你去找别人吧。"

柳正印抹着眼泪说:"别走别走,我跟五妹说说。"

当柳正印把刚才接生婆说的话对五妹说了后,她很平静,说:"跟她说,出了事跟她没关系,要是只能留一个就留孩子。"柳正印抹着眼泪出去把潘五妹的话说了。接生婆点点头:"你去打盆开水,一会儿要用。"说完走进厢房,从包里掏出剪刀、棉花摆到床边。掏出盒火柴把棉花点了,烤烤剪刀,说:"到时候你要用力,无论多么疼都要用力,等生下来就好了。"

潘五妹说:"要是只能留一个,要留小孩。"

接生婆说:"兴许大人、小孩子都没有事。"

没多大会儿，潘五妹感到肚子剧烈地疼痛。接生婆把她的双腿打开，发现羊水破了，说："用力，用力，像拉屎那样用力。"随着看到一只小脚伸出来，接生婆顿时痛苦不堪，跑出门说："坏了，坏了，是倒生，这生我接不了。"

柳正印顿时呆了，说："这可怎么办？"

接生婆说："你们留大人还是小孩吧？"

房里的潘五妹喊道："留小孩。"

柳正印愣了愣说："不，留大人。"

潘五妹叫道："你们都进来。"

柳正印与接生婆来到房里。潘五妹说："一定要留着小孩，要是把我孩子给整没了，我活过来也自杀，柳正印你是知道我的脾气的，必须要留小孩。"接生婆见潘五妹意志坚决，拿起剪刀来，开始剪潘五妹下身。潘五妹死死地咬着被角，只用鼻子嗯嗯两声，脸上的汗水把枕头都给洇湿了。接生婆把孩子拿出来，看到孩子有些发紫，头也有些扁，便提起小孩的腿照屁股用力拍几下，小孩子哇地哭出来。接生婆松了口气，说："小孩保住了，是个千金。"潘五妹脸上泛出欣慰的表情："我，我抱抱。"接生婆把孩子放到潘五妹的怀里，潘五妹脸上泛出笑容，说："叫，柳小妹吧。"

柳正印哭道："好，好，就叫柳小妹。"

潘五妹说："一定要把她养大成人。"

柳正印说："好，好！"

潘五妹说："让小惠给她口奶吃，跟她说，我下辈子做牛做马也报她的恩。"

柳正印说："好，好。"

潘五妹说："柳正印你过来。"

柳正印来到跟前，潘五妹把孩子递给他，用手摸摸他的手说："我知足了！"说完手从柳正印的手上滑下来，依旧睁着眼睛，笑着去了。这时床上的血已经瀑到地上，像几条红蛇似地蜿蜒着钻进地缝。柳正印把孩子递给接生婆，盯着潘五妹的眼睛说："五妹你放心，我一定把她养大成人，然后领她到你的坟前给你烧香磕头。"

潘五妹的眼睛吧嗒闭上，表情依旧那么安详那么欣慰。

接生婆无精打采地往回走，不停地唉声叹气。

刘三礼自看到柳正印领着接生婆从门前经过，就为潘五妹担心，一直在门外等着。当他看到接生婆走来，跑上去问："生了个什么？"接生婆叹口气说："唉，别提了，潘五妹年龄又大，孩子又早产，最倒霉的还是倒生，这不她非要留着孩子，孩子是保住了，大人没了。唉！从今以后我再也不干这行了，遇到这事就难受半年。"

刘三礼就像愣了似的站在街边，泪水从眼里冒出来，突然，他梗着脖子，咆哮喊："我×你娘——，我×你娘——"像疯了似地跑进店，对着冯招财拳打脚踢，把冯招财吓得抱着头趴在了地上："你中邪了！"刘三礼扑通跪倒在地上，双手撕着头发哭道："我×你娘。"

由于小惠生了孩子还不满月，刘婉芝把柳小妹抱来后，瞒着她说："潘五妹生了，没有奶，让你先给奶奶。"小惠把孩子接到怀里，把奶头伸进孩子的嘴里，问："不是还得小俩月吗，怎么现在就生了？"刘婉芝感到眼泪要下来，背过身子说："我去照顾潘五妹。"说着捂着嘴跑了。小惠把孩子喂饱了，哄睡了，想让丫鬟去院里把尿布拿进来。她走到门口发现门外没人，就自己去了。来到院里，见刘婉芝正在院里哭，不由吃惊。

"婉芝，你哭什么？"

刘婉芝忙抹抹眼睛站起来，说："你怎么出来了？"

小惠说："再有几天就满月了，没事了。"

刘婉芝说："你要什么我给你拿，快回去吧，别着风。"

丫鬟回来了，小惠见她眼里也流着泪，突然灵醒到不好了，她问："是不是潘姨出事了？"

刘婉芝说："唉，孩子在这里，也瞒不了你几天，就跟你说了吧。潘五妹难产，她要求留孩子，给孩子起完名就走了。"

小惠顿时泪流如瀑，哽咽道："你说潘姨的命怎么这么苦，才过了几天好日子。这孩子也太可怜了,刚生下来就没有娘了。"

丫鬟把小惠扶进卧室,小惠见柳小妹正睡得香甜,眼泪止不住地流。她跟丫鬟交代了声,要去看看潘五妹。刘婉芝拦着她说:"你还没满月,不能去。"

小惠叹口气说:"最后一眼,以后再也见不到了。"

她与刘婉芝来到聚文斋,见院里有木匠正忙着打棺材,父亲蹲在墙根儿边上抹眼泪,玉宽也蹲在墙根儿,用手在地上划拉。小惠走进睡房,见潘五妹的脸很安详。她深深地呼口气说:"潘姨,你就安心走吧,你放心,我把柳小妹当自己的孩子养,有蔡丰一口吃的就有她一口吃的。"蔡守信从外面进来,见小惠来了,急了:"你怎么来了,赶紧回去。"

小惠说:"守信,我父亲遇到事拿不开座,你多操心吧。"

蔡守信:"用你说?赶紧回去。"

小惠抹着眼泪走了。

蔡守信跑前跑后,在公墓里买了位子把潘五妹发送了。晚上回到家里,他对小惠说:"生孩子这么大的事也不跟咱们说一声,要言语一声,何至于出这么大的事。我认识个洋医生,据说他们能开刀把孩子拿出来,大人小孩都没事儿。"

小惠说:"唉,现在说这个也没用了。"

蔡守信站在床前,看看儿子蔡丰,又看看柳小妹,问:"你的奶够吗,要不咱请个奶妈吧。"小惠说:"别请了,多买些下奶的东西,我多吃点儿。"她哪想到自己在月子期间哭了场,又看了看潘五妹,奶却越来越少。虽然她吃了很多猪手、小虾,但奶水还是大不如从前。没办法,只得请了奶妈。

自从潘五妹去世后,刘三礼开始反常,对冯招财变得很刻薄,动不动就说是他把潘五妹害死的。冯招财怯怯地看着刘三礼:"刘爷你这是何必呢,他潘五妹既不是我老婆,也不是你老婆,她是柳正印的老婆啊。她的死活跟咱们没有关系。"

"人家再过俩月才生，被你气得动了胎气，这才出了事。就是你害的，就是你害的，你这个该死的害人精！"

"刘爷，她是难产死的，跟生气没关系。"

"招财，我就纳闷了，你说你跟她生活这么多年，难道就没有一点情分吗？人家都说一夜夫妻百日恩，百日夫妻似海深，难道你就没有？对了，你不是人，当然没有了。"

冯招财呸道："什么情分，要有情分她潘五妹就不会把我扔掉跟柳正印过了，还跟他有了孩子。哼，别让我逮着机会，有机会我就把那野种给摔死。"

刘三礼说："冯招财，你根本就不是人。"

冯招财怕再说刘三礼就要赶他走，低下头，没再说什么。让冯招财万万没想到的是，在潘五妹五七过后，刘三礼要去给她烧纸，还要让他陪着去，并说如果不跟他去，就把柜台收回来，不租给他了。冯招财气愤道："你还有没有信誉啊，我可是交了租金的，你要赶我也得等到期。"

刘三礼说："再有十天就到期了，你现在收拾东西吧，到时怕来不及。"

冯招财咂了下舌："好啦，好啦，我陪你去。"

刘三礼买了些香火，炒了三样菜，装进篮子里，租了马车。冯招财打退堂鼓。刘三礼说："你必须去，你不去就搬家。"

冯招财没有办法，只得坐到车上。

冯招财苦着脸说："刘爷，我跟你说过多次了，不是我害的。"

刘三礼说："不是你是谁，你说不是你是谁？"

冯招财说："刘爷您想想，要不是万宝堂的蔡守信整我，我的店能败成这样吗，潘九斤能逃走吗，潘五妹能跟人家过吗，她不跟人家过，能有孩子吗，没孩子能死吗。这账要算也得算到蔡守信头上，自打他来到这个街上我就天天倒霉，喝口凉水都塞牙。要不是他，我冯招财在这条街上还是爷，也不会在你的屋檐下每天看你的脸色了。"

刘三礼说："要潘九斤知道你把潘五妹害死了，不剥了你才怪。"

冯招财寒了寒脸说："刘爷，你要是敢跟九斤说是我害死了潘五妹，我就说是你害死的，看到时候他听我的还是听你的。"

刘三礼说："我懒得说，你作到杠自然有人治你。"

当他们的马车来到公墓墓地，放眼看去，稀疏的柏树林里到处都是窝窝头样的坟头。他们只知道蔡守信在这里买的墓，但却不知道具体在哪儿。刘三礼就像插在坡上的伞，眯着眼睛寻找着新鲜的坟头，终于看到一片坟头里有个新鲜的土堆，坟前还摆有被风撕破的花圈，还有堆烧的纸灰。刘三礼来到坟前，见墓碑上刻着"柳正印爱妻潘五妹之墓"，便知道就是这儿了，但墓碑上的字却刺疼了他的心，他回头看看提着篮子的冯招财，喊道："过来。"

冯招财畏畏缩缩地不敢近前。

刘三礼喊道："你听到没有，过来。"

冯招财吧唧几下嘴，大眼珠子咕噜几下，低着头过来，把篮子放下就躲开了。刘三礼冷笑道："没做亏心事怕什么。"

冯招财用手挠挠鸟窝样的头顶："我，我不是怕，她潘五妹不是我媳妇，我没必要给她上坟。"正说着，草丛中蹿出只兔子，吓得冯招财打个激灵，腿软得差点儿坐下。刘三礼撇撇嘴，把菜拿出来摆到供台上，把纸划开，点上香，边烧着纸边叨叨："潘五妹你说我哪儿比柳正印差了，你却选了他。要是当初你选我，何至于落得如此下场。你说你值得吗，为生个孩子把命搭上。五妹，我刘三礼不是无情之人，以前惦记你，就算你死了我还是惦记你。我多给你烧些钱，你在那边想吃什么买什么，千万别难为着自己……"刘三礼把纸烧透，看看冒着烟的火棍，把墓碑上的柳正印三字给涂了。

他们回到家时，天已大黑。刘三礼把店门打开，与冯招财来到客厅，划着火柴，见客厅里坐着仨人，吓得他妈哟一声把火柴扔掉了。火苗儿跳几下，屋里顿时一片漆黑。

"怎么，不认得我了？"暗里立马亮起火来，刘三礼与冯招财见潘九斤坐在椅子上，身后站着两个陌生汉子。刘三礼吃惊道："你，你怎么进来的？"

潘九斤说:"我翻墙过来的。"

刘三礼把蜡烛点上,叹口气:"你都听说了?"

冯招财突然哇哇地哭起来,用手在蹭眼睛:"九斤,有个不好的消息,你听了可得忍着。"

潘九斤问:"什么事?"

冯招财抹了抹眼泪说:"你姐让蔡守信逼死了,今天是五七,我跟刘三礼刚从墓地回来。"

潘九斤听到这里,头发都竖起来了,从腰里抽出个小洋炮,说:"兄弟们,跟我报仇去,我非把蔡守信打成筛子底不可。"

刘三礼把潘九斤拦住:"各位,各位,听我说几句话再去。你走的这段时间发生了很多事情,你最好把事情调查清楚再动手,否则你仇没报呢反倒把自己的命搭上了。"

潘九斤怒道:"你这是什么意思?"

冯招财问:"九斤,你带了几个人来的?"

潘九斤说:"就带了三个兄弟。"

冯招财摇头说:"太少了,你得多带人。"

潘九斤说:"现在老子手下有二百人,就是没带过来。"

冯招财说:"没带过来有什么用。"

刘三礼说:"九斤,做什么事情都不能冲动,冲动是没有好果子吃的。你不要急着报仇,等把事情弄明白了再报也不迟。再者说了,君子报仇十年不晚,何至于在这一时呢。过去这段时间,也许你就不想报仇了。"

"死的要是你姐,你就不说这风凉话了。"

"你带了三个人能报得了仇吗?你还没报得就被人家干掉了。现在大家大户的谁家不买两杆洋炮护家。"

潘九斤想了想,把洋炮又插进腰里:"这句还像人话。"

刘掌柜说:"我去给你们弄点儿饭,吃了赶紧走吧。"

刘三礼去厨房了。冯招财说:"九斤,你不知道,他蔡守信刚生了个儿子,现在正扬扬得意。"

"我就先让他得意几天。"

"要报仇就把人马都带回来，趁晚上把店洗了，仨俩的人就别逞能了，去也让人家给砍了。"

潘九斤冷笑道："从今天晚上起，他蔡守信已经死了。我必须把他杀掉。对了姐夫，我这次回来是想跟你借些银子的，我现在有二百张口等着吃饭呢，要吃不上饭，谁跟我干。"一听要钱，冯招财就把头耷下，抹眼睛道："店被人家抢了，你姐被人家打死了，我现在帮着刘爷干活儿赚口饭吃，哪来的钱。"

潘九斤说："那我跟刘掌柜借点儿。"

冯招财说："他这么小气，能借给你？"

潘九斤哼道："这由不得他。"

冯招财说："你想要钱好办，多带人回来把万宝堂洗了，要多少有多少。"

潘九斤怒道："我不是没带那么多人吗?!"

刘三礼煮了几碗面条，端到桌上，让潘九斤吃饭后马上离开。潘九斤看到是面条，皱皱眉头，用小洋炮当当敲敲碗："刘掌柜，兄弟的两百手下张着口要吃饭，先借我点儿钱，等兄弟我搞到钱加倍还你。"刘三礼不由吃惊，摇头道："我们无亲无故，你怎么好意思张口借钱，你跟冯招财借。"

潘九斤对两个兄弟点点头："搜。"刘三礼要阻拦，潘九斤把洋炮顶到刘三礼脑门上："再动我把你给交代了。"刘三礼叹口气，抱着头蹲在地上："这辈子我做的最错的事就是认识了冯招财，你冯招财就是个丧门星。"冯招财眨巴着眼睛说："潘九斤，等你把万宝堂给劫了，把钱加倍还给刘三礼。"潘九斤说："老子说过这些钱是借的，一定要还。"潘九斤他们翻出些钱来，又顺便拿了几件古玩，把窗帘拉下来兜了背着走了。

刘三礼指着门说："冯招财你走，马上走。"

冯招财扑通跪倒在地："刘爷，求求你了，我没地方去。"

刘三礼说："你爱去哪儿去哪儿，跟我没关系。"

冯招财突然眼露凶光："刘三礼你别把老子逼急了，逼急了我把你弄死。"刘三礼见冯招财眼珠子都红了,知道他是能做得出来的,便不再言语,默默地进了睡房,在那里叹气。他后悔当初为了贪便宜与冯招财相识,为了潘五妹丧失了原则,最终招来冯招财这剂狗皮膏药,怎么都抖搂不掉了……

十
子夜凶案

那少音被关进大牢后,有位名叫爱新觉罗·启明的人前来代替。据说他是某王爷的侄子,根子非常硬。启明上任后,在巡视琉璃厂街道时看到万宝堂的大牌子,不由皱了眉头:"牌子如此尺寸,口气如此之大,太张狂了。"回去后,马上下道公文打发差役送到万宝堂,说店牌越制,必须更换,限期七天,否则不只罚钱,并查封此店。

蔡守信马上把大家招集起来,开会商量对策。赵文轩感到不妥,他说:"这牌子已经打响了,如果换成小牌子,可能会影响生意。"

高志光说:"赵师傅说得是,这牌子只能增大哪能缩小。估计,那爱新觉罗·启明,就是想讹点儿钱花,不如我们就给他点儿银子,把这牌子保住。"

蔡守信却认为,原万宝堂是宫中私办,现在负责此事的老佛爷去世,庆宽因贪污被调往外地,但那少音还知道此事,再者街上的人也有耳闻,如果上边知道此店与庆宽有关,查下来,此店保不住不说,还指不定会出什么事儿。如果上边把此店查收，他们就冤死了。他的意见是不只要把牌子换小，还要把店名改了。但他明白，如果把店名换了，把牌子换小，像家新店，一切都得重新开始。

晚上蔡守信回到睡房，小惠见他闷闷不乐，问："出什以事了？"蔡守信叹口气说："新上任的启明下文通知，说我们的牌子越制，要我们把牌子缩小，我想趁机把店名给改了，完全脱离与官方的任何瓜葛，以防别有用心之人在这件事上说事。"

小惠点头："这个很有必要。"

蔡守信说："可是问题是一换牌子换店名，必然会影响生意。再者，要想把新牌子打响也不是容易的事情。我们现在的生意好，主要是靠着万宝堂的品牌效应。"说着不由深深地叹了口气。他这口气可不只是为换牌子而叹的。当初他身为国家官员，前来负责官办民营的万宝堂，是多么风光，现在自己的官位没了，万宝堂变成私营，自己沦为商人。但从骨子里来说，蔡守信还是有功名情结的，他在那么困难的情况下守着这家店，一是大家需要生存，再是他等待庆宽给他安排职务。

小惠想了想说："如果换得巧妙，不会对生意有影响。"

蔡守信问："什么办法？"

小惠说："喊声柳小惠师傅，我告诉你。"

蔡守信说："这不是开玩笑。"

小惠摇头晃脑道："谁跟你玩笑了。"

蔡守信回头看看门，小声说："柳师傅。"

小惠得意地应道："哎，好学生。"

小惠的意思是不要向外界提越制的事情，晚上偷偷地把牌子摘下来，然后说牌子夜里丢了，并向外界表明，牌子丢掉不太吉利，要换新的店名。然后在门前摆上桌子，拿出三百两银子征集店名，最后决定用谁起的名就把三百两银子赏他。这样花钱虽然少，但大家的关注度高，从而能在几天的时间里让大家都知道新的店。

没等小惠说完，蔡守信就高兴地差点儿连小惠跟孩子都抱起来："能娶到你说明我太有眼光了,上天对我真好。"

小惠嗔道:"哼,这么好的女人你当初还不要。"

蔡守信说:"我这就去开会跟大家说。"

小惠说:"别说是我想的办法,别让人知道你怕婆子。"

蔡守信说:"怕老婆是因为老婆好。"

当蔡守信把大家重新招集起来,把小惠想的办法告诉大家后,大家都感到这办法好。不仅有理由换牌子,还能让大家在这三天的时间里知道新店,能够最大限度地减少由于换牌子与店名带来的损失。但是少武突然提出了个问题,就是如果大家起的店名都不合适怎么办。这确实是个问题,赏银子征集店名,参加的人肯定非常踊跃,但不见得能起到好名。赵文轩的意思是请个对周易五行懂的人,把蔡守信的八字递上去推算一下,用什么名字好。蔡守信认为没有这个必要,他说:"过两天如果找不到好名字,我们再想办法。"

事情决定下来后,晚上子时,柴少武领着人把店的牌子摘下,抬进大堂,对蔡守信说:"掌柜的,牌子咱们留着,将来会成为古董。"蔡守信并不同意这么做,他认为既然要换店牌换名字,就应该把跟万宝堂相关的事项全部择干净。他说:"今天晚上就把牌子劈了,然后堆到锅炉房里烧火用。"柴少武感到可惜,但掌柜的发话了,只能领着伙计们去劈牌子。他们用了半夜的时间把这块牌子变成劈柴,挪进锅炉房,天已经亮了。赵文轩已经写好几十张布告,打发伙计四处张贴。高志光负责在店门前摆桌子,放个大青花瓶,准备了一沓裁好的宣纸。研好半盆子墨,摆了几捆便宜的毛笔,等大家前来投放店名。果然,布告贴出去后顿时轰动了,有人前来看热闹,更多的人是奔那三百两银子来的,呼隆隆挤在万宝堂前,像赶庙会似的。大家领了纸笔,用牙把笔咬散,蘸了墨找地方挠头。

由于前来定店名的人太多,没多大会儿那青花瓶就满了。高志光只得让伙计又拿来个大木箱子摆上。这一天可把万宝堂的人忙坏了,但是,因为人多,到店里买东西的也多,一个上午,店里的营业额就超过五天的总额。

当冯招财听说万宝堂的牌子丢了,正在门前征集店名,就对刘三礼说:"刘爷,万宝堂丢了牌子,重新征集店名,如果用谁起的名字就给三百两银子,您这么有文才,何不起个名投进去。"

刘三礼耷着眼皮说:"我早投了。"

"什么,你怎么不告诉我,你起的什么名字?"

"我为什么跟你说,起重了不得分我的银子。"

冯招财见刘三礼爱搭不理,便回到自己的柜台前想,蔡守信换店名会换什么名,以前叫万宝堂,会不会叫亿宝堂?冯招财感到十有八九会带个亿字,因为历来起店名都是越起越大,没有往小里换的,往小里换就没有任何意义了。他来到万宝堂门前,见那么多人都堆在那里,然后抬头看看门面,摘去牌子的地方跟露天的地方形成了鲜明的对比。来到桌前,他把自己写的名字投进去。当他往回走的时候,突然感到蔡守信也许会改成斋,可能不叫亿宝堂,于是又回去领纸与笔,想再写个。

高志光问:"冯掌柜,你不是刚投了吗?"

冯招财说:"我想到更好的名字了。"

高志光说:"投多了没用。"

冯招财说:"我就再投这张,我敢说你们肯定要用这名字。"

高志光对伙计点点头,伙计给他发了笔与纸。冯招财把毛笔咬开,蘸上墨,到旁边写了,吹了吹纸上的墨,折起来投进了箱子里。一天的时间,万宝堂收到一瓶子两箱子写着名字的纸,晚上,全体员工开始检名字。赵文轩在墙上糊上宣纸,别人念由他来写。大多数起的名字都奔着万宝堂的思路,起亿宝堂的就有三十多张,万宝斋的十多张,还有人考虑到蔡守信与小惠的名字,有叫蔡宝斋的,有叫信宝斋的,有叫惠宝斋的,还有信惠斋的。有人还想到蔡守信与小惠的儿子蔡丰,起名丰宝堂。丰宝斋这个名字竟然有二十多张。荧荧检到冯招财写的名字,问:"你们想知道冯招财起的什么名吗?"大家都回过头来,目光聚焦在她的脸上。

荧荧笑道:"亿宝斋。"

赵文轩说:"有才。"

没多大会儿，柴少武说："我这里还有张冯招财写的，你们想知道什么吗？"

蔡守信说："亿宝堂？"

柴少武吃惊："您怎么知道的？"

蔡守信说："冯招财认为咱们必然往大里起，于是就认定亿了，之前有张亿宝斋，再有肯定就叫亿宝堂，如果有第三张，肯定就是亿宝轩。"

小惠说："你们还别说，亿宝斋这名字还不错。"

蔡守信说："不错什么，俗不可耐。"

连续两天，他们每天晚上都忙到半夜，整整写了两大张纸的名字，也没挑出个合适的来。赵文轩说："这样吧掌柜的，你起个名字，明天咱们打发个生面孔投进去，然后就用这个店名，这样三百两银子也省下了。"晚上，蔡守信睡觉前把赵文轩的意思说了，小惠摇头说："这么做没有任何意思，要是让大家猜到是托儿，会毁了咱们的名声。其实，我认为就算我们起名，也要找个最需要这笔钱的人，把名字交给他，让他投进箱里领到这笔钱。"

"哪有这么合适的人？"

小惠想了想说："前几天，我与婉芝、荧荧，抱着孩子到雍和宫祈福，遇到常在街上乞讨的张刘氏，于是给她一两银子，她跪在地上磕头，磕得嗵嗵响，直喊我菩萨。据说这个老婆子很可怜，她的丈夫病在床上，女儿又缺心眼儿，全家三口就指望她在街上捡点儿破烂讨几个钱生活。我们不如找个人把写着店名的纸给她，让她投到咱们箱子里，以后就用这个，这样能够解决她们家很多困难。"

"不行，不行，咱们的店名怎么可以让要饭的起呢？"

"你想过没有，让要饭的给起会引起大家说道，对新的店只有好处没有坏处。再者让那老太太起名还能逢凶化吉。"

蔡守信摇头说："哪有这说道。"

小惠说："有很多大家主家的孩子为什么叫阿狗、拴住、臭蛋什么的？目的就是为了化吉。"

蔡守信想了想，点头说："说得也是，那叫什么名字？"

小惠说："其实冯招财起的名字就不错，亿宝斋。"

蔡守信摇头："我们这次要起得低调些。"

小惠说："我们当然不能叫亿宝斋，但我们可以叫一宝斋。一与亿同意，这个说大就大说小就小。道家说，一生二，二生三，三生万物。一是万物之始。千军易得，一将难求。宁吃鲜桃一口，不吃烂杏一筐。"

蔡守信笑道："瞧你都想到哪儿去了。"

早晨醒来，蔡守信想想小惠起的一宝斋，感到这名字还真不错，既低调，又跟以前的有较大的落差，还有"亿"的同音，明里小暗中大，还很容易记。于是对小惠说："你还别说，我想了想感到一宝斋真不错。"小惠正在奶孩子："我只是随便说说，别拍我的马屁，你感到叫什么好就叫什么，反正你是一家之主。"

蔡守信让柴少武把这名字写在纸上，打发店里新招来的伙计，让他去找街上那位要饭的张刘氏，让她把这张纸投进万宝堂门前的箱子里，过两天可以过来领钱。

中午，张刘纸来了，把手里的纸投进去："啥时候领钱？"

大家见张刘纸也起名字，不由哄笑起来。

高志光笑道："明天过来看看吧。"

晚上，大家在检名字时，当有人念到一宝斋时，蔡守信说："等等，我感到这个名字挺好。"大家顿时停下来。赵文轩说："《说文》云，一，惟初太始，道立于一，造分天地，化成万物。《易·系辞》说：天一地二。《老子·道德经》说：道生一，一生二。《广韵》说：同也。《礼·乐记》说：礼乐政，其极一也。似小，实大，不错。"

高志光说："让赵师傅这么一解释，名字还真不错。"

蔡守信说："既然大家都感到不错，就用这个名字。看看是谁写的，明天让他领银子。"

当大家看到是张刘氏写的，不由纷纷摇头。让乞丐给起店名，真是太荒唐了。蔡守信把小惠的分析说了出来："大家想过没有，如果让平常的人给起个名，那么这件事很快就过去了，让乞丐起名，大家肯定议论纷纷，这样无形中又对咱们的新店名进行了宣传。再者，并不是找有名望的人起名就吉利，明朝严嵩，父子倾权，曾给一家银庄起名，严嵩被杀后，银庄也被查了。找个乞丐给咱们起名，可能会更吉利些，说不定能逢凶化吉。"

大家见掌柜的执意要叫这名，也就没再说什么。

早晨，蔡守信打发高志光去找人做牌子，鎏金还是要的，至于牌子的大小，可以参照荣宝斋、槐荫山房、茹古斋、古艺斋、瑞成斋、萃文阁、一得阁、李福寿笔庄这些老字号的牌子，与它们不相上下就行。随后，赵文轩写出告示，表明要用"一宝斋"，并写上起名人张刘氏，然后四处张贴。大家看了告示都惊呆了，他们万万没有想到蔡守信会用乞丐起的名字，并且叫一宝斋。原来叫万宝堂，现在叫一宝斋，落差也太大了。

张刘氏正在街上要饭，有人说："你发了，还在这里要饭？"

张刘氏说："我不要饭吃什么？"

那人说："赶紧去万宝堂领银子去啊。"

张刘氏这才想到，前几天有人让她把纸投进箱子里，说可以领银子，于是拄着棍子到万宝堂领银子，看热闹的人跟了一群。当蔡守信听说张刘氏来了，让高志光拿三百两银子给她，并让柴少武把她送到家里，别半路上被人把银子抢了。高志光端着银子来到店前，对张刘氏说："大娘，这是您的银子。"

张刘氏摇头说："别跟我开玩笑了，给几文就行了。"

"真是您的，来，我给您装进篮子里。"

"我在这条街上要饭要了几年了，要的最多的就是一个女菩萨给的一两银子，听说是你们店里的老板娘，从此我就再没到店里要过东西。你要真心给我，给我一两银子吧。"

小惠抱着孩子过来，说："大娘，这些钱真是您的。"

张刘氏看到小惠，忙跪到地上磕头："女菩萨。"

小惠把孩子递给荧荧，把张刘氏拉起来："大娘，我没跟您开玩笑，这些钱真是您的。"说着把银子往张刘氏的竹篮里放。张刘氏摇头说："外财不发命穷人，我不要。"说着扔下篮子就走。小惠把她拉住："大娘，把银子拿上，去给你老伴还有闺女看看病。"

张刘氏痛苦地说："女菩萨，我真不要。"

小惠说："不要可不行，必须要，不要就不让你走。"

张刘氏问："真给我？"

小惠说："我说的话你还不信吗？"

张刘氏说："我的青天呢！"身子晃了晃晕倒了。

刘婉芝忙蹲下掐住张刘氏的人中，把她掐醒，扶起来。她看着篮子里白花花的银子，眨巴了会儿眼，抬起头："女菩萨，真给我？"见小惠点点头，忙趴到地上磕头，嗵嗵几下。小惠把她拉起来，对柴少武说："用轿子把大娘送回去，还有，帮她把老伴还有女儿拉着去看看郎中，这些钱别都放在家里，帮她把一部分存银庄里，跟银庄老板说，只有张刘氏亲自去才给。"

老婆婆死活不坐轿，硬被小惠给拉了进去，并把装着银子的篮子让她抱着，然后把轿帘拉下来。轿子里传来张刘氏的喊声："女菩萨，以后我天天给你烧香祈福，让你活二百岁。"

大家没想到，蔡守信征了三天的店名，最终选了张刘纸起的，还起了个一宝斋。这事顿时成为街头巷尾的笑话。有人说让要饭的起名不吉利了，有人说这名字挺好。这件事传到爱新觉罗·启明耳朵里，他眯着眼睛说："这个蔡守信不简单啊。"

当"一宝斋"的店牌挂上后，来往的人都会停下来指指点点的，说蔡守信这人太神经了，当初起的名字那么大，尺寸也张狂，现在起这么小的名字，并且换成小匾牌了。

由于万宝堂换牌的事情出了名，新店并没有受到影响，反而比以前收入多了。蔡守信跟大家透露，其实这是小惠出的点子。赵文轩、高志光这些老师傅也不由对小惠刮目相看。

一天，蔡守信正在和高志光商量去南方进些瓷器卖，古宝斋的石运达前来拜访。原来石运达想问问蔡守信还用不用"万宝堂"这个名字,如果不用了,他想花钱把牌子买去,因为这个牌子已经具有了很大的效应,包含着潜在价值。蔡守信说:"我们既然换了牌子,就不会再用之前的名了。"

"既然蔡掌柜不用了,可否把名字卖给我?我出五百两。"

"我们既然不用了,就跟我们没有关系了,你不必出钱。"

"蔡掌柜,这些钱就算我买原来的牌子吧。"

"不好意思,原来的牌子已经毁了。"

"那我以后用万宝堂的名字了?"

"石掌柜放心就是,我说过了,这个名字谁愿意用就用,跟我没关系。"

石运达心中暗喜,生怕被别人抢先用了,回去马上找人按万宝堂原来的牌子做块牌子,随后去跟一宝斋隔壁的书店商量,要花重金购买他们的店。书店的掌柜见石运达出价很高,于是就把店转给他了。石运达找来帮子人,把书店按原万宝堂的样子装修,并把跟原来同样大小的牌子挂上,也开始经营古玩。由于这店跟原来的万宝堂一模一样,让大家产生了错觉,就像万宝堂从没有换过牌子似的。

蔡守信没想到石运达这么阴险,竟然紧挨着一宝斋重现了原万宝堂,严重地影响到一宝斋的生意。他马上开会,针对石运达的这种作为进行讨论。赵文轩说:"我们绝不能让他这么做。他不只复制了我们原来的店,卖的东西也与我们相同,并且比我们卖得便宜,这样下去,大家会把一宝斋给忽视掉的。"

高志光说:"不行,我们就去告他。"

蔡守信前去找石运达理论,石运达傲慢地说:"蔡守信,你还守不守信用,当初你说谁用算谁的,我给你钱你都不要,现在见我用了你又反悔。"

"石掌柜,我并不是反悔,但你利用万宝堂原来的声望,卖我们店卖的东西,又是以成本价卖,现在没人去我店里买东西了。"

"蔡守信你什么意思,我卖多少钱跟你有关系吗,我高兴了白送给他们,你管得倒宽。有本事你也卖这么便宜,没有这个能力就别开店。"

蔡守信找到爱新觉罗·启明,请他出面劝说石运达,不要紧挨着一宝斋复制原万宝堂店,并且一宝斋卖什么他们卖什么,还用成本价跟一宝斋不正当竞争。

启明笑道:"蔡掌柜,当初本官只是让你把牌子变小,不要越制,可没让你换店名啊。既然你不用万宝堂这个名字了,别人用有何不可?再者,经过你对新店策划,一宝斋的名声不比万宝堂逊色,你没必要跟他争。至于价格方面,他石运达这种价格能坚持多久?以后他再提价,会引起大家反感。所以,你要耐心些。"

"可他在我们眼皮子底下,装修跟我们原来的店相仿,让大家产生了错觉,认为万宝堂还在,一宝斋只是副店。"

"算啦算啦,不要跟他争了,你争也争不过他。有件事情呢你可能不知道,石运达的堂哥现在调进宫里担任大学士。你想过没有,如果石大人出面你有好果子吃吗?常言说得好,吃了亏就是赚了便宜。本官倒是佩服你换牌子换店名的策略,本官也相信你有能力把一宝斋搞好,行啦行啦,就这样吧,回去吧。"

听启明这么说,蔡守信知道确实争不过石运达,闷闷不乐地回去了。小惠劝道:"随他去吧,既然咱们放弃原来的店名与原来的门面模样,别人想用,咱们哪管得着。启明大人说得对,石运达以成本价卖他能坚持多久,他有多少钱往里砸?用不了多久他就要提价,一提价大家就会反感。"话是这么说,但连续几天,一宝斋的生意比以前差了不少,有很多客人都去万宝堂了。

蔡守信打出降价回报老客户,石运达成本价卖还送赠品;蔡守信发放吊件,万宝堂也发吊件,并且成色比一宝斋好。这时,有人前来告诉蔡守信,石运达曾扬言用三个月的时间把一宝斋挤走,把一宝斋收购过来。蔡守信气愤之极,前去找石运达理论,但石运达去打官司了。原来,街上突然冒出"老字号万宝堂"、"正宗万宝堂"、"祖传万宝堂",甚至还有人起了"蔡氏万宝堂"的名字。石运达派人把这些店给砸了,因此闹到公堂上。

小惠对蔡守信说:"守信,不要再计较了,他想把咱们挤走哪这么容易?咱们有成熟的进货渠道,老客户也没流失,只是些新客户奔万宝堂去了。只要咱们诚信经营，相信会越来越好的。前段时间，你不是跟高师傅商量要进些新瓷吗？你曾当过督窑官，官窑民窑都熟，我们利用这个优势进些瓷卖，这是石运达不具备的。"

就在石运达的万宝堂借着之前的名声与威望，把店经营得风生水起时，出大事了。一天晚上，二十多个带洋枪的蒙面人闯进万宝堂，杀了家里的老少八口，把店里的银子与宝贝全抢走了。那天晚上，幸好石运达在新包养的女人那里，没在万宝堂。

事情发生后，惊动了石运达当大学士的堂哥，他亲自督促启明彻查此案，缉拿元凶。启明把曾跟石运达争用"万宝堂"之名的掌柜全部抓起来审问。由于之前蔡守信也曾为石运达不正当竞争来找过，于是派人把他也抓来了，随后对一宝斋进行搜查，虽没有搜出被抢之物，但搜出了两支洋枪，由于这两支枪，启明加大了对蔡守信的审讯力度。此时，蔡守信感到后悔，早知如此，当初就不应与石运达争论了。

小惠心急如焚，亲自到衙门找启明交涉。

启明说："夫人，经过我们调查，能够有能力组织二十人的枪队的，只有你们店。再者，几家小店都能证明案发时不在场，家里也没有发现任何异常，他们又不具备作案的能力，已经把他们的嫌疑排除了。而你们换成一宝斋的牌子后，石运达重现万宝堂，宁可赔钱也要把你们挤出琉璃厂，想收购一宝斋，你们是有作案动机的。"

小惠说："大人，您知道万宝堂的来历吗，您知道我们为什么换牌子吗？"

启明说："这正是我想问你的。"

小惠说："那我跟您说说吧，当初万宝堂是老佛爷懿旨成立的，由庆宽大人操办。我夫君原是官窑的督窑官，受命前来负责此店。后来宫廷有变，庆宽大人把所有的资金与收藏全部收回，留给我们这个空店作为报酬，我们既无官也无资金，面对这么多口人，只得去银庄借钱重新经营。在接到您的越制通知后，我们感到现在不是官坊了，不应该用这么大的牌子与店名，于是顺便改小了，并换了个名字，没想到却出了这种事。"

启明说："之前听街上有过这样的传言，难道是真的？"

小惠说："当初是秘密开店，因为如果让大家知道万宝堂是宫里开的，就不敢把宫里流出之宝拿来了，所以一直对此店的来历保密。知道此事的现在只有庆宽大人。"

启明说："庆宽大人现在南方为官，等他老人家来时再查证。"

小惠说："对了，原来的那少音也知道此事，可去问他。"

启明说："那少音现在牢中。"

小惠说："大人，就算没有这些背景，我们也不可能为了生意上的事把他全家杀了。还请老爷查明，还给我们个清白。"

当小惠走后，启明坐在那里沉思了会儿，对小惠的话半信半疑。随后他去牢里见了那少音，问原万宝堂的来历，发现那少音说得跟小惠相同。于是修书一封，送到江西向庆宽问询此事。庆宽接到信后，见蔡守信变成杀人嫌疑犯被抓，不由感到愧疚，同时也怕深查下去会牵出当年的事情，于是回信一封，快马加鞭送到启明手中。

庆宽来信的大体内容是，原万宝堂确实是宫中私设，后来解散，原址留给蔡守信以抵等人的薪金。蔡守信原则上讲还是清朝官制，老夫曾答应过要给他找个好位置，但由于世事变化，我又调到江西，就把这件事拖下了。此事不管是否是蔡守信所为，务必要把事情摆平。再者我相信蔡守信的为人，绝不会做出此事。还有，原万宝堂征收宫外流失之宝，牵涉到不少高层，对外不要宣扬此事……

虽然庆宽现在江西，但光绪帝都没把他搬倒，重臣都为他求情，明降实升，可见他的关系之硬，启明也不想得罪他。那天，他来到自己叔叔家，想听听他老人家的意见。巧的是，这位王爷曾打发管家把从宫里弄出来的宝贝卖给了原万宝堂，如今听说原万堂曾是宫里私设，并由庆宽亲自管理，也不想此事闹大，牵涉更多，于是说："本王与庆宽交往甚厚，无论从哪个面上讲都要卖他这个人情，把蔡守信放了吧。"

"可是石运达执意把蔡守信搬倒，放了会得罪石大人。"

"如果街上的人要求放蔡守信,他石大人还能怎样?"

启明心中有数了,马上给庆宽写信,表明看在他的面上一定要把此事摆平。随后他来到一宝斋,单独见了小惠:"夫人,本官也知道此事与蔡掌柜并无干系,但石运达的世兄在朝中为官,在没查到真凶的情况下放掉嫌疑人,他肯定给本官施加压力。这样吧,你组织人去衙门前喊喊,我就有办法了。"

小惠跪倒在地:"多谢大人成全。"

启明做个扶的姿势:"夫人请起。"

小惠从袖里掏出张银票:"大人,请您帮着打点。"

启明笑道:"那少音还在牢中,本官岂能重蹈覆辙。收起来吧。"

送走启明,小惠马上把赵文轩与高志光叫来,让他们托亲带友,花钱聘人,尽量多招集些人,明天早晨去衙门要求放掉蔡守信。

张刘氏听到这件事后,两口子也四处招集人。由于张刘氏得到三百两银子后,把老伴的病治好了,不再乞讨了。谁能想到她突然对外人说狐仙附体,开始算卦看病,成为神婆,她还真张罗了不少老头老太太。

一帮人在启明府前嚷着放掉蔡守信,启明马上去拜访石大学士,说:"石大人,现在每天都有几百口人在府前吵着放蔡守信,我们在没有任何凭据的情况下关押他太久,怕是影响不好。现在就有人议论说,石运达的哥哥仗着权力想制造冤案,这些传言对大人的声誉影响极坏。"石大学士听到这里,想想自己到京不久,还未生根,为了个并不确定的嫌疑人毁了名誉得不偿失,又是便说:"先放了吧,不过要加紧查案,一定把真凶抓住。"

启明回去后,来到牢房,对蔡守信说:"回去吧。"

蔡守信问:"抓到真凶了?"

启明摇头:"这哪容易抓到,说不定是流窜作案。"

蔡守信说:"没抓到真凶把我放了,还是背着嫌疑,您还是把我关着吧。"

启明笑道:"夫人为了你四处奔波,你还不想出去了。蔡守信,其实这次的进牢不见得是坏事。你想,如果是流窜作案,他们肯定会挑大店劫。

由于万宝堂的牌子与店面都很招眼,说不定就被劫匪盯上了,因此你们躲过一劫也说不定。好啦好啦,回去吧。"

蔡守信回到家里,见小惠瘦了,衣裳显得宽大,不由热泪盈眶,随后两人抱头痛哭。这时,赵文轩与高志光进来。赵文轩叹口气说:"没想到换了店牌招来这么大的祸事,早知道咱们就不应该换。"

小惠说:"如果不换,万宝堂发生命案,咱们更麻烦。"

赵文轩说:"说得是,那咱们就不要为这事郁闷了,回来就好。"

十一
揭裱惊魂

在蔡守信关进牢的这段时间里,店里人心惶惶,哪还有心思经营,因此生意非常萧条。蔡守信回来后,面对这样的情况,只得重做计划,调整经营模式,但面临的问题是他们资金紧张,举步维艰。正在这时,有几个洋人来店购画,蔡守信突然想到店里曾收购过刘三礼送来的几幅王蒙与石涛的仿画,虽然是仿品,但其仿得逼真,把赵文轩都给蒙了,相信别人更是无法辨认。

他对英国商人威尔斯介绍说:"我们店里有几张非常珍贵的古画,如果你感兴趣,我让师傅拿来你看看。"

威尔斯用生硬的中国话说:"谁的画?"

蔡守信说:"一是元代四大家之一王蒙的。他曾学过舅舅赵孟頫、董源、巨然,善用解索皴和渴墨苔点,其山水林峦郁茂苍茫,技法全面。其作品在市面上很少看到。再是明宗室靖江王赞仪之十世孙石涛的,现在市面上看到的都是小幅作品,极少能看到大尺寸的,可我们一宝斋收藏的几件都在八平尺以上。"

"石涛我知道，他跟八大山人是哥们儿。"

"先生真是渊博，这您都知道。"

"我对中国古文化，十分的有研究。"

"既然这样，那我不多介绍了，还是看画吧。"

蔡守信打发赵文轩把画取来，让他招呼威尔斯先生，然后回后室了。小惠正在哄两个孩子玩儿，抬头问："不是有洋人买画吗，你怎么有时间过来？"蔡守信说："我让高师傅招呼他们了，争取把玉宽临的几张画卖出去。"

"守信，那是仿品，当真画卖合适吗？"

"洋鬼子抢了中国多少好东西，卖给他们几幅仿画怎么了。再说了，玉宽仿的这几幅画不比画家本人画的差。你想，连赵师傅都看走了眼，还有谁能看出假来？放心吧，不会有问题的。"说着蹲下来逗逗蔡丰与柳小妹。

小惠轻轻叹了口气："我感到应该告诉他们是仿画。"

蔡守信摇头说："这个不行，咱们一宝斋从来就没卖过仿的东西，不能坏了这个规矩。"

小惠说："正因为没卖过假东西，所以要保持这种特色。"

蔡守信说："小惠，没事的，经营上的事情你就不要操心了。你管得多了，师傅们会产生消极情绪。"

没多大会儿，赵文轩敲门进来，兴奋地说："几张画全要了，给了五千两银子。天呢，终于把我的心事了了，这几件东西虽然放在店里，但一直压在我心上，想想就难受。"

蔡守信说："这不能怨你眼光差，只怨玉宽临得太像，老爷子做旧做得太好。"

小惠说："玉宽临画都快临疯了，他每次临画之前都把自己当成画家本人，体验画家的心理。记得他开始临石涛的画前，按石涛的自画像打扮自己，坐在床上闭目养神，把我吓了一跳。我曾跟父亲说不要让玉宽再临画了，这样下去他非着魔不可。可是不让他临画他就坐在那里发呆，像废人似的。唉！真让人担心，这样下去非出事不可。"

赵文轩说："听街上说，专门做假画的都是从小就培养，让孩子从小就画几位画家的，一画十多年，出手就像。但像玉宽这种情况的少见，他能把多个画家的画临到以假乱真不说，某些地方还超越了他们。有时候我想，玉宽是否与那些画家有沟通。"

"什么沟通？"小惠问。

"也就是说玉宽能通灵，能跟去世的画家说上话，并得到他们的真传，所以画得像。"

"赵师傅别说了，怪吓人的。"

蔡守信笑道："这种说法是靠不住的。玉宽所以临得像是他的心静，付出的精力在那里。他临画时是完全入静。一次我去看他，喊了几声他都没听到。据说他临李唐的《万壑松风图》时，半月都没出门，没说一句话，完全投入进去了。不过，只是这么临下去是不行的，赵师傅你抽空指点他，让他创作自己的作品放到咱们店里，说不定能够把他推出来。否则只是个临画匠子，不会有大出息。"

李唐是南宋画家，初以卖画为生，宋徽宗赵佶时入画院。擅长山水、人物。取荆浩、范宽之法，苍劲古朴，气势雄壮，开南宋水墨苍劲、浑厚一派先河。晚年去繁就简，用笔峭劲，创大斧劈皴，所画石质坚硬，立体感强，画水尤得势，有盘涡动荡之趣。

赵文轩感叹道："我看过他临的那张画，简直可以乱真，相信整条街上也没玉宽临得那么硬气的。小小年纪有这么厚实的传统功力，真不知道他创作的画是什么样的。对了小惠，他以前创作过画吗？"

小惠说："以前倒是自己画了几幅，但我父亲说是乱画，根本算不得画。玉宽冷笑说，既然都看不懂，那我没必要留着，于是就把几幅画烧了。"

赵文轩惋惜道："太可惜了。有的画家有超前意识，他的画在当时可能不被看好，但过去几年都是精品，说不定还能引导未来的审美趋势。不行，我现在就去跟他谈谈，让他自己创作几幅我们留着，将来肯定不得了。"

赵文轩来到聚文斋，见柳正印坐在柜台后发呆。自从潘五妹去世后，柳正印就像丢了魂似的，每天坐在那里犯愣，以至于店里的伙计都说，我们家大傻子小傻子怎么怎么。

赵文轩问:"柳先生,玉宽呢?"

"在,在厢房。"柳正印说这句话时头都没抬,眼珠都没有转。赵文轩摇摇头,来到厢房,见玉宽正在伏案画画。他满头长发,满脸胡子,只露脸与眼睛;穿着脏兮兮的衣裳,并没有注意到赵文轩进来。让赵文轩大吃一惊的是,玉宽临画根本不看范本,也不用炭条打草稿,直接就在宣纸或绢上画。

赵文轩见墙上挂着幅已经装裱并作旧的画,是北宋画家范宽的《溪山行旅图》。赵文轩走近看看,不由感到震惊。这是高达两米多的巨作,堂堂大山迎面压来,让人有压迫之感。山头杂树丛生,充满顽强的生命力。细密的点子皴把大山刻画得坚实与传神。一条飞瀑从山间一泻而下。中前景山脚处巨石纵横,庙宇隐现,溪流湍急。近景大石突兀,一队行旅正在山路上行进。整个画面充满幽深、静谧和伟大的气象,显得人那么渺小,让人感到时光飞逝,物是人非。虽然赵文轩没见过原作,但见过仿品,如果不是面对玉宽,在别处看到这幅画,他绝不会怀疑画是仿的。赵文轩趁柳玉宽抬身观察之际,说:"玉宽。"

玉宽并未回头,只是点点头。

"玉宽,休息会儿,我们聊聊。"

玉宽停下手里的笔,端坐在那里,但并未回头。

"问你个事,你是不是跟王蒙、范宽这些画家有交流,比如梦到他们?"

"你怎么知道?"玉宽问。

"啊,你真梦到他们了?"

"刚才范仲立还跟我说,他在《溪山行旅图》上留了隐款的,让我添上。"

"添在哪里?"

"隐款不能轻易告诉别人。"

赵文轩看着玉宽那神秘的样子,再看看墙上那张画,感到有些冷,问:"玉宽,你有没有自己画过画,能不能让我看看?"

"你又看不懂。"

"放心吧玉宽，我保证能看懂。"

"那你说说以后几十年有什么变化？"

"下去几十年嘛，我见现在大家都开始推崇石涛、徐渭、八大山人的画风，可能更注重写意与粗犷。"

"然后呢？"

"那我就不知道了。"

"那你看不懂我的画。"

"为什么？"

玉宽轻轻地叹口气："以后几十年是你说的情况，跟着徐渭、石涛、八大山人等人的屁股会出几个所谓的大家，但这些画家都不会超过前人。我画的是这股热潮过后的画。"

赵文轩问："到那时候推崇什么样的画？"

玉宽说："告诉你你也不懂。"

虽然威尔斯相信蔡守信的声望，认为他们店出售的画没有问题，但威尔斯是懂中国历史的，他知道自八国联军侵入中国后，中国对他们有种敌意，称他们洋鬼子。现在走在大街上，常有小孩跳着高喊他们洋鬼子，因此他担心一宝斋也有这种爱国情结，会用假画糊弄他。他想找人鉴定，但怕没有人对洋鬼子说实话，于是就假装去卖。

他打听到在琉璃厂这条街上，三宝斋的刘三礼与古宝斋的石运达都是鉴定古画的能手，于是就想带着画去卖，看他们出的价。威尔斯带着画来到古宝斋，说有几件东西想转让。石运达听说是洋人，立马让人把他请进后室。因为街上的人都知道洋人抢了故宫，肯定带走很多宝贝，他们手里是有好东西的。再者上次买了刘掌柜十多张古画，家里发生凶案时被卷走，他确实想买画。当威尔斯把几张画递给他，石运达压抑着心中的喜悦："开个价。"

威尔斯说："我对这个不懂，你给个价吧。"

"这画看着不对劲儿,这样吧,我给你一百两银子。"

威尔斯笑吟吟的:"石掌柜,你开玩笑。"

石运达说:"那我不跟你玩儿那套手法了,一口价五百两。"

威尔斯听到石运达要出五百两,认为画没问题,说:"一万两。"

石运达摇头说:"那您收起来吧。"

威尔斯把画卷起来,又来到三宝斋,说有几件东西想转让。同样地,刘三礼也知道洋鬼子抢了紫禁城,手里有好东西,于是把威尔斯热情地请进店里。威尔斯把画递上去,刘掌柜一看是自己卖给一宝斋的几幅,不由心惊,忙说:"您拿走吧,小的买不起。"

"你什么意思,难道这画不对?"

"画都是真迹,都是精品,市面上的价在万两以上,小的买不起。"

冯招财端着茶进来,看到是潘五妹当初卖给刘三礼的那几幅仿画,以为刘三礼要卖给洋人,便在旁边说:"这画可是宝贝,怎么说也得值几万两。"

刘三礼说:"拿走吧!"

威尔斯得到自己想要的答案,把画卷起来,喝了口茶说:"中国的茶,很棒!"说完站起来夹着画就走。冯招财笑嘻嘻地问刘三礼:"冯爷,卖啦,多少钱,给我点儿提成吧。"刘三礼瞪眼道:"人家是来卖画的,又不是我卖。"冯招财愣了愣,然后拔腿去追那洋人:"哎哎哎,洋鬼子,站住。"

"你说什么?"威尔斯怒道。

"这画你是不是刚才买的,我有话想跟你说。"

冯招财本想验证是不是刘三礼卖的,想问花多少钱卖的,然后回去跟刘三礼要提成。没想到威尔斯说是从一宝斋买的,并且花了五千两,便说:"这画是假的。"

"你胡说,有何根据。"威尔斯说。

"不信算了,你自认倒霉吧。"

"你说,有什么根据。"

"我当然有根据,没有根据我在这里废什么话。你想知道,那好,请我喝酒。"

威尔斯这次来中国，是想买几幅古画送给英国皇室成员，争取皇家用品采购，要是不慎送了假画，以后皇家采购的好事就轮不到他了，于是请冯招财来到馆子里，叫了桌菜。冯招财边喝酒边说："这么说吧，这些画都是一个叫柳玉宽的年轻人临的，是他父亲做的旧，由于他们做得好，把琉璃厂几个号称鉴定古画的大师傅都给蒙住了，何况是你洋，啊洋人。"

"那根据在哪里？"

"我可以告诉你鉴别的办法，你得给我一百两银子。"

"你想讹我，没门儿。"

"你不想知道那就算了。"

威尔斯想了想，掏出五十两放到桌上："先给你五十两，把办法给我，其余的给你。"

于是冯招财就告诉了他秘密。因为他曾听柳正印说，玉宽在画心背后留有宽字。威尔斯回去后揭裱一看，果然发现画心后面有个极细的"宽"字。威尔斯看到这个"宽"字后，不但没有郁闷，还非常高兴，当即给冯招财送去五十两银子。冯招财见他买到假画看上去挺高兴，疑惑地问："你为什么这么高兴？"

"我当然高兴，我准备过两天再去买几幅。"

"你这么喜欢仿画，去我店里挑点儿吧。我的店里都是木刻套印的画，那画比真的都好，价格也便宜。"

"那样的画我不要，我就要买一宝斋的，并且愿意花大价钱。"

听了此话冯招财感到郁闷，本来他以为威尔斯知道是假画，肯定跟一宝斋没完，应该马上跳着脚大叫，应该去退画，现在他不但高兴，还要去买，这不等于帮了蔡守信吗。娘的，这是啥事儿。

蔡守信收到老家窑厂的回信，说之前让烧的瓷儿已经烧好，让他回去提货。蔡守信与赵文轩、高志光交代一番，带着柴少武回南方了。他走后的第二天，威尔斯带着几个洋人来到店里。赵文轩心里直打鼓，如果仿画当真画卖被认出,一旦败露,不只毁了他的声誉,还会给一宝斋带来麻烦。

威尔斯见到赵文轩,高兴地说:"我的几个朋友,看了我的画都想买。我把他们领来了,你给我们挑几幅好画。"

赵文轩这才放心,把他们领到客厅,让高志光陪他们聊天,他从后门出去,到聚文斋把柳玉宽画的几幅高仿拿来,挂在客厅。威尔斯把双手摊开:"哇,太好啦,太好啦,我们都要了。"

"您还是仔细看看后再决定吧。"

"一宝斋的信誉没有任何问题,大家放心地购买。"

几个洋人也没怎么还价,高高兴兴地把画买了,临走时威尔斯对赵文轩说:"我还有朋友来买,你们准备好画。"

当小惠听说赵文轩又把玉宽仿的画当真画卖了,并且卖了一万两,隐隐感到不好。她找到赵文轩说:"赵师傅,我怎么感到不对劲儿,那个威尔斯刚买走几幅仿画,没过几天又带朋友来买,这不太正常啊。"赵文轩说:"放心就是,那画我与石运达都没看出假来,他洋鬼子能看得出来吗?他要能看出来就邪了。"

小惠心里还是不踏实,但不想多说,毕竟赵文轩是蔡守信的发小,又是要面子的人,干涉太多,显得不尊重他。可是没过两天威尔斯又带几个老外来买古画,小惠感到问题很严重了,直接来到客厅,见赵文轩正跟他们在看新拿来的仿画。

"赵师傅,这几张画不卖了,我们店里留着。"

赵文轩不悦:"各位对不起,这位是我们老板娘,她说不卖就不能卖了,对不住了,我刚才的话就当是不雅之气吧。"

威尔斯问:"不雅之气是什么气?"

赵文轩说:"就是放屁。"

威尔斯说:"NO,NO,NO,你们一宝斋不放屁的,你们是诚信的,说卖给我们就得卖,不卖就是失信。"

小惠说:"这几张画我们店里收藏,真不能卖。"

威尔斯说:"我们可以多出钱。"

赵文轩说:"蔡掌柜让我掌管古画,我都跟他们说要卖给他们了,要是突然不卖,这太不讲信誉了,这要传出去影响多不好。"

小惠叹了口气:"那你看着办吧。"

赵文轩把仿画卖掉后又得到万两银子,但由于小惠干涉,心中不太高兴。他找到高志光说:"自从守信娶了小惠,现在事事都听她的,小惠越来越干涉店里的事务,我们越来越不受尊重了。"高志光笑道:"小惠的性格你还不知道,守信这么难剃的头都让她剃了。当初如果刘婉芝像小惠这样,怕早就变成老板娘了。其实小惠说得没错,你想想,无论仿得多么真,但这毕竟是假的,一时看不出来,肯定会有水落石出的那天,如果真让他们认出是假的,可能会很麻烦。"虽然高志光这么说,但赵文轩还是不太高兴。他认为自己看了半辈子画都看走了眼,还有谁能看出是假的来,这种担心是多余的。再者,洋鬼子回到他们的国家,就是看出是假画,也不可能跑回来算账吧。因此,这些担心都是多余的。

威尔斯跟朋友买到假画后,马上去英租界寻求帮助,说他们在一宝斋花了三万五千两银子买的画是假的,必须让一宝斋按画的十倍赔偿。这本来是件买卖上的纠纷,但英租界的领使却借着这件事跟朝廷交涉,要维护他们大英国国民的权利,并且直接捅到摄政王载沣那里。老佛爷去世前,把溥仪过继给光绪立为皇帝后,专门安排载沣来辅佐溥仪。载沣正在谋划暗杀袁世凯,他不想在这时候得罪洋人,再说他也得罪不起,于是与体仁阁大学士、军机大臣张之洞,文华殿大学士、军机大臣世续进行协商。

两位大臣认为洋人纯粹是小题大做,如此之小事敢烦扰朝廷,真是对大清的大不敬,真是岂有此理。

载沣担忧道:"大事都是从小事发起的,小事也不能掉以轻心,你们还是安排官员去处理此事吧。"

张之洞马上回领使的话,让他们带画去找爱新觉罗·启明。随后又派人去通知启明,责令他将关于洋人买一宝斋假画之事查明事实真相,如真系假画,责令店家赔偿。如此画是真,也要让洋人心服口服。启明马上回复，一定处理好此事。

当威尔斯带着假画找到启明，启明看了几幅画，感到确实画得精致，不像是假的。便问："你们根据什么判定此画是假？你们应该知道，中国画与西洋画是有本质区别的，比如用材方面，塑形方面，有着根本的区别，是不能用鉴别西洋画的方法鉴定中国画的。"

"当然有根据，否则我不会找你，我可是本分的商人。"

"有何根据，说来听听。"

"你们的冯招财说，此画是个叫柳玉宽的人仿的，他每次仿画后都会在画的背部用很细的线写个'宽'字。我揭裱之后，发现后面果然有此字，因此断定是假的。"

"那你为何不直接找一宝斋？"

"东西是他们卖的，他们当然不会承认是假的，找也没用。我要让你们保护我们大英国公民的权益。我要求，按购买价的十赔偿还，我总共花三万五千两银子，他们必须赔我三十五万两，少一分也不行，少了我要让我们的领使找你们的皇帝。"

"既然这样，明天本官开堂审理此案，并找人对此画进行鉴定。你们先回吧，明天九点到大堂上来。"

"为何不现在就审，要拖到明天？"

"本官要传唤证人，寻找鉴定之人，捉拿仿画之人。"

把洋人打发走后，启明坐在那里思考了会儿，感到这件事并不简单，因为是官里压下来的案子，如果处理得没有尊严，这会有失大清朝的颜面，如果处理得太有尊严，洋人可能会闹事。

启明给一宝斋写了封信打发人送去。

小惠接到信后，打开看了，痛苦之极。信里说："洋人从你店购买之画说是仿品，并在揭裱后发现背部有'宽'字，现在要按收购价十倍赔偿，你们最好能够证明此画是真，本官明天开堂审理……"

小惠明白，如果按十赔的钱赔偿他们只能把店卖了。因为之前所有的钱都被蔡守信拿去南方进货了，现在店里根本拿不出一万两来。她马上把赵文轩与高志光叫来，跟他们商量应对之策。赵文轩听到这个消息顿时面如死灰，嚷着要自杀。

小惠皱眉道："赵师傅，我们不要慌了手脚。启明大人提前给咱们送信就是让咱们想办法的。大家冷静下来想想对策。我现在就去找玉宽把画全部毁掉，以防官府派人去查。"说完站起来匆匆走了。小惠来到聚文斋，见父亲蹲在墙根儿，袖着双手昏昏欲睡，便喊道："出大事了。"

"什么事？"他头也没抬。

"玉宽临的假画出事了，官府要来追查，赶紧把假画处理掉。"

"都在玉宽的房里。"

小惠来到厢房，见弟弟玉宽正在伏案临画，临的是宋王希孟的《千里江山图》。这幅画纵长卷，绢本，青绿设色。作品描绘了连绵的群山冈峦和浩渺的江河湖水，构图于疏密之中讲求变化，气势连贯，以披麻与斧劈皴相合，表现山石的肌理脉络和明暗变化；设色匀净清丽，于青绿中间以赭色，富有变化和装饰性。作品意境雄浑壮阔，气势恢宏，充分表现了自然山水的秀丽壮美。

小惠见此画快临完了，说："玉宽，出大事了。"

玉宽就像没有听到，仍旧细心地画着。

小惠急了，过去把江山图拉起来揉成团扔到地上，然后把架子上放的假画都扔到地上。玉宽手里握着笔，面对空了的案子待了会儿，慢慢地站起来，缓慢地回过头，见小惠把他临的画都揉成团往麻袋里塞，他的神情平淡得像这些画不是他临的。

小惠说："玉宽，要是别人问你临过画没有，你说没有。你从今以后不要再临了，你画自己的画，我跟你姐夫说过了，在店里给你弄个专柜。"随后小惠把假画摁进麻袋里，背着回去。路上，有人看到一宝斋的老板娘背着麻袋，都吃惊地回头看。小惠把仿画背到锅炉房，让师傅赶紧烧掉。

到客厅，小惠见赵文轩还在抹眼泪，高志光坐在那里唉声叹气，问："你们想到对策没有？"

高志光叹气道："能有什么对策，假画是我们卖出去的，再者这画确实是以假当真。要不这样,让威尔斯来店里挑几件东西,以抵几张假画。"

小惠皱眉道:"你们怎么就不明白,如果他想私下解决早找咱们了,现在他们报了官就是想要十倍的赔偿。问题是我们没钱赔,我们总不能把店卖了吧。再说如果大家都知道咱们把假画当真画卖,一宝斋还有什么信誉,以后谁还来店里买东西?"

赵文轩抹眼泪道:"都怨我没掌好眼,要不就对他们说,一宝斋并不知道此事,是我私自弄了几张仿画卖的,随他们处置。"

小惠说:"赵师傅,这件事责任并不全在你,是守信开的头。"

高志光说:"要不跟洋人商量商量,少赔他们点儿。"

小惠说:"明天他们必然去找人鉴定,在鉴定不明确的情况下,极有可能对仿画进行揭裱,如果发现我弟弟在后面留的'宽'字,一切会真相大白,我们就在劫难逃了。我认为他们揭裱古画,必然会找街上的文师傅,因为他是这条街上最好的装裱师。我们不如提前跟他说说,在揭裱时动动手脚。我弟留的'宽'字我看过,线条细得就像蚊子爪似的,浮于表层,揭下画心后一搓也许就不见了。"

赵文轩说:"文增年不会答应的,他家三代装裱,把信誉看得比生命都重要。正因为如此,在琉璃厂这么多年都没裱坏过画。你让他处理掉背后的字他绝对不同意。"

小惠没时间跟他们磨叽了,揣了几百两银子的银票来到文增年装裱铺。由于一宝斋与他们多有合作,大家都很熟了。文师傅见一宝斋的老板娘来了,放下手里的活儿:"夫人亲自来是不是有什么事?"小惠把事情的缘由说了说,并表明如果损坏由一宝斋赔偿。文增年摇头:"我不敢保证能够处理掉,如果再有人盯着就更做不到了。不慎损坏,银子倒是小事,坏了我们店的名声,我就无法跟祖宗交代了。"

"我弟在后面留的字是极细极小的,否则会从前面透过来。相信您有办法做到的。求求您了,如果要是赔他们十倍银子,在当前这种情况下我们只能卖店。"

文增年说:"夫人,我真没法帮这个忙。"

文增年的儿子文铭一直在那里托画心，已经把事情的经过听明白了，提着刷子说："爹，如果真像小惠姨说得那么细，不难弄掉，揭的时候用手捻一下就没有了。就算捻不掉，我们也可以用别的办法去掉。"

"你懂什么？"文增年瞪眼道。

"爹，洋鬼子老来侵犯咱们，他们这么可气，无论做到做不到我们都得试试。再说了，如果是绢质的是不容易搓烂的，如果是宣纸画的，宣纸的特性您也知道，有数层，相信我们能够办得到的。很多搞装裱的就把老画揭出几张来偷人家的。"

所谓揭裱，指的是已经装裱过的字画，因年代久远，需要重新装裱。即把画心由旧裱上揭下来，然后好重新装裱。一般揭绢容易，揭纸较难。不过宣纸是分层制作的，普通的宣纸可劈为两三层，好而厚的宣纸可劈为十数层。从明代以后，书画多以宣纸，因为宣纸的寿命比绢帛长。有些商人买到古画后将原作劈成数层，然后再分别用宣纸将劈下的每一层托裱加厚，这样一件作品便变成两件以至多件。有很多不老实的装裱匠人经常使用这种办法偷窃别人的书画。

文增年见儿子把话都说到这里了，实在不好推辞，于是说："这样吧，我们先试试，如果能成我们就帮，真不行也不要怨我们。"

小惠把银票掏出来："无论成功不成功，这些银子您都留着。如果在揭裱的时候把画揭坏了，由一宝斋赔偿。"

文增年摇头："万万不可，还不知道成不成功，这钱不能收。"

小惠走后，文增年拿起标尺来就要打儿子。文铭边躲到旁边边说："爹你是不是中国人？"文增年把扬起的尺子又放下："你先别干那活儿了，马上去琢磨。记住，要快，要不留痕迹。大家所以都把古画拿来让咱们揭裱就是因为咱们从没失过手，如果搞砸了，我们以后就没法开店了，我死后也没法见你爷爷了。"

文铭把画心晾上，然后用小笔写了很多蝇头"宽"字，湿透后，揭的时候轻轻用指头搓一下，结果搓了几张都烂了，成功率并不高。文铭盯着那个写有"宽"字的纸角在挠头，自言自语道："肯定会有办法，只要用心就没有做不到的事情！"

在开堂之前，启明已经通知了街上几位最内行的古画鉴别师傅，其中就包括刘三礼。由于刘三礼已经知道蔡守信卖了仿画，并且是他当初卖给万宝堂的，因此忐忑不安。在跟几位师傅去官府时，刘三礼说："蔡守信绝对不会卖假画的，这是洋鬼子故意讹人。"

大家都七嘴八舌说："蔡守信太倒霉了，刚从牢里出来又摊上这事儿。这人真是十年河东十年河西，想当初蔡守信是多么风光，可你看现在，后台倒了，好运也用完了！"

他们来到堂上，对启明施礼后站到一侧。刘三礼回头看看身后的洋人，抬头见柳小惠、高志光、赵文轩站在对面，忙躬着身子来到小惠面前，对她点头小声说："画是真的。"

启明拍拍惊堂木："英国人威尔斯从一宝斋购得几幅古画，说此画是仿品。今天请大家来对这几幅画进行鉴定，请务必要看仔细，是真是假都要如实相告，如本官查明谁说假话，大牢伺候。"

威尔斯说："我抗议。"

启明说："请讲。"

"你刚才说，谁要说是假画就关进大牢，谁还敢说假画。"

启明说："翻译！"

当翻译用英语解释了，威尔斯说："我没意见。"

威尔斯把画挂起来，几位师傅来到画前掏出放大镜仔细看。刘三礼来到当初卖给蔡守信的那几幅画前说："我敢保证，这几幅画是真的。"

威尔斯问："你的意思是其他画是假的？"

刘三礼忙摆手："那几幅我还没看呢。"

大家仔细看过后，没看出任何不对，都说，没有人能仿到这种程度，要仿到这种程度就没必要仿了，画了就是好画。启明对威尔斯说："他们个顶个都是街上最好的鉴定古画能手，他们都认定是真的，你还有什么说辞？"

威尔斯说："我有证人。"

启明点点头:"把证人带上来。"

大家回头看去,有两个高大的洋人跟着冯招财走来。当初威尔斯让冯招财当堂作证,他坚决不同意,后来威尔斯给他五百两银子他才勉强同意。威尔斯怕冯招财得到银子跑了,派人把他看起来。冯招财说:"当初我前妻潘五妹跟柳正印通奸,并把柳正印的儿子柳玉宽临的画拿到聚鑫斋出售,刘三礼以为是真画,买去又转卖给万宝堂。一次小的跟随潘五妹到柳正印家,偷听了他们的对话,所以小的敢说这画都是假的。"

启明问:"你的意思是大家都被骗了?"

冯招财说:"我听柳正印说,柳玉宽每次临完画都会在后面写个'宽'字做记号。"

威尔斯说:"我建议把那个宽叫来问话。"

启明说:"本官已经想到。来人,押上来。"

几个差役把柳玉宽押上来,大家不由感到吃惊。柳玉宽留着披肩发,头发乱糟糟的,看上去有几年没洗过。胡子已经盖住嘴巴,只能看到眼睛与鼻子。他穿着脏破的衣裳,行动迟缓,身上散发着一股特别的味道,让人作呕。

启明敲敲惊堂木:"冯招财你看好了,这位是不是柳玉宽?"

冯招财点头:"就是他。"

启明从案子上拿起轴画铺到案前:"请大家看看,这就是柳玉宽画的画。"大家都凑上去看,并没看出画的是什么,墨与斑点,线如划痕,整个就像发霉的纸,像块千年的老墙,布满了岁月的痕迹。大家都在议论,画的是什么,这叫画吗,简直是乱涂。

玉宽听着大家的议论,脸上泛出讥笑。

启明拍拍惊堂木:"大家看到了,就是面前这个人创作的画,你们大家认为他能不能仿出这几幅画来?"

威尔斯问:"是不是抓错了?"

冯招财说:"就是他。"

启明问:"柳玉宽,本官问你,这几幅画是你仿的吗?"

柳玉宽愣呆呆的没有任何话语。

启明问："本官问你，听到没有？"

柳玉宽盯着启明还是没吱声。

启明问："柳小惠，你弟是不是哑巴？"

威尔斯急了："大人，不要在这里浪费时间了，我们只要把这些画的画心揭下来，看看画心后面的字不就明白了吗？"

启明说："如果在揭裱时损坏了画，本官可不负责。"

威尔斯说："没关系，只要证明是假画，坏了也就坏了。"

启明说："诸位，有谁知道街上谁揭裱古画最内行？"

刘三礼说："小的知道，最好的是王家裱坊，他们家揭裱又快又好又便宜。"他所以这么说，是怕将来认出是假画自己也会受到牵连，于是说了家新开张的裱坊。其实这家裱坊因为常把画给裱坏，现在马上就要关门了。

冯招财摇头说："不对，最好的裱坊应该是文家裱坊，他们三代都是裱画的，据街坊说他们十多年都没有裱坏过画。"

威尔斯说："就去这家。"

小惠见最终选择了文家裱坊，略感欣慰，但她不确定文家父子是否找到了解决的办法，于是说："大人，此画是真是假也不是一宝斋制作，当初也是我们收购来的，其中有几幅就是从刘掌柜手中买的，既然各位师傅都认定是真画，相信没有多大问题。如果威尔斯先生认为买贵了，我们可以赠他几件价值不菲的古玩，这样岂不两全其美？"

启明点头道："夫人说得极是，威尔斯先生认为呢？"

威尔斯摇头："我买古画是作为礼品，要送给大英国皇室成员的，关系到我的生意，我必须要搞清画的真伪。如果是真的，我向大家道歉，如果是假的，一宝斋必须按十赔的价格赔偿。"

启明见小惠这么说，知道画肯定真不了，心里有些担心。但通过威尔斯与冯招财的说辞，可以看出他们确实认出是假画了。虽然他也想帮一宝斋的忙，但洋鬼子都捅到朝廷上了，他没有别的办法，只得领着大家去文家裱坊。

自从昨天小惠走后，文增年就愁眉不展，跪在菩萨像前磕头，祈求不要找他揭画。如果来了，不帮道义上说不过去，帮还不确定就能帮得上。然而他所担心的事情最终还是来了，院里传来嘈杂的脚步声，这声音就像锤子敲在他的心上，让他痛苦不堪。他走出门，对启明施礼道："大人，您来有事吗？"

"文师傅，我们有几张古画，是威尔斯先生从一宝斋买的，他认为自己买到假画了，并认定画心的后面写着'宽'字，麻烦您给揭裱一下看看。"

文增年苦着脸说："古画由于放得时间长，再者保存的情况不同，有的画揭裱非常困难，如果不慎损坏，我们可负不起这个责任。"

威尔斯说："放心揭就是，坏了算我的，反正都是假画。不过揭的过程中要让我们看到，因为我主要是想看画心后面。"

文增年说："我们干活儿时是不让外人看的。"

威尔斯问："为什么？"

启明说："这是他们的规矩，怕别人偷走了他们的手艺。不过文师傅，你揭下画心后叫我们看一眼，如果是假画就没必要再裱了。"

文增年说："一般古画的揭裱都是一个月交货。你这么多画，我们不能把画心都揭下来晾在那里。如果你们只想揭开看看，不需要装裱，我们可以做到。"

威尔斯说："你先揭两幅让我们看看。"

文增年把他们领到客厅，给他们泡上茶，然后把画打开看看，让他们先交了揭裱的费用，然后把画拿到工作间。文铭看到有几幅是绢画的，还有几幅宣纸画的，就挑了幅石涛的山水图。因为石涛的画相隔的年代较近，纸质相对要好些。当他把画心揭开后，发现后面果然有宽字。然后，他把画心后面小心地揭去一层，把大家叫进来看。威尔斯用放大镜细细地寻找，并没有发现留有宽字。但他并不甘心，让他们又揭了两幅，还是没有宽字，便怀疑他们做了手脚，要求看着他们揭。

启明摇头说："这行里有规矩，不让别人看。"

文铭笑道："既然威尔斯先生这么不相信我们，那我当他的面揭一幅，省得他说咱们中国人合起伙来糊弄他。"

文增年叫道："胡闹，这是咱们这行的规矩。"

文铭说："为了表示咱们的友好与真诚，破一次例吧。"

文增年没有办法，只得让他们留在了工作间。文铭把范宽的那张《溪山行旅图》拿过来，把背层揭下来后，让大家看。威尔斯还没举起放大镜便叫道："这里有个'宽'字。"小惠听到这里，身体晃了晃差点儿晕倒，心想这次全完了。文增年也不由吃惊，他跟儿子已经做了两套方案的，如果他们非要看着揭怎么处理，如果不看着揭怎么处理。按说用绢画的用手是可以搓去的，并不会搓坏。

威尔斯说："这张肯定是假的。"

文铭笑道："这张画如果没有这个'宽'字就是假的，有这个'宽'字，可以断定为真迹。"

威尔斯说："你骗不了我！"

文铭问："请问这张画是谁画的？"

威尔斯说："是范宽范中立画的。"

文铭说："古人画画一般都不在画上留名字，他们往往会在画里暗处留下隐款，表明是自己画的。有的会留在树丛中，有的会留在石头上，有的在后面做标记。既然这是范宽画的，后面有个'宽'字怎么能证明是假的？这恰恰说明你买到的是真画。"

威尔斯说："那我找别人揭的那张怎么有'宽'字？"

文铭说："这个有几种情况，一种是裱的人做出的标记，证明是自己裱的，以防别人日后找麻烦。还有种情况是有人用假画替换了真画。还有种情况是持有画的人为向卖家讹钱，故意在后面留下痕迹，说此画是假。这么说吧威尔斯先生，真画假画不能用后面的字来判断，是仿的东西只要揭开就知道了，因为底面较新。可是你看这画，正面与背面的颜色都是相同的，所以不会有问题的。"

冯招财说："听说有人用泡染做旧。"

文铭说："我前几天听说冯掌柜已经死了，你死了吗？你说用染料能染，那你染一张让我看看。不懂就不要在这里说话。"

启明怒道："冯招财，你挑拨是非，小心本官把你给关起来。"

威尔斯面对这种情况，不知道如何是好。

文增年问："这些画还裱不裱？"

威尔斯说："当然要裱，不过有个问题，重新裱了不就变成新画了吗？那送给别人不就显得不珍贵了吗？"

文增年说："**揭裱**是为了保护画心的，真不真，老不老，贵不贵，主要在画心。放心吧，我们要精心你给裱起来，只会给画增色，绝不逊色原来的装裱。"

回到府上，启明重新升堂，责冯招财造谣生事，混淆视听，心存不良，打击报复，打二十大板。衙役也恨冯招财帮洋人对付中国人，打的时候用足了力气，一板子下去，冯招财差点儿把喉咙喊破，打到第十板子，冯招财昏过去了，用凉水泼醒再打。二十板打完，冯招财昏了三次，最后被差役抬出去扔在路边。

启明设宴招待了几位洋人，席间，启明对威尔斯说："冯招财所以诬告蔡守信卖给你假画，纯是打击报复。"于是把蔡守信与冯招财的一来二往所发生的过节，说给威尔斯听。威尔斯恨恨地说："这个冯招财简直就是个骗子。"

一场惊动朝廷的官司圆满结束，启明对这个结果非常满意，写了道奏折打发人报往朝廷。他相信朝廷对他的处理会是满意的，因为既摆平了洋人也没有失去大清的尊严。这时，下人送来封信，启明把信打开发现是张银票。他问下人是谁送来的，下人摇头说对方没说。启明猜出是柳小惠送的，不由感叹，蔡守信不在家，柳小惠面对这么大的事有条不紊，应对自如，真是奇女！

十二
爱上凶宅

揭裱事件过后,柳小惠专门来到文家致谢。她掏出二百两银子的银票放到桌上。文增年还没来得及开口,文铭说:"姨,这点儿忙算什么,您给银子不就见外了吗。再说,平时你们店对我们这么照顾,应该我们感谢您才是。"

文增年说:"臭小子,我想说的话都让你说了。"

小惠叹口气说:"这点儿钱算什么,要真让威尔斯认出是仿品,一宝斋就会倾家荡产,不复存在。"

文铭说:"姨,有句话不知我当说不当说?"

小惠说:"我们不是外人,有什么话直说就是。"

文铭说:"你们的店一向声誉很好,我吧,认为你们不应该把仿品当真品卖。仿品就是仿品,直接告诉他们,他们买不买是他们的事,如果当真画卖了,事发之后就会影响你们店的声誉,说不定会招来祸事。再者说了,假的就是假的,永远都不会变成真的,总会有被认出来的那天。"

小惠点头说："唉，我是不主张卖这几张画，可店里的师傅看走了眼，他们急于想出手。说实话，这几张画是在我未嫁到蔡家之前买的，还是我弟玉宽仿的画，最后转卖给当时的万宝堂的。这次，师傅把这几张画拿出来卖了，惹出这么大的乱子。"

文铭说："这次的惊吓就当个教训，以后注意就行了。相信你们的师傅经过这件事后，以后会更认真地收画，更实在地卖画，因此不会再出问题了。"

回去的路上，小惠想想文铭的话，感到这个小伙子长得英俊，有手艺，有胆识，最重要的是还有正义感。又想到荧荧也不小了，便有意想撮合他们。但随后想到，文铭毕竟只是个装裱师傅，说不定荧荧会嫌他地位低。

由于小惠成功地处理了这么大的事，赵文轩与高志光都对她刮目相看，平时有什么事都找她拿主意。

一天，威尔斯带几个朋友来店里买东西，赵文轩把小惠请出来。原来威尔斯要买几件瓷器带回去。他说："中国的名字就是以瓷器命名的，是世界之瓷都，我听人家说，如果不带几件瓷器回去，就等于没来中国，还请各位师傅给介绍几件。"

小惠曾听蔡守信说过，年代久远的古瓷本来数量就极少，绝不能流到国外去，于是对高志光说："高师傅，给威尔斯先生挑几件近代的瓷儿，他是咱们的老主顾了，便宜点儿，就当交个朋友。"

威尔斯说："有没有年代久的？"

小惠说："那个都太贵，您如果不是收藏，只是带回去送给朋友，选择近代的足够了。近代的品相好，美观。否则您买个旧瓶子回去，他们又不懂，您还得给他们解释半天鉴别知识，他们还认为您用旧瓶子来糊弄他们，这就是花钱不讨好了。"

威尔斯竖起拇指："夫人高见。"

高志光把他们领到瓷器陈列室，给他们作了详细介绍："到了汉代，丝绸之路沟通了中外文化交流，中国逐渐被誉为丝国；中世纪后伴随着中国瓷器的外销，中国又开始以瓷国享誉于世界。大家请看，这几件就是白瓷，但需要说明的是这是近代产品。"

威尔斯点头说："就像是玉做的，真漂亮。"

最终威尔斯挑了两件白瓷的五龙瓶灯，两件釉里红瓷盘，总共花了一百两银子，然后高高兴兴地走了。

高志光马上去向小惠汇报卖掉了什么。小惠笑道："你们可不能这样啊，你们都是行家，都是守信的发小，守信把店里的事情托付给你们是放心的。要是大小事都来问我，那哪行啊，你们做主就行了。"

赵文轩说："小惠，你的眼光与胆识，不比守信差。"

当蔡守信从南方回来后，赵文轩马上向他汇报，在他走之后，小惠处理了一起国际纠纷的事情。蔡守信感到十分吃惊，就算他在店里也不见得就能处理好这事。他见到小惠后，把从南方带来的特产拿出来："小惠，你真行。"

小惠笑道："那当初还不要我呢。"

蔡守信说："又拿这个说事儿。"

小惠说："把拿回来的特产分给大家尝尝，别尽想着你老婆。"

蔡守信说："我都发给他们了。"

小惠说："这还差不多。"

接下来，小惠跟蔡守信谈到荧荧的婚事，当听说是文增年家的儿子文铭，蔡守信嘲了嘲牙花子说："小伙子我见过，不错，可他只是个装裱的师傅，荧荧能同意吗？"

小惠说："虽然文铭是个装裱的小伙子，可我认为他有胆有识，富有正义感，将来肯定是有前途的。再者说了，无论世道怎么变化，有门手艺也不会为难到自己。当然，我们还得让荧荧自己拿主意，不要太干涉她，毕竟这关系到她以后的幸福。"

蔡守信说："这件事就交给你了，我相信你的眼光。"

小惠说："抽空我跟荧荧谈谈，先听听她的想法。"

接下来，蔡守信把从南方拉来的瓷儿摆在门前促销，顿时吸引来大批的顾客。有很多店家见货好，批回去再卖。蔡守信突然感到应该做瓷器批发,可以薄利多销,于是又写信给认识的窑厂厂主,向他们订了一批货。

冯招财挨了二十大板子,一个多月没敢坐,睡觉都得趴着。最让他心疼的是,威尔斯带着差役来把之前给他的银子全拿走了,威尔斯还对他说了声仿客,他至今不明白为什么说他是仿客。因为这件事,平时刘三礼可没少奚落他,常说他用命根子戳马蜂窝,自找难受。冯招财寄人篱下,只能忍气吞声,但心里却记恨上了。心想,将来老子发了迹,就往你刘三礼的嘴里灌屎,我让你这么嘴碎!

刘三礼这段时间最大的心愿就是把冯招财赶走,必须要把他赶走。自从冯招财来到店里,他净摊上倒霉事了,要不把他弄走,还不知道他会捅多大娄子。一天,刘三礼对冯招财说:"招财啊,你说你在这里无亲无故的,多没意思,不如回老家得了。"

"我混成这模样了,怎么回去!"

"我给你十两银子,你到别家租个门面行吗?"

"刘爷我知道你是赶我,可我没地方去,我不走。"

刘三礼每天给他白眼,每天夹风裹刺,但冯招财脸皮厚,就当没听到。冯招财实在被刘三礼叨叨烦了,想杀掉刘三礼,把他的店夺了,但问题是杀掉他容易,把店变成自己的有点儿难。一天,刘三礼卖了几件古董,赚了不少银子,冯招财最终决定把刘三礼干掉,裹着他的钱远走高飞。晚上,他把刀子压在枕头下,一直等到子时,伸手把刀子拾起来,向刘三礼的房间摸去。就在这时,突然传来敲门声,吓得冯招财跑进茅厕里。

厢房里传来刘三礼的叫声:"冯招财,看谁大半夜里敲门。"

冯招财应道:"您歇着,我去看看。"

他来到店里,对着店门问:"谁,这大半夜的?"

外面的人说:"我九斤啊,马上开门。"

冯招财把门打开,发现九斤领着五六个人,每人背着个大袋子,便把他们让进来。冯招财把门闭住,把他们领进客厅,问:"你们背的什么?"

"背的宝贝。"潘九斤说。

"什么宝贝？"冯招财要看。

"一会儿再看，先去弄点儿酒菜让我们兄弟喝点儿。"

这时刘三礼披着件衣裳进来，一看是潘九斤，眼睛立马瞪起来，喊道："潘九斤你马上给我滚出去，要不我报官了。"潘九斤瞪眼道："急什么急，不就是借了你俩银子吗，八辈子没见过钱。兄弟，让他看看什么叫钱。"有个兄弟把袋子拉开，里面装满黄澄澄的金子。潘九斤从袋子里摸出个金元宝，扔到刘三礼跟前："给老子弄点儿酒菜，马上。"刘三礼捡起元宝，用力点头："招财，马上去弄酒菜。"

由于潘九斤不只背回了金子，还背来很多古玩，竟然有汉代玉片、绿色釉陶，还有很多汉代青铜器，都价值不菲。刘三礼的态度顿时好多了，亲自陪他们喝了几盅。

潘九斤说："狗日的蔡守信，上次算他命大，没把他给砍了。"

原来潘九斤派出二十个兄弟，让他们去万宝堂找蔡守信报仇。兄弟们问哪家，他说："很容易找，就街上牌子最大的那家，写着万宝堂。"二十个兄弟便潜伏到街上，白天踩好了点儿，晚上去把人杀了，把钱与宝贝抢了。当潘九斤听说他们只杀了几个娘们儿与孩子，还有两个老头，没见着中年人，便感到有些遗憾。

刘三礼听说万宝堂的案子是潘九斤做的，手里的盅子掉在地上，脸上寒寒地："你，你你……"冯招财听说是潘九斤派人做的案，瞪眼道："九斤你为什么不自己来？"潘九斤说："现在老子有二百多个手下，用得着亲自动手吗？"冯招财把情况说了说，潘九斤吧唧几下嘴说："娘的，他蔡守信是不是会掐算啊，老子要杀他了他就把店改了。不过也没亏，这次弄了不少银子。"

冯招财说："记住，他现在的店叫一宝斋，就在万宝堂西侧。"

潘九斤说："记住了，下次不会弄错了。"

刘三礼说："九斤啊，吃了饭赶紧走，现在官府还在追查真凶呢，要是查到你就麻烦了。再者你也别老想着找蔡守信报仇了，如果你真报了仇可能会后悔。"冯招财怕刘三礼说漏了，忙说："这段时间冯爷对我很照顾，可不能亏待了他。"

潘九斤说:"放心吧,刘掌柜够哥们儿。"

原来潘九斤带着几个人当兵后,后来发展到二百个手下,可上级不发军饷,每次打仗都把他们派到前头当炮灰,潘九斤感到这兵当得没意思,带着兄弟占山为王去了。他们每天去劫富人,挖古墓,日子过得非常舒服。这次回来,是想让冯招财再盘个店,用来销售他们挖出来的古玩,并把该店当作京城的落脚点。

潘九斤毕竟还是怕官府抓他,留下很多金银与几袋子古玩,天没亮就走了。冯招财看着那几袋子东西对刘三礼说:"三礼,喊我声冯爷,我让你挑几件东西。"

刘三礼眨巴眨巴眼睛,看看几个袋子:"冯,冯爷。"

冯招财让刘三礼挑了两件东西,看到刘三礼压抑着惊喜,便说:"三礼,明天跟我去街上问问,谁家盘店。"

刘三礼说:"把原来的聚鑫斋盘回来得了。"

冯招财摇头说:"我在那个店里跌倒的,哪能还去盘那个店。再说了,我就是想盘,他蔡守信也不见得同意。听说他在那里搞瓷器批发,生意非常好。"

早晨,他们顺着大街去打听,问谁家想转让,问到底,只有一家卖湖笔的说要转,但店太小了,只是个夹道堵出来的,这让冯招财很是失望。他们路过万宝堂时,冯招才看到门上挂着转让的字样,便说:"三礼,我感到这店挺合适。"

刘三礼说:"冯爷,这是凶宅。不过,这店肯定便宜。"

冯招财想了想问:"咱们的钱够吗?"

刘三礼说:"你不怕晚上小鬼哭?"

冯招财说:"爷我怕鬼就不会去铲地皮了。"

刘三礼说:"我差点儿忘了,冯爷您以前是挖坟子的。"

冯招财与刘三礼去找石运达,想把这店盘下来。石运达家死了八口人,还有他唯一的儿子,因此一蹶不振,每天在家里借酒消愁。当听说冯招财要盘万宝堂,点头说:"报个价让我听听。"

冯招财说:"我只有二百两黄金。"

石运达说:"这个价只是我当初买时的半价,算啦算啦,给你了。"

冯招财让刘三礼写了契约,他们带着黄金来到古宝斋与石运达签了契约,接管了万宝堂。冯招财领着刘三礼来到万宝堂二楼,刘三礼看到房里的血迹都变黑了,感到汗毛都竖起来了,结巴道:"怪,怪冷。"冯招财说:"爷我做梦都没有想到万宝堂会变成我的。"

刘三礼说:"冯爷,这不是原来的万宝堂。"

冯招财说:"但这确实是万宝堂。"

一天,蔡守信见有群工匠在万宝堂里忙着,以为石运达收拾了准备重新开张,可看到冯招财与刘三礼出来进去,便感到有些奇怪,打发人一问,才知道冯招财盘下此店了。心想,他冯招财哪来这么多钱盘店?当初他曾跟小惠商量想把店盘过来,但小惠认为店里发生过命案,不吉利,就没问。

本来蔡守信以为冯招财盘过店后会对店面重新装修,不叫万宝堂了,极有可能会挂上聚鑫斋的牌子,没想到他们只是重铺了地面,把牌子擦擦,还用万宝堂的店名并且经营古玩。

小惠分析道:"冯招财不可能有这么多钱,那他的钱哪来的?"

蔡守信说:"以前潘五妹的弟弟潘九斤以盗墓为生,挖出来的东西放在聚鑫斋卖。后来潘九斤劫持荧荧失败,就再也没有听到他的动静了,不会是他又开始挖墓了吧。"

小惠惊道:"守信你说会不会是这种情况,冯招财把潘五妹的死说成是咱们害的,潘九斤并不知情,派人前来报复,没想到咱们正好换了店牌,而石运达又恢复了万宝堂,杀错了?如果这样,潘九斤再来报复我们不危险了?"

蔡守信点头说:"不是没有这种可能。"

小惠说:"你明天去找启明大人,跟他说这个情况。"

当蔡守信把这个情况向启明汇报后,启明感到冯招财这些钱来路不明确，并表明从今以后派人盯着，如果发现潘九斤回来，立马把他绳之以法。虽然这样，蔡守信还是不敢掉以轻心，打发柴少武暗里买了几杆洋枪，新招几名武师，让他们日夜守候，以防潘九斤有什么报复行动。

万宝堂开业之际，冯招财与刘三礼发了很多请帖，放了很多鞭炮，但没几个人捧场。开业后，也没几个人光顾。但是大家渐渐地发现，冯招财的店里出现了很多罕见的古玩，价格又卖得便宜，以前的老客户便陆续来到万宝堂淘宝，万宝堂竟又兴隆起来。

在古文化街上，只有对珍贵的古玩吞吐量大的店才会受到尊崇。由于一宝斋经营当代字画与瓷器，在大家的心目中变成普通店了，已经无法与冯招财的万宝堂相提并论了。

冯招财天生就是爱张扬的人，一旦发达了，走路说话都会发生变化。可以说他从来都没有低调过，他的低调就是在困境中发恨，用想象报复别人。发达的冯招财重新衡量了他与蔡守信的实力后，认为蔡守信现在已经没有官方背景，也没有当初的财力，自己可以与一宝斋抗衡了。冯招财见一宝斋批发当代瓷器，于是进了瓷器批发，并且比一宝斋便宜很多。一宝斋不是卖当代画家的字画吗，他从当代画家手里收到画，一分钱不挣就卖。反正一宝斋卖什么他冯招财就卖什么，并且是零利润销售，这样一来，一宝斋受不了了。

蔡守信跟几位师傅商量："冯招财是以卖古玩赢利的，他的古玩又都是盗墓得来的，一本万利，所以上新瓷与当代书画主要是针对咱们的。这样下去我们店将很难维持。"

赵文轩说："那我们有什么办法！"

高志光说："按说潘九斤应该给咱们供货才是，因为柳师傅跟潘五妹才是真正的夫妻，何况他们还有了孩子。"

蔡守信说："潘九斤一直潜逃在外，很少回来，就算回来也是晚上，他并不知道潘五妹发生的事情，如果他知道事情的内幕，不但不会给冯招财供货，说不定会砍他。问题是我们根本联系不上潘九斤，没法让他知道真相。"

小惠摇头说:"就算是跟潘九斤联系上,让他知道了潘五妹的真实情况,咱们也不能与他合作。指望盗墓来维持店里的经营,一旦外部出现问题,就会一落千丈。现在咱们的店虽说不能有大的利润,但也能维持生存,我们再等等看吧。"

由于万宝堂的崛起,冯招财有钱了,正所谓财大气粗,他走起路来就像脖子里插进标杆,说话也开始嗯嗯啊啊,走到哪里都像个大爷。他还重金聘来十多个把式当保镖当打手,成为街上的恶霸,把以前欺负过他的小掌柜都给整得像把鼻涕。

当冯招财得知那少音从大牢里放出来后,正赋闲在家,于是前去请那少音来当管家。他东打听西打听,才在胡同里找到那少音家。当他站在那个小破院前,见旧木板门上的缝都有一指宽,抬头看到房子瓦缝里长着小椿树,有几只乌鸦蹲在屋脊上呱呱地叫。想想以前的那少音,看看眼前的光景,冯招财感到扬眉吐气。走进院子,冯招财见那少音正坐在院里扎扫帚,忙把背起的手垂下,脖子缩进去,随后想到那少音现在不是官了,又把脖子伸出来,把手背到身后。那少音被抄了家,关进了大牢,最后庆宽用关系把他弄出来,他不只丢掉了官,家产也被抄了,就租了这个破院,每天靠扎扫帚卖过日子。这种时候冯招财来请他,他欣然同意。

那少音毕竟在官场上混过多年,以前的老关系还知道门,于是带着冯招财,带着从墓里挖出来的古玩四处走动,认识了不少官员,从此,冯招财更加有恃无恐了。

冯招财仗着自己有权有势,把谁都不放在眼里,看着谁不顺眼就派打手去解决。前几天,他看中一家店的一套清初的春宫图,人家要卖一百两,他扔下一两银子就要拿走,人家不肯,他回家派打手把那店砸了。虽然冯招财天不怕地不怕,但他怕刘三礼。因为刘三礼掌握着他的秘密,如果把他与潘五妹后来发生的事告诉潘九斤,他相信潘九斤非得要他的命不可。刘三礼也知道冯招财怕他,常去万宝堂里拿东西不给钱。一天,店里来了客人,问有没有明代的瓷盘,三宝斋没有,刘三礼随后去了万宝堂。他见架子上摆着件明代釉下彩,是景德镇产的,品相非常好,便让伙计把东西拿过来看看。

釉下彩主要指青花、釉里红、青花釉里红、蓝地白花等。明代景德镇青花瓷是釉下彩发展的最高阶段。青花瓷在永乐和宣德时期达到顶峰,被称为青花时期的黄金时代。这件作品恰恰是永乐年间的款。刘三礼说:"跟你们掌柜的说,这盘子我拿走了。"伙计追出来死死地逮着他:"刘爷,您还没给钱呢。"

"什么什么,还要钱?"

"您看哪个店里不要钱,您去拿去!"

"冯招财可对我说过,用着什么就来拿,不用钱。"

"刘爷您开什么玩笑,我们掌柜又不傻,能说这种话?"

"那你去问问你们掌柜,他是不是这么说的。"

伙计让别人拦着刘三礼,自己上楼去汇报。冯招财听说刘三礼拿着店里的明代盘子不给钱就走,感到越来越不像话了。潘九斤每次送来货都先让他挑,现在竟然到柜台上白拿,这还了得,你以为这是大风刮来的。

冯招财对计伙说:"让刘三礼到楼上来。"

伙计跑到楼下:"刘爷,掌柜的让你上楼。"

刘三礼握着盘子上楼。伙计喊:"刘爷您先把东西放下啊。"刘三礼也没回头,直接来到二楼,也没敲门,直接就闯进去。冯招财站起来冷冷地说:"三礼,什么意思。每次来货都让你先挑,你还去柜台上白拿东西,影响多不好。知道的咱们是好朋友,不知道的以为你是我爹呢。你真想要,成,到柜台上把钱付了。"

"冯爷您想想,在您最困难的时候是谁收留了你。"

"我他娘的在你家住是白住吗,老子是交租金的。老子月月给你钱还得听你奚落。你他×的平时一口一个招财叫着,你是我爹?老子在你家被你当丫环呼来唤去的,哪件事不如你的意了你就对我发脾气,你他×的便秘拉算盘珠子也怨我把你气上了火。现在你还好意思说收留了我?"

刘三礼看看手中的瓷盘,摇头说:"冯招财你忘本了,你就没想想你今天的光景是怎么来的，难道是大风刮来的吗？要是爷我不给你瞒着，九斤知道是你害死潘五妹，他还给你钱盘店吗？他还给你送货吗？怕是早把你砍了。噢，爷我帮你这么大的忙，帮你瞒着天大的秘密，现在来拿个旧瓷儿就跟我计较个没完。"

听到这里冯招财顿时哑了。在这条街上，虽然知道他与潘九斤的事的人很多，但能够与潘九斤说上话的只有刘三礼。再者，潘九斤每次来街上都先到三宝斋落脚，看到万宝堂没有情况才来。如果刘三礼不小心把真相透露给潘九斤，自己的命就没了。他见刘三礼梗着脖子翻着白眼，不由感到牙根儿唑唑地痒，但还是赔着笑说："跟你开玩笑，瞧你还当真了，你看着什么好就拿走。"

冯招财见刘三礼像大爷似的梗着脖子提着东西走了，恨得牙根儿痒得就像憋了三天的尿。他感到是得跟刘三礼算算账了。当初他跟潘五妹眉来眼去，当我的面儿就动手动脚，还把店里的好东西顺回家里卖高价，现在又借着潘五妹的事要挟我，一旦我达不到他的要求，或他喝多了，把潘五妹的真实情况说给潘九斤，我的小命就没有了，不行，我必须把刘三礼除掉。可是，怎么解决刘三礼还要把三宝斋弄到手，冯招财还是费了番脑筋的。

他让那少音写了两张契约，内容是："刘三礼因欠冯招财两万两古玩款，无力偿还，把三宝斋用来抵债……"那少音写完后，冯招财让他写上证明人那少音。那少音摇头说："冯爷，这不妥吧，这得等见到刘三礼才能签。"

冯招财掏出张银票递上去："这样妥了吗？"

那少音见是张二百两的银票，点头说："我来作证。"

等那少音把两张文书都签了章摁了手印，冯招财带着两个打手来到南郊村外的树林里，找棵大树，指着树下说："到时候你们就把他埋到这里，记住要埋得稍深点儿，不要让野狗掏了。事成之后，爷我每人给你们三百两银子，你们回家置地娶媳妇，以后再也别到琉璃厂了。我跟店里的人说，你们俩有事不干了。"打手用力点头："冯爷您放心，我们保证把事情办好。"

回到万宝堂，冯招财等到夜深，让手下抱着坛子酒来到三宝斋。刘三礼把门打开，手里还握着勾线的毛笔，瞪大眼睛问："大半夜里你来干吗？"

"我买了点儿菜想跟您喝点儿酒。"

"我哪有时间喝酒，我正在临画。"

"明天再临吧。"

"这画是别人订好的，明天就来拿。"

冯招财使个眼色，两个打手把刘三礼架起来摁到茶几上。刘三礼叫得就像杀猪似的："冯招财，你想干什么？"冯招财从兜里掏出两张文书："刘三礼，麻烦你在上面写上名字摁上手印。"

"写的什么，你告诉我写的什么？"

"从今以后不从万宝堂白拿东西了。"

"给我拿过眼镜来我看看。"

"你不用看，签印就行了。"

"我不签，打死我也不签。"

冯招财从兜里掏出把刀来，让打手把刘三礼的手摁到茶几上，把小刀架到刘三礼左手的小指上，问："签不签？"见刘三礼摇头，于是开始切手指，疼得刘三礼没命地叫。

冯招财问："签不签？"

刘三礼吼道："我不签，我就不签。"

冯招财把刘三礼的小指切下来弹到地上："等我把你左手的手指切完就切你右手的手指，你以后别想画画了。"

刘三礼知道冯招财心狠，今天不签肯定没命了，心想，不如先顺着他的意思保住命，明天就去告官，或把他害死潘五妹的事告诉潘九斤。他也没有看内容，按照冯招财的要求做了。

冯招财把两张文书拿起来吹吹上面的朱红，对打手点点头。有个打手从腰里抽出个锤子，照刘三礼的后脑勺敲下去，刘三礼眼睛瞪得老大，鼻孔里流出两股血，瘫在地上了。冯招财把其中一张文书塞到刘三礼的口袋里："把他埋了，回来领银子。"

早晨，找刘三礼拿画的人见门锁着，以为在万宝堂，找去了。冯招财说："刘三礼欠万宝堂很多钱，把三宝斋抵给我，说奔亲戚家去了。"又过了几天，刘三礼的侄子来万宝堂找人，听说刘三礼把店抵给冯招财后投奔亲戚家去了，急了。刘三礼跟岳父家断绝来往，也没有别的亲戚，只有他这个侄子，曾说过等百年后，把三宝斋留给他的。侄子怕刘三礼出什么意外，马上报官。启明打发衙役来问冯招财，冯招财掏出文书来让启明看。

刘三礼的侄子不信，说："现在我大爷找不到了，谁能证明他把三宝斋盘给你了，那少音是你们自己人，他证明不算。"

冯招财亲自带着衙门的人去找，一直找到那片树林，对差役说："刘三礼走的时候带着几百两银子，不会被人劫杀了吧？"

大家进树林里寻找，冯招财来到那棵埋刘三礼的树下喊："你们快过来看看，这里的土被翻过。"差役们赶来，动手把土翻开，果然翻出刘三礼的尸体。差役搜搜刘三礼的身上，发现除了装了件转让文书外，再没有什么了。

启明感到这太巧合了，他冯招财亲自领大家去找刘三礼，并且首先发现了刘三礼的尸体，这是偶然吗？他把冯招财叫来对他进行询问，并质疑这文书是假的。启明把那少音找来，问他是不是亲眼看到过冯招财与刘三礼签这文书了。

那少音说："大人，我以前也是为官的，曾认真地读过大清律条，如果两个人不在场的情况下我是绝不会签的。当时刘三礼确实认为自己还不起，要以店作抵押。"

启明又把万宝堂店里的人传来问话，听说刘三礼常从店里拿东西不给钱。启明虽然怀疑冯招财，但刘三礼转让三宝斋的原因很明确，而冯招财又无杀害刘三礼的动机，便认定刘三礼把店抵押给冯招财后，带余下的银子投奔侄子，路过小树林时被劫匪把钱抢了，并杀人灭口。

冯招财成功地把刘三礼解决掉后，感到再无顾虑，于是跟那少音商量，想找个老婆，又怕潘九斤反感。那少音给他出主意说："你可顺便给潘九斤也找一个,他就不好说什么了。"

冯招财说:"去哪里找?"

那少音说:"怡春楼啊,现在冯爷您不缺钱不缺势,直接去把头牌二牌赎来,先把她们给过过后再让潘九斤挑,再说了,潘九斤八辈子回不来一回,他又不能把女人带走,平时还不都是您的。"

冯招财气愤道:"你不说怡春楼我不生气,上次我从她那儿赎了姑娘,他们玩了仙人跳把我给骗了。抽空我就派人把怡春楼砸了。"

"冯爷,怡春楼可不能动,据说他们的后台是位王爷。"

"那也不能再去她那里赎姑娘了,爷我伤不起。"

"有家芳春院,里面的姑娘也非常好,咱们去那里瞅一眼。"

那少音领着冯招财,带着银票来到芳春院,先把头牌二牌给过了,然后跟老鸨谈赎身的事情。老鸨还指望着这两个姑娘赚钱呢,不想卖,因此报出天价。那少音把老鸨拉到旁边,小声对她说:"你可能不认得这爷,他是吏部尚书的小舅子,他花钱买你不给,你还让他带人来抢啊?"老鸨听到这里害怕了,于是出了个合理的价钱,把头牌与二牌卖给冯招财。

冯招财花重金买来头牌与二牌后,马上给她们改名,头牌改名叫小惠,二牌改名叫荧荧。并且与她们成婚时,让那少音写请柬就写小惠与荧荧的名字。一时间街上议论纷纷,都说蔡守信的妻子不叫小惠吗,他的女儿不叫荧荧吗?这件事传到蔡守信耳朵里,他气得要去找冯招财理论。

小惠摇头说:"找他有用吗,他会听你的?"

"那也不能任由他糟蹋我们。"

"现在冯招财靠卖铲地皮得来的东西赚大了,又有那少音给他张罗,结交了不少官员,他冯招财得意忘形,所以这么张扬。不过,并不是没有办法治他。"

"我们还有什么办法?"

"写封匿名信给石运达,就说冯招财为得到万宝堂,联系在外面当土匪的小舅子潘九斤,故意劫了他们店,然后再用低价买来。相信石运达看到此信后会对他怀疑,然后会想办法对付冯招财,这样他冯招财就没有心思再对付咱们了。"

信写好后，蔡守信让人到街上花钱雇个陌生人，让他把信送到古宝斋。石运达看信后，越想越感到是冯招财与潘九斤杀的他家人。他冯招财以前是个铲地皮的，他小舅子领着帮子人专门在外挖墓。结合种种迹象，石运达认为冯招财为得到万宝堂有作案的动机，再者他小舅子有团伙，也有人手抢劫杀人。他拿着信找到启明，要求把冯招财抓起来审问。启明看到信后摇头说："现在的冯招财认识了官场上的很多人，如果没有真凭实据，就根据这封没有署名的信把他抓起来，怕是奈何不了他。"

"我要把万宝堂要回来。"

"你们的转让契约上写着，这个哪这么容易。"

"那不行，我必须要把店弄回来。"

石运达的口气这么硬，是因为他堂哥现在已经当御史了，根子硬。启明怕石运达又往上捅，到时候上面压下来被动，便说："这样吧，我去跟冯招财谈谈。"

启明来到万宝堂，冯招财与那少音马上跑出来迎。来到客厅，启明发现客厅已经重新装修，但他还清晰地记得当时的案件场面，说："当初石运达家被杀，他第三房太太就在茶几下死的，有个丫鬟就躲在那少音的座下，血都流到墙根儿了。"那少音听到这里马上站起来。冯招财见启明又提到那案子，心里有些打鼓，问："大人，您有事招呼一声就行，用得着您亲自上门吗？"

"冯掌柜，石运达突然找到本官，举报说你与潘九斤杀了他全家，目的是想夺他的店，不知道可有此事？"

"胡，胡说！"冯招财惊得眼瞪得老大。

"石运达想要盘回此店，冯掌柜意下如何？"

"那不行，我们重新装修并有了老客户，绝对不行。"

启明叹口气说："有件事我得告诉你们，石运达的堂哥现在可是御史了。我劝你们双方坐下来，好好协商，和平解决。和气才能生财嘛。"等启明走后，冯招财问："少音，御史是什么官？"那少音说："自秦朝开始，御史是监察性质的官职,延续到大清权力就更大了,不只可以监察王爷重臣,还能检查地方官员。他要是想整治咱们,咱们都不知道怎么死的。我们可得罪不起石运达。"

冯招财为难地说:"爷我刚把店搞火腾了他就想转回去,想得倒美。再者说了,我把店还给他去哪儿找合适的店去?"

那少音问:"那我问你,石运达家的命案是不是与潘九斤有关?"

冯招财摇头说:"哎哎哎,你可别乱说,我们跟他无冤无仇的为什么要杀他家人,这纯是诬陷!"

那少音说:"石运达向来就是个爱钻营的人,如今见万宝堂火腾起来了,可能眼红,认为当时转让得太低,所以把命案扯进来,是想逼迫我们把店还回去。不如这样,我们花点儿钱把此事摆平。"冯招财拿出五千两银子,挑了两件乾隆瓷瓶,让那少音带着去跟石运达谈判。那少音半道上把瓶子送回自己家,带着银票拜访了石运达。

石运达摇头说:"他冯招财杀了我全家,把我唯一的儿子给杀了,让我断了香火,这哪是钱能解决的事情,这哪是还店就能解决的问题,我跟他势不两立。"

"石爷您想过没有,至于冯招财与潘九斤是不是杀了您家人,这个没有真凭实据吧?再者说了,您转让给冯招财店是有白纸黑字的吧?就算您可以利用石御史的关系把他抓起来,但也得有个证据吧?石御史派人抓冯招财,也得注意影响吧?不如这样,您先把银子收下,装作没事,然后暗中派人盯着万宝堂,等潘九斤回来把他拿住对他进行审讯,如果他承认是凶犯,店还不是您的?如果您现在把店要过来,惊动潘九斤,他不再露面了,就算是他杀的你家人,你也没办法报仇了。"

石运达想了想感到有道理,便说:"那少音,这些银子爷我不要了,送给你,你给我暗中调查,一是调查我家人被杀的案件,二是盯着潘九斤,发现他的踪迹要及时汇报。如果你办事不力,我就再把你送回大牢,让你万劫不复。"

"石爷您放心,小的把事儿给您办得明儿白的。"

"那你写个收据,证明我们之间的约定。"

"石爷,用得着写收据吗?"

"必须写!"

那少音写好收据,把银票装进袖里,袖了袖手说:"冯爷,这段时间您别再责难万宝堂了,让冯招财感到没事了,这样潘九斤才敢回来,才能查出案子的真情。"

"你每七天都要来向我汇报情况,我们要及时调整方案,一定要把潘九斤抓住。要不我死了都闭不上眼睛。"

那少音又回到家里,把银票交给夫人,然后回到万宝堂。冯招财问:"事情办得怎么样?"那少音叹口气说:"石运达认定是你与潘九斤杀了他家人,非要让当御史的堂哥派兵抓你,我耐心分析,你们根本就没有作案动机,又跟他来硬的,说您手里握着转让合约,就是打官司也不怕。然后,我把银子与古玩给他拿出来,他就没再说什么。说白了,是他感到当初转让得太低了,想再讹点儿钱,现在没事了,咱们该干吗就干吗。"

十三
釉下有彩

一天,蔡守信在后院教蔡丰与柳小妹背唐诗,柴少武提着个布包进来:"是位妇人送来的,说给您的,我以前从来没见过这人,正要问她话,她拔腿就跑了。"蔡守信把布包打开,里面是两封信,一封写着"蔡守信收",一封是写着"潘九斤收"。蔡守信把自己的信打开,见信是刘三礼写给他的。

信里详细地描述了冯招财陷害万宝堂的种种策划,并提到了石运达家的凶案并不只是单纯的劫财,而是冯招财对潘九斤说,是您蔡守信把潘五妹逼死,霸占聚鑫斋。潘九斤并不知道真实情况,为替姐报仇,派二十个人潜进万宝堂杀了人,抢走财物。但他并不知道自己杀错了,当冯招财告诉潘九斤你已经改成一宝斋,放弃原名,潘九斤便谋划找机会报仇。你们最好在潘九斤动手之前,把我写给他的信送给他,让他知道事情的真相,那么他就会把冯招财杀掉,而不是你们……当你接到这封信时说明我被冯招财杀掉,或意外身亡……

通过这封信,蔡守信发现石运达家的凶杀案,果然是杀错了。这时候大家才知道更换店牌是多么幸运，否则死去的就是他们。问题是怎么才能把这封信交到潘九斤手里，让他放弃报复一宝斋呢？这确实是不容易办到的。蔡守信叹口气说："少武，再去聘几个人，要日夜值班，以防潘九斤前来报复。还有，通知店里的各位家属，这段时间尽量不要外出，特别是晚上。"

由于刘三礼的这封信，搞得一宝斋的人都很紧张，大家每天绷着脸，像是大祸临头似的。小惠跟蔡守信说："守信，这样吧，要不咱们冲冲喜。"关于冲喜的说法，一般是指家中有人病危，想通过办喜事来驱除病魔，以求转危为安。

蔡守信问："怎么冲？"

事实上在小惠的撮合下，荧荧与装裱师傅文增年的儿子文铭接触了几回，她见文铭体贴周到，做事细心，对他很有好感。但蔡守信总感到让女儿嫁给装裱的师傅，委屈了荧荧，有些犹豫。

小惠分析道："装裱字画是门手艺，无论什么世道都不会难为着自己。官家子弟向来娇纵，再者官场起伏太大，今天是官，明天可能是囚徒。我们不要看他的家世，要看本人是不是上进，是不是有正义感，品格高不高。我感到文铭这小伙子不错。虽然门户低于咱们，但荧荧过去会受到重视，能够当家做主。嫁到大户人家，说不定人家找三妻六妾，冷落了荧荧。"

蔡守信感到有道理，于是找到荧荧问："荧荧，你惠姨看到文铭那小伙子不错。你认为怎么样？你不必顾及别人的面子，说说你的真实想法。"

小惠羞得把头低下，捏弄着衣摆："我听小惠姨的。"

蔡守信说："这是你自己的事情，不要顾及别人的看法。如果你感到这个小伙子还行，咱们就去提这个亲。"

小惠说："还不知道人家同意不。"

蔡守信听女儿这么说，知道她是同意的，就说："我女儿这么好，他能不同意，他高兴去吧。"随后，打发刘婉芝前去文增年家提这门亲事，没多大会儿刘婉芝愁眉苦脸地回来了，说："文增年不同意，说高攀不上。"蔡守信听到这里不由气愤："什么什么，他文增年还拿起架子来了！"荧荧听说文铭家不同意这门亲事,委屈地流下了眼泪。小惠对荧荧说:"如果他们家一听是富人家的闺女高兴得就像捡了宝似的,这样好吗?他们说不同意是感到配不上你,说明他们家的人正直,不爱占便宜。这样吧,姨去给你说说,你就在家里等着好消息吧。"

文铭与荧荧接触过几次,他们已经相互产生了爱慕之情,见父亲把人家回绝了,赌气说:"你为什么不征求我的意见就直接回绝了?"文增年瞪眼道:"我们是什么人家,人家是什么人家。我们家要娶就得娶个能帮家里干活儿的,不是娶千金小姐。孩子,咱们得知道自己吃几碗干饭,吃少了会饿,吃多了会撑着。"正在这时,听到身后传来话语声:"文师傅,你这个想法不对。"回头见是小惠,忙说:"夫人,我说的是实话,我们只是个平常人家,每天从早忙到晚也就混口饭吃,小姐嫁到我们家来会受屈的,请夫人理解我们的苦衷。"

小惠笑道:"文师傅,孩子的事情让他们做回主行吗?荧荧可不是个娇小姐,什么也不干,衣来伸手,饭来张口。她在一宝斋里干的并不比别人少。再者,荧荧拒绝了富人家的求亲看中你家文铭,这说明什么?这说明孩子的眼光好,不是那种贪图享福的人。我相信这两个孩子会把日子过好。"

经过小惠这么开导,文增年虽然还是不太同意,但实在张不开口拒绝,只得同意。于是,下了聘礼,两家人在一起吃了个饭,这门亲事就算定下了。

对于蔡守信把女儿许给文增年家的儿子文铭,街上的人都不太理解。蔡守信是一宝斋的掌柜,女儿美丽可爱,应该跟官场公子或大户人家定亲才是,如今却跟装裱作坊的人家定亲,太出人意料了。

当冯招财听说这件事后,马上派出几个人,每天在文增年裱坊前闹事,谁要拿画去裱就把画抢了。一时间大家都不敢再去文增年家里装裱了。文增年对儿子文铭说:"当初我劝你不听,咱们小店就得打小谱,如今定了大户人家的闺女遭人忌妒了吧?现在你知道当初为父为什么不同意了吧?我看咱们赶紧把婚事退掉得了。"

文铭说:"不就是损失了几个零活儿吗,现在一宝斋的活儿就够咱们干的，怕什么。再说，如果看人家的眼色过日子，还有什么过头。"

过了几天，当店里把一宝斋的画裱完，文增年让儿子送去。由于一宝斋正在布置中国画展室，文铭在那里帮着挂画，一直忙到深夜才回家。回家发现门四开着，感到不好。他跑进卧室，发现母亲在家里哭。

"孩子啊，多亏你不在家里，你在家就麻烦了。"

"我爹呢？"

"有五六个人拿着刀蹿进家里，有个人还拿洋枪，把你父亲的手砍了一个，把家里给砸了个稀巴烂走了。伙计送你父亲去看郎中了，看来这手是保不住了！"

"谁干的，到底是谁干的？"

"不知道是谁干的。"

"肯定是冯招财这个王八蛋，我这就去找他。"

"孩子你别去，你不能去，你斗不过他们，他们是流氓。"

文铭去厨房里拿起菜刀来，拔腿就往外跑，在门口正好遇到回来的父亲。文增年喝道："你干什么去，回去。"

"我去报仇去。"

"这仇咱们报不了，不能去。"

"我这就把冯招财这个害人精砍了。"

"你要去先把我砍了吧。"

伙计把文铭拉进房里，文增年叹口气说："文铭，现在我的手没了一个，不能干活儿了。你母亲体弱多病，整个家就靠你，你可不能出事，你要出事我跟你娘就没指望了，只能上吊喝药。文铭啊，咱们惹不起他们，赶紧跟荧荧把亲事退了吧。"

早晨，蔡守信听说亲家文增年被人家砍了，正准备去看看情况，刚出门正遇到文铭，于是就把他让到家里。文铭低着头在抹眼泪，闷着头子不说话。小惠与荧荧闻讯来到客厅，问文铭到底发生了什么事。文铭慢慢地抬起头说："对不起，我跟荧荧的亲事还是退了吧。"荧荧听到这里眼泪就流出来了。小惠用手搂着荧荧问:"是不是被人家欺负怕了?如果别人一要挟你就放弃荧荧,这亲退了也好。将来人生还长,你遇到困难就要放弃,荧荧跟着你,我们还真不放心。"

"我退亲并不是为了躲麻烦,而是我想报仇,生死未卜。"

"准备怎么报仇?"小惠问。

文铭眼露凶光:"我知道这都是冯招财支使人干的。听我父亲说,自从蔡叔来到街上,他就一直刁难。我想过了,我把冯招财砍了,一了百了。"

小惠说:"你死了,你父母怎么办?"

文铭说:"我管不了那么多,我必须把冯招财给砍了。"

小惠说:"文铭,我认为你是个有头脑的人,做事不应该这么冲动。你应该向你蔡叔学学,他自从来到这条街上,多次遭到冯招财迫害,虽然受了不少磨难,但最终也没有败到冯招财的手里。你一冲动就拿刀去砍人,现在冯招财家里养着十多个打手,你怕是还没有动冯招财一根汗毛,就被人家砍了。"

文铭低下头,不再说话了。

小惠说:"我们不如这样,对外面说这亲退了,其实呢咱们自己知道这亲并没有退。让冯招财以为他的目的达到了,看他下一步有什么行动,然后再想办法对付他。"

蔡守信虽然感到不妥,但现在也没有什么办法,只得请来几个人,与文增年一个桌上坐了,对大家说与文增年家的文铭把亲退了。街上的人听到荧荧与文铭退了亲后,大家都在议论,现在的一宝斋大不如从前了。以前他们经营万宝堂时,跟冯招财每次过招都会把他给整进沟里,现在女儿的亲事都被人家搅黄了,看来,以后这闺女没有人敢要了。

蔡守信感到不能这样下去,如果再不出击,冯招财就敢骑在他脖子上拉屎。小惠分析道:"冯招财的店之所以红火,主要是他们的货不用花钱买,是从墓里挖出来的,又没有新家生。如果把他们的货源切断,冯招财的万宝堂马上就会陷入困境。"

"这个道理我懂,但他们一般晚上送货,还不知道什么时候送,如果每天派人在街上守着,以我们的人手是做不到的。"

"我们可以跟石运达联合起来共同劫他的货源,相信石运达肯定特乐意做这件事。你可顺便带着刘三礼写给你的信让他看,当他确定是潘九斤杀害了他全家,他会比咱们更积极。由我们两家共同努力,就算抓不住潘九斤,也可以把万宝堂的货源切断。如果几个月没有货,他冯招财的店就开不下去了。"

蔡守信认为这个办法确实可行,于是带上刘三礼写给他的信,又带了两斤猴魁茶叶来到古宝斋。由于在万宝堂发生命案后,石运达曾认为是蔡守信所为,把蔡守信送进大牢,后来他们见着面走个对碰子都不说话。如今石运达见蔡守信亲自上门,于是显得格外客气,说:"我现在终于知道谁是凶犯了。上次对不住了。"

"石掌柜,凶犯是谁?"

"现在我不能告诉你,要是传到凶犯耳朵里就逃走了。"

蔡守信把刘三礼写给他的信拿出来递给石运达:"你看看是不是信上说的这人。"石运达接过信这才知道,其实并非冯招财想夺他的店,而是潘九斤杀错了,不由深深地感到后悔,看来,自己等于替蔡守信家挨了这些刀子。他不由怒道:"蔡守信,你这是什么意思,你是拿着信来奚落我的吗?"

"石掌柜想多了,我前来是想跟你联合起来抓凶手的。"

"怎么联合?"

"潘九斤不管是错杀还是别有用意,但他确实是杀害你亲人的凶犯,我们必须要把他抓住,你的家人才能够安息。"

"你说吧,怎么联合?"

"自从上次潘九斤劫持我女儿后,就再也没见过他。就算他们来街上也是在半夜。再说,他们平时送货也不见得是潘九斤亲自来。不如这样,我们两家合作,每家派十人轮流守街,等他们送货时把他们连人带货给拿下。如果遇到潘九斤可以把他拖住,有机会报官。就算不是潘九斤亲自来送,我们也可以把送来的东西弄来。"

石运达感到这确实是互惠互利的办法。虽然他让那少音当内线,但潘九斤真来了他也不见得能及时回报，等潘九斤走了再汇报也没用。于是他爽快地同意了。于是，各家都派出十人，都配上洋枪，由柴少武领着，每天晚上轮班守着街。

一连几天过去，没有潘九斤的任何动静，石运达等不及了，找蔡守信商量，不如两家合伙闯进万宝堂直接把里面的人全杀了，把东西分了。蔡守信摇头："那样潘九斤会来报仇，咱们就不用干别的了。咱们的目的是劫他们的货，捉拿潘九斤。"

一天子夜，守在街的柴少武等人，看到几个人赶着马车进了胡同，立马把他们包围。车里的三个人见十支枪围着他们，只得投降。当天晚上，他们把人押到古宝斋。石运达打发人把蔡守信找来，对三个人突击审讯，这才知道潘九斤现在有二百多人了，他们占山为王，每天主要做的事就是挖墓劫财。他们审出了潘九斤的藏身之地，当夜就把潘九斤的三个手下送到官府，催着启明马上去抓人。

启明苦笑道："本官也想马上把人抓来，可是你们听说了，他们有二百多人，并且有几十支洋枪。我手下只有二十多个当差的，一支洋枪都没有，怎么抓？这件事还得石掌柜出面，向御史大人汇报，让他想办法给弄几百官兵，我们再去抓凶犯。"

石运达去找堂哥，让他派兵捉拿潘九斤。

御史听说得需要三百官兵，摇头说："运达啊，这个忙我很想帮，但现在的情况是，朝中正在对付袁世凯，这时候我提出派兵去抓潘九斤，是没法开口的啊。你们再去跟启明协调，共同想办法吧。"

石运达回到街上，叫着蔡守信又去找启明。启明为难地说："在现在的形势下，我们确实不容易找到三百官兵。不过我相信，他潘九斤派出去的人没回去，说不定会亲自来查问。这样吧，我派十名差役加入你们，日夜守着街道，一旦发现可疑之人立马抓住。"

三十人的巡逻队在街上守了四五天，终于在一个夜里发现两个可疑的人，把两个人抓住审问，才知道是潘九斤派来的。原来潘九斤见送货的兄弟几天没回来，就派两个人来问。石运达气愤道："这个潘九斤太狡猾了。"

启明分析道:"大家放心就是,他两次派人回来都没有回去,说不定会亲自回来问个究竟,所以,大家再辛苦几天,争取把潘九斤给抓到。"

由于潘九斤两个月都没送货,万宝堂卖掉库底后,不敢再把新瓷与书画按成本价卖了,于是把价格提上去,就没有人去买了。他们的生意越来越萧条,每天都在亏损。冯招财感到有压力了,与那少音商量办法。那少音分析道:"冯爷,潘九斤是不是出事了?他带着帮子兄弟去抢劫富商,挖人祖坟,结仇太多,会不会被人家杀了?如果他出了事,万宝堂可没指望了,这样下去有宅子也得赔上地。"冯招财牙痛般嘞着牙花子,说:"我倒盼着他死在外面,就怕他死不了。"

那少音吃惊道:"冯爷您的意思是?"

冯招财说:"如果他死了,这个店就是我的,到时候我可以把店卖了,可问题是就怕他死不了,我把店卖了他找我要钱。"

又两个月过去,潘九斤还没有影儿,冯招财急得就像热锅里的蚂蚁似的。那少音说:"冯爷,咱们的开支这么大,每天都亏钱,再这么下去怕是把万宝堂卖掉也堵不上窟窿。不如这样,您现在把店转出去,拿着钱跟那两个美人欢乐去。再这么拖下去欠一屁股债,您分文都得不到,可能又沦落到以前那种光景,那么两个美人也会离开您的。"以前的那种窘迫于是就泛现在冯招财的脸上,他说:"这么大的店,一时也找不到买主啊。"

"小的倒存了点儿钱,想帮这个忙,但那点儿钱根本买不起这店。"

冯招财问:"你存了多少钱?"

那少音说:"我总共存了五千两。"

冯招财感到这确实少了些,但想想自己买的就便宜,再拖下去真把店给赔光了,于是痛苦地点头:"少音啊,你跟着我也算是劳苦功高,五千两就五千两吧,卖给你总比卖给别人强,将来我再回到街上还有个奔头。"

两人当天夜里就写了转让文书,那少音把银票拿来交给冯招财,说:"冯掌柜您放心地走就是,店里的事情我会处理妥的。"

冯招财带着两个美人匆匆离去。

那少音握着文书,脸上泛出得意的表情。他在万宝堂当了半年孙子,如今终于熬成爷了。第二天,他把以前冯招财雇的打手打发走,把看着不顺眼的人打发了,留下几个可靠的人,自己当了老板。早饭后,那少音找到石运达说:"石掌柜,我把万宝堂转过来了。"

"什么?什么?"石运达吃惊道,"冯招财呢?"

"冯招财实在经营不下去,要把店转让,我考虑到让别人转过去就不容易抓住潘九斤了,于是我就向亲朋好友借钱把店盘下了。"

"那少音你拿我当傻子呢。他冯招财转了店投奔潘九斤,他潘九斤还会回来吗?你应该早汇报此事,把冯招财控制起来。"

"石爷您放心,万宝堂的店是潘九斤出的钱,冯招财把店转出去带美人逃了,他还害怕潘九斤找他呢。现在潘九斤还蒙在鼓里,小的买下这个店就等着他回来,只要他露面,我就把他拿住押到您府上,到时候怎么处置那就是您的事了。"

那少音回去后,站在街上歪着头在盯"万宝堂"的大牌子,想想这牌子太不吉利了,应该换掉。他新起了个名字"聚古斋",去找人做店牌。牌子做好后还没换,石运达就找上门来了,说:"那少音,听说你想改店名?"

"是的石爷,万宝堂这名字太不吉利了。"

"你把店名改了,潘九斤发现变化,还敢来吗?"

"可是,这店名不吉利啊。"那少音苦着脸说。

"你想起吉利名行啊,把从我这里拿去的钱还回来起什么名都行,老子才不管呢。你不想还钱,在抓不到潘九斤之前就别想换名。"说完甩袖而去。那少音盯着石运达的背影,再回头看看万宝堂的牌子,深深地叹了口气,只得打发人把新做的牌子抬进了厢房。

冯招财这个恶霸终于走了,万宝堂的生意越来越好。一天,小惠带着柳小妹想去让张刘氏看看,最近她老是半夜惊醒,哇哇大哭,看了郎中抓药没管用,枕下塞了本《金刚经》也没用。荧荧非要跟她一同去。路上,荧荧羞涩地说:"惠姨,现在冯招财走了。"小惠点头说:"是的,走了。他离开琉璃厂这条街干净多了。"

荧荧低下头小声说:"那没人再去砸裱坊了吧?"

小惠愣了愣随后笑了:"噢噢噢,我明白了。"

荧荧羞得脸通红,说:"我,我没别的意思啊。"

小惠笑道:"我也没有别的意思。"

她们来到张刘氏家,张刘氏看到小惠后马上跪倒在地要磕头。小惠忙把她拉住:"别别别,您老给我下跪是想折我的寿啊。"张刘氏说:"小仙折不了你的寿,女菩萨能活九十九。"

荧荧笑道:"菩萨哪有死的。"

张刘氏严肃地说:"菩萨法身有无数,她是回去迷了路,借得人身观风景,九十九岁归原处。"

荧荧捂着嘴笑了。

张刘氏听说要来看看孩子夜哭,于是洗了手烧上香,坐在椅子上摇头晃脑,嘴里叨叨,把小惠与荧荧的眼都给晃得晕了。突然,张刘氏打个激灵,开始含糊地唱起来:"这个闺女不该来,大热天里井里埋……"唱完小惠没听懂,问:"大娘,别唱了,直接说怎么了?"张刘氏打个哈欠说:"别乱跑,别乱动,不要轻易把人送;关好门,关好窗,别近老柳不受伤。"

小惠说:"大娘,她夜里老是哭夜,有没有办法?"

张刘氏睁开眼像是很累的样子,说:"小孩哭很正常。"

小惠听到这里哭笑不得,掏出银子来放到桌上。张刘氏拿起银子追过来,逮住小惠的胳膊说:"这银子不能要,拿走,留下她就哭得更厉害了。"小惠见她神叨叨的,于是就把银子收回来。回去的路上,小惠说:"荧荧你相信她真会看病吗?"

"我感到够呛,还是去看郎中吧。"

"唉,传得挺神的,实指望她真能看,没想到是浪费时间。"

来到一宝斋后院,荧荧说:"小惠姨,别忘了裱坊的事。"说完拔腿就跑了。小惠笑着摇摇头,打发人把蔡守信叫到后堂,跟他商量说:"今天荧荧问我现在没有人砸裱坊了吧。"蔡守信问:"什么意思?"小惠笑道:"装傻呢？小惠的意思是冯招财走了，没有人再干涉她跟文铭的事了吧。明白了吧？"

"这孩子。那就再给他们定婚吧。"

"还定什么婚呢，直接给他们办婚事算了。"

"是不是太仓促了？"

"冯招财跑了再定婚，人家怎么说。不如直接让他们结婚，这样外面的人会想到我们之前说退婚是假的，面子上也好看不是？"

"说得也是，那就让婉芝去趟文家，跟他们说说。"

谁想到刘婉芝回来说，文增年说既然上次他说不同意，就算冯招财走了还是不同意。蔡守信听了非常生气："这倒成了咱们的不是了，好像咱们求他，不同意拉倒。"

"要不要我再回去劝劝他？"

小惠问："文铭是什么态度？"

刘婉芝说："文增年对文铭说，如果他同意自己就撞死。"

小惠叹口气说："那这件事就再等等吧。"

当荧荧听说人家没同意，躲在房里不出来了。小惠把门叫开，见荧荧趴在被子上哭，便说："荧荧，天下好小伙有的是，既然他们不同意，咱们何必非要求他们呢？"荧荧突然梗起脖子来说："他必须同意。"

"什么？"小惠吃惊道，"是不是你跟文铭……"

"嗯，他，他……"荧荧又趴在被子上哭起来。

"荧荧你傻啊，你怎么可以这样呢！"

"上次他来取活儿，给我送了张他画的画，他……"

"他怎么了？"

"他亲了我一下。"

小惠说："这算什么，以前我们家养了个小狗，我还亲过它，它也亲过我，那我们还得结婚不成啊。再说，如果他文铭心里有你，他父母挡不住，如果他这么听他父母的，那你嫁过去也受气。放心吧，咱们就当考验他一下吧。"

过了两天，文增年带着礼物来到一宝斋，要求让孩子成婚。蔡守信怒道："文增年你是小年纪了吗，说成就成说不成就不成，你把我们家闺女当什么，我们嫁不出去了吗？"

文增年哭了："蔡掌柜，我是想到我们小家小户的配不上你们。再说嫁到我们家是要干活儿的，怕你们家荧荧吃不了这苦。"

小惠说："哎，你这么说就太小瞧荧荧了，你去打听打听，在一宝斋，虽然她是大小姐，可她每天就像个下人似地忙来忙去，干的活儿不比谁少。那么你说说，之前你嫌荧荧是大小姐不同意，现在又来要求成婚，现在她就不是大小姐了吗？"

文增年抹眼泪道："他文铭不吃饭啊，三天都没有吃饭了，再这样下去会出人命的。"

小惠说："那我们家的闺女也不是医生啊。"

文增年扑通跪倒在地："以前都是我错了，你们就大人不计小人过吧。"

小惠说："行啦行啦，起来吧。你以为就你们家文铭不吃饭，我们家荧荧也没吃饭。既然他们两个人这么在乎对方，你认为给他们换个人他们同意吗？"

文增年与蔡守信把结婚的日子定下后，双方都开始准备。小惠把自己存的一千两银子递给荧荧："荧荧，这些钱你拿着，平时不要动，遇到什么事再拿出来。"荧荧摇头说："小惠姨我不要，我们自己赚。"小惠说："这些钱我给你存着，你什么时候用就回来拿。"荧荧凑到小惠跟前扒在她的耳朵前小声说："小惠姨，我想喊你声娘。"

"什么？什么？"小惠吃惊道。

"行不行啊？"小惠撒娇道。

"行是行，可是你喊了以后怎么办？"

"以后也叫娘。"

"那你喊吧。"

"娘。"荧荧喊完还有些害羞。

"哎！"小惠答应了也有些害羞，把荧荧的头搂过来轻轻地拍拍，"我只大你几岁,让你喊娘,委屈你了。"说着吧嗒吧嗒掉下眼泪来。荧荧吃惊道:"咋哭了,要你不同意,我不喊了。"

小惠扑哧笑了:"臭丫头,我是感动的。"

吉日到了,文家来了花轿。吹吹打打地把荧荧抬走了。蔡守信看着轿子远了,低着头进了睡房抹起眼泪来。小惠跟进来说:"告诉你一件事,前几天荧荧喊我了。"

蔡守信抹抹眼泪说:"喊什么?"

小惠说:"她喊我娘。"

蔡守信吃惊道:"她真喊了?"

小惠说:"是的,喊了,把我感动得掉了泪,如果有机会回到你老家,我一定要到姐姐坟前,跟她说说荧荧的事情,相信她地下有知也会高兴的。"蔡守信突然把小惠紧紧地抱住。小惠说:"放开放开,喘不上气来。"蔡守信深深地叹口气说:"我相信,有你做小惠的娘,她很放心!"

十四
溥仪离宫

冯玉祥派鹿钟麟带兵入紫禁城，逼溥仪离宫，之后宫中的财物，通过各种渠道流出紫禁城。一时间琉璃厂来了很多陌生人，手持宫中的宝贝到处兜售。很多掌柜虽然想收购，但又怕日后出事，不太敢要。但蔡守信不在乎，又像刚建万宝堂时那样大量收集宫中流出之宝，顿时军阀往来于一宝斋。蔡守信所以敢收集这么多宝贝，一是不想这批宝贝流失或损坏，再是还有浓厚的官场情结。这种情结是取得功名与光宗耀祖的传统观念。他的想法是，如果皇帝回京，把宝贝交上去，皇帝看他挽救了不少宫里的东西，肯定龙颜大悦，委以重任，所以他并不怕日后出事。万宝堂的那少爷想收，一是自己没钱，再是又怕将来出事，没敢动。但他看到蔡守信以极低的价格大量收入，有些忌妒，于是专门拜访蔡守信说："蔡掌柜，听说你收了很多宫中中流出的珍玩？这是非常危险的。"

"为什么？"蔡守信问。

"您想过没有，冯玉祥的部队走后，皇帝回到京城，不得又像以前那样

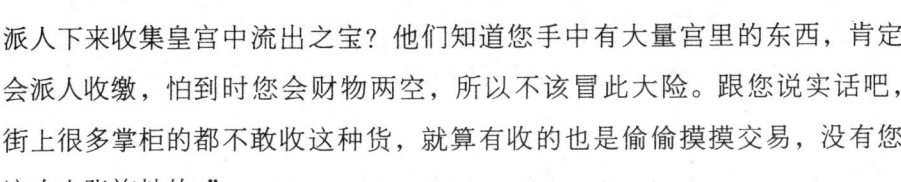

派人下来收集皇宫中流出之宝？他们知道您手中有大量宫里的东西，肯定会派人收缴，怕到时您会财物两空，所以不该冒此大险。跟您说实话吧，街上很多掌柜的都不敢收这种货，就算有收的也是偷偷摸摸交易，没有您这么大张旗鼓的。"

蔡守信点头说："谢谢那掌柜的提醒，我确实也曾担心过，但想到如果不收起来，这些东西被洋人买去，或者被损坏了，太可惜了。这些东西每一件都是不可复制的，毁一件就会少一件，我管不了那么多了，还是先尽我的能力收上来再说吧。"

冯玉祥事件过去后，整条街都知道蔡守信的一宝斋就是个宝库，因为他收购了大量宫中流出之宝。这些东西在民间是极少见到的，件件都是精品，甚至是孤品。很多人都等着皇帝回京看他蔡守信的热闹，但溥仪不但没回来，还投奔了日本人，这时候那些掌柜后悔了，都在议论，还是人家蔡守信有眼光，用那么便宜的价格收到那么多好东西。那少音来到一宝斋，跟蔡守信商量："蔡掌柜，您倾尽所有收了那么多宫里的好东西，资金上肯定困难吧，要不，把那些品相不好的让给在下吧。"

蔡守信笑道："那掌柜，说实话，我买来这些东西是不准备卖掉的。"

那少音说："蔡掌柜，那我就君子不夺他人之爱了，您看这样行吗，让我瞅瞅行吗？这些宝贝都是皇帝皇后们亲自把玩过的，我看看就知足了。"

蔡守信说："实不相瞒，我把这么多东西放在一宝斋太不安全了，已经把它们转移走了，店里一件老东西都没有，都是新家生，不好意思了。"

那少音当然不信，当初建原万宝堂店时用苇薄围了半年，运出大量土方，这说明建了密室，并且还不老小。再者，既然是宫里派人设计，密室肯定非常隐秘，机关重重。那少音闷闷不乐地回到万宝堂，越想越不甘心，于就去拜访了石运达，说："石爷，冯玉祥的部队赶走皇帝后，把皇宫劫了，流出大量东西，人家蔡守信收得满盆满瓮的，你怎么就不收点儿，现在后悔了吧？"石运达叹气说："当初我也准备收，但我堂哥专门来嘱咐我，世事难料，千万不要收购宫里流出去的东西，皇帝回来肯定要追缴的，如果查到我买卖皇宫宝贝，肯定会连累到他，所以警告我绝不能收购！"

那少音说:"看现在的情况,好像皇帝回不来了。"

石运达说:"要是回不来了可就吃大亏了。但是,皇帝毕竟是皇帝,想把他给推倒并不是那么容易的事情。说不定哪天重新进宫。他蔡守信还以为是以前啊,是宫店民营的掌柜,现在他就是个民坊,买卖宫中流出之宝是杀头抄家之罪。"

那少音感到皇帝回来的可能性不大,于是闷闷不乐地回到店里,坐在那里唉声叹气。自从他接收万宝堂以来,由于店面大,石运达又要挟他不能改变店面,他又不善于经营,万宝堂基本也就能保住费用,没盈余。人家一宝斋就不同了,蔡守信从南方运来大量瓷器,还招了批画家画画,生意越做越好,日进斗金。如今随着一宝斋收购了大量皇家用品,店里的威望越来越高,现在的一宝斋几乎可以跟当初的万宝堂匹敌了。

冯招财又在琉璃厂街上露面了。原来冯招财带着两个美人到大兴租了个院子,每天财色酒气地过了段日子,眼看银子越来越少,就想在当地开店。一天他出去找店面,回家时发现两个美人不见了,并把他仅剩的几百两银子卷走了,他又变成了穷光蛋,实在混不下去了,想到三宝斋还有些东西,于是偷偷地回到三宝斋,把里面的东西拿出去卖了生活。

一天晚上,潘九斤来到三宝斋打探消息,发现冯招财在这里,就像乞丐似的,问他怎么了。冯招财自然不会说自己卖掉万宝堂跟美人享受去了,哭咧咧地说:"九斤啊,你那么久都不给送货,蔡守信又挤对我,万宝堂实在经营不下去了,天天亏钱,我没办法转给那少音了。"

"什么?什么?"潘九斤瞪眼道,"转的钱呢,给我拿来。"

"转的钱,我,我用来买三宝斋了,现在三宝斋是咱们的了。"

潘九斤派了两拨人来都没回去,本来想立马过来问问,倒霉的是,孙殿英的部队经过他们的山头,逼着他归顺,不归顺就把他们灭了,他只好带着兄弟加入部队,当了营长。潘九斤回来是想找冯招财拿些钱贿赂上边,想弄个团长当当,没想到冯招财沦落成乞丐了。他说:"冯招财你说你中什么用,什么都做不好。"

"要不是蔡守信挤对我,我能落到现在的地步吗?"

"我这么远赶来,你不能让我空着手回去吧?"

"要不你等几天,咱们把三宝斋卖了。"

"这个店绝不能卖,我在部队上要是不顺快了,哪天还得带着兄弟去掘墓。再者说了,我们怎么也得在这里有个落脚点。"

冯招财说:"九斤,你不知道,冯玉祥的部队赶走皇帝,抢了很多宫里的宝贝到街上卖,蔡守信收了不老少,现在的一宝斋就是个宝藏,要是你带兵回来把他劫了,何愁没钱。你想当师长、军长都能当得上。"

潘九斤瞪眼道:"你以为我不想啊,可我在部队上受人家管,哪有权力随便带兵走。不过,一旦有机会,我就会让他付出血的代价。"

冯招财说:"你身上有钱吗,能不能给我点儿?我几天没吃饭了。"

潘九斤怒道:"没有,没吃饭去拉着棍子要去。"

等潘九斤走后,冯招财实在饿得够呛,于是戴上个草帽,去了万宝堂。那少音的老婆现在病倒在床,他跟丫鬟打得火热,正在跟她调情,听到敲门声,那少音吼道:"什么事?"

"老爷,有个人想见你。"

"都半夜了,让他明天再来。"

"老爷,他说来跟您谈大买卖。"

听说大买卖,那少音把丫鬟推开,穿衣要走,回头见丫鬟呶着嘴不高兴,就捧着她的脸亲了下:"是大买卖。"说完来到客厅等着。下人领着个人进来,那少音见来人穿长衫,大半夜里还戴草帽,不由皱眉。当那人把草帽摘下,那少音发现是冯招财,不由吃惊道:"你,你怎么回来了?"

"我早就回来了。"

"你,你不怕潘九斤找你算账?"

"他今天晚上回来了,刚走。"

"他没追问你万宝堂的事情?"

"问了,我就说实在开不下去了,只得转让给你了。"

"现在潘九斤干什么,还铲地皮吗?"

"现在当兵了，当官了，是营长，手下有二三百人呢。"

"那你大半夜来干吗？"

"那爷，小的是来求帮的，您能不能借我十两银子。"

"什么什么，你的钱这么快就花完了？"

"他娘的，她们见我的钱剩不多了，趁我出去把钱卷跑了。那爷，您先借给小的十两银子，小的日后加倍还您。"

那少音连忙摇头："招财你有所不知，自我买过这个店就没见过钱，每天都往里扔。前段时间冯玉祥赶走皇帝，宫中流出很多宝贝，我眼睁睁看着别人抢购，却没钱去买，至今想起来都感到遗憾。你既然这么急着用钱，为什么不把三宝斋给卖了？"

冯招财说："九斤不让卖啊，他说在部队上混得不顺心了，还带着兄弟去挖地。"

那少音本来是不想借的，听说潘九斤还想去挖地皮，想想那些成袋子装的古玩，于是就取来十两银子："招财啊，一个多月就卖了这点儿钱，都给你了。"

冯招财吧唧几下嘴："那爷，小的一天没吃饭了，家里有剩饭吗？"

那少音给冯招财端来菜饭，还倒了碗酒。冯招财喝了半碗酒，苍白的脸上泛出些红润，话就多起来："这次皇帝离宫后，蔡守信可没少收流出来的宝贝，现在的一宝斋就是个宝藏。九斤说了，抽空子带兵回来把一宝斋劫了，到时少不了你的好处。"

柳正印与潘五妹生的孩子柳小妹六岁了，六岁的她开始有心事了。因为她突然意识到蔡丰喊蔡守信爹喊小惠娘，自己却要喊姐夫喊姐。一天她问小惠："为什么蔡丰喊你娘我喊你姐？"小惠听到这话愣了愣，感到很难回答，于是就领上她向聚文斋走去，想让她跟父亲多接触，慢慢地接受事实。

柳正印正坐在那里发呆，见柳小妹来了，跑过去把她抱起来，想到潘五妹，不由热泪盈眶，把小妹吓得哇哇大哭。小惠把柳小妹接过来："爹，你抽空带着小妹去给潘姨上上坟，让她知道柳小妹长得这么大了她也能安息了。你以后要多跟小妹接触接触，要不她就不认你这个爹了。"小惠叹口气，领着小妹来到厢房看弟弟。玉宽正趴在案子上画画，并没回头。小惠来到画案前没看出画的是什么，满纸充满斑驳与划痕，就仿佛是块千年的老墙布满了沧桑，便问："玉宽，你画的是什么？"

玉宽依旧伏在案子上用心皴石面，仿佛没听到。小惠见他披头散发，穿着很久都没有洗过的长衫，心里很难受。这几年小惠一直努力着想给玉宽找媳妇，让他过正常的日子，但让他洗洗澡换身衣裳比剥他的皮还难。有些姑娘看小惠的面儿跟玉宽见过面，但人家看到他就像傻子，都摇头了。

小惠大声喊道："玉宽你听到没有？"

玉宽迟缓地回过头，木木地问："怎么了？"

"我问你画的是什么？"

"你看不出是什么，告诉你你也不懂。"

小惠气呼呼走出厢房，来到客厅，对父亲说："不能再让玉宽画画了，再画下去人就废了。还有，你也别老是蹲在这里想潘五妹了，人死不能复生，活着的人还得生活。从明天开始，你去一宝斋跟柳小妹多接触，慢慢地教她认你这个爹。"

从此，柳正印没事就买些东西去哄柳小妹。小孩子家，只要给他好吃的好玩的他就跟你亲近。慢慢地柳正印可以领出小妹到街上走走了。一天，他们在街上正好碰到冯招财，冯招财见柳正印领着的小女孩有些面熟，但又想不起在哪儿见过了。突然他灵醒到，这女孩儿就是潘五妹生的闺女，不由心里难受。潘五妹跟他滚了这么多年，床都换了无数张，没留下骨肉，没想到她潘五妹跟柳正印后立马就怀上孩子了。冯招财故意问："柳正印，这是你孙女？"

柳正印抬头看到冯招财，吃惊道："你，你还活着？"

冯招财呸道："这话我应该问你。"

柳正印领着小妹绕着道走开，冯招财歪着头看着他们的背影，脸上泛出了狞笑。

由于跟小妹越来越熟,柳正印想尝试着让小妹喊他爹,但小妹就是不喊。一天,柳正印领小妹在街上转悠,正好有卖糖葫芦的,小妹要吃。柳正印买了个糖葫芦说:"叫爹,叫爹就给你。"

小妹梗着脖子:"就不叫。"

"不叫我自己吃了。"柳正印拿起糖葫芦装作要往嘴里放。不成想柳小妹猛地用身子去撞他,竹签把他的鼻子划破了,他说:"我打你!"

柳小妹梗着脖子气呼呼地盯着他。

看到她这样子,柳正印叹口气道:"就跟你娘一个脾气。"说着把糖葫芦递给她,谁想到小妹接过来扔到地上拔腿就跑了。柳正印忙去追,由于街上有学生游行示威,结果把他们冲散了。柳正印追到聚文斋没见柳小妹回来,急忙赶到一宝斋,听小惠说没回来,他抱着头蹲在地上哭。小惠听说柳小妹是在街上丢的,不由急了。皇帝离宫,世道又乱,街上什么人都有,不会出什么事吧?于是她马上派人去找,可找遍整条街也没见着影儿,于是又把附近的大街小巷都给找遍了,还是没见着孩子的影儿。

小惠对柴少武说:"你去三宝斋看看,前几天听说冯招财又回到街上了,还把三宝斋租给别人经营,别是他把孩子劫去了。"柴少武领着几个人来到三宝斋,问租房的掌柜有没有见冯招财回来。伙计说:"这两天没有回来,自我租了他的房,交了一年的租金后,听说他在外面租房住了,轻易不回来。"

"您知道他新租的地儿在哪里吗?"

"这个我就不知道了,据说离这里不算远。"

柴少武领着人把附近都给找遍了,还是没有冯招财与柳小妹的任何消息。小惠急得都哭了,说:"这可怎么办好。"柴少武每天都带着几个手下去寻找柳小妹,一天,他们在街上看到了冯招财的身影,见他跟几个小地痞勾肩搭背地进了馆子。柴少武冲进馆子里把冯招财给拿住,押回一宝斋对他审问。

冯招财说:"你们拿我当什么人了,再怎么说柳小妹也是潘五妹的孩子。我跟潘五妹过了这么多年是有感情的,她的孩子我稀罕都稀罕不够呢,哪能把她虏走。"

小惠冷笑说："冯招财，我劝你赶紧把柳小妹还回来，只要你还回来，咱们就当什么事也没发生，否则你就别想回去了。"

柴少武说："我就不相信他不说。"随后对冯招财用了刑，抽了他几鞭子，只把他抽得背过气去，他仍旧咬着牙说没看到柳小妹。柴少武跟蔡守信商量，把冯招财这个害人精整死得了，反正现在皇帝跑了，官府也不管事了，弄死他也没有人问。

蔡守信点头说："确实不能留着他了，留着他早晚是个祸害。"

小惠不同意这个做法，说："我相信小妹丢失肯定跟冯招财有关，杀了他，就更不知道小妹的下落了。不如这样，放掉冯招财，让少武暗中跟到他住处看看，说不定能找到小妹。等找到小妹再把他整死也不迟。"

蔡守信点点头："好吧，就这样吧。"

柴少武有些担心："放了他，他可能跑了，我们再也抓不住他了。"

小惠说："多派几个人盯着他。"

冯招财被放出来后，站在街上盯着一宝斋的牌子老一会儿，心里在说，蔡守信你给我等着，等有机会我把你的儿子抓来，把内脏掏出来塞进柴草，给你做成布娃娃让你们玩儿。他一瘸一拐地来到馆子里，伙计过来让他点菜，他说我看看你们厨房里都有什么菜，他走进厨房。柴少武见冯招财进了厨房后不出来，闯进去一看，发现厨房后面有个往里扔煤的洞，师傅们说冯招财顺着那个洞爬出去了。他们随后去追，冯招财再也没有影儿了。

冯招财七拐八拐来到自己租的小院里，把房门插住，走进卧室，见捆在床上的柳小妹没有任何动静，以为死了。他把柳小妹嘴里塞着的布拉出来，把手伸到鼻子前探探，没想到柳小妹猛地咬住他的手，疼得他没命地叫，怎么也拔不出来。冯招财用左手砸柳小妹的头，砸了十多下也不见松口，才发现柳小妹鼻子眼儿里流着血，人已经没气了，但还是拔不出手来。他从枕下摸出刀来，插进柳小妹的嘴里用力一撬，咯吧咯吧把牙崩掉了，还是拔不出来。冯招财左手摁住柳小妹的头，闭上眼睛猛地把右手往回抽，终于拔出来了，但小指下面的肉被撕掉了，露着骨头。

冯招财把手包了，见躺在床上的柳小妹眼睛鼻子里流着血，嘴里咬着块肉，样子很恐怖，便用床单把她卷了塞到床下。

冯招财想在院里挖个坑把她埋掉，但手太疼了，根本就没法干活儿。冯招财蹲在院里，看看四周，想到去对门找邻居家男人帮忙给挖个坑，就说想在院里栽棵树。邻居家里只有妇人在，妇人说："冯师傅，你得把你的孩子看好了，今天上午有几个人来村里找孩子，说在大街上丢了，找了半个月也没找到。"听到这里，冯招财不由大惊道："什，什么人家的孩子？"

妇人说："跟你的情况差不多，孩子的母亲去世，父亲领着孩子在琉璃厂街上玩儿，小孩子跑掉就再也没有找到。现在世道这么乱，说不定被人贩子弄去了。"

冯招财告辞回到租房，越想越感到害怕。这里离琉璃厂并不远，他们早晚会找到这里。他感到不能再在这里住了，要是再被柴少武抓住就真的没命了。冯招财把柳小妹抱出来，塞进院子里的井里，又搬几块石头砸进去，逃走了。

邻居家男人回来，听说冯师傅找他帮忙挖坑栽树，来到家里发现没人，进房也没见着人，于是走进卧室，看到床上有些血，吓了一跳。他随后去向房东说了，让他看看是不是出什么事了。房东来到院里看了看，见床上有些血迹，又听邻居女人说冯招财来叫人帮忙是因为手受了伤，缠着很多布。房东把门锁了，嘱咐邻居，如果冯招财回来让他去家里拿钥匙。结果房租到期后，房东见人还没有回来，就把房子重新收拾了租给别人了。

新搬来的住户从井里打水时，把桶放下去没够着水，于是点根油布扔进去，发现下面有东西浮在水面，便想重新淘一下井。人放下去后，顿时传来惨叫声。他马上把人拉上来，那人坐在井边哆嗦着说："里，里，里面有，有个，死孩子。"

由于小惠一直派人四处寻找小妹，他们终于听说有个村子里的人家井里捞出小孩，便马上过去问情况。当听房东说租房的人头皮没毛，像鸟窝，腿还有点儿瘸，小惠当即便惊呆了。房东带他们来到埋小孩的地方，把小坟挖开，从里面把孩子掏出来。虽然孩子已经烂得血肉模糊，但小惠认得衣裳是小妹的。那天，他们买了很多酒泼在柳小妹身上，把她重新卷起来运到墓地，把潘五妹的墓打开，把柳小妹埋在她母亲身旁。

小惠跪倒在地坟前哭道："潘姨，对不住您了，我没看好小妹。都是冯招财这千人杀的做的恶事，如果您地下有灵就去找他复仇吧……"小惠正跪在那里叨叨着烧纸，家里人匆匆赶来，说她父亲在家里喝药了……小惠马上动身回去，回去后见父亲已经死了。大悲之下，小惠哭不出来了，她又忙着安排父亲的后事。小惠来到厢房，见玉宽这时候了还在那里画画，便跑过去把他的画撕掉，把笔折断："父亲都死了你还有心画画！"

"早晚不得死？"柳玉宽淡漠地说。

"他是不是你爹？"小惠怒道。

"我哪知道。"

小惠把他拉出去给他换上孝衣。柳玉宽像木头人，也不反抗，也不说话。在大家都哭灵时，谁都没有想到柳玉宽竟哈哈笑起来，笑得眼泪都出来了。大家都吃惊地看着他，小惠怒道："玉宽你疯了，滚出去。"玉宽笑道："刚才爹过来拉你们，说你们别哭了，拉了几下都拉空了。"大家听到这里，都感到冷。

小惠说："疯了，来人，把他关起来。"

玉宽在房里哇哇大叫，小惠让人给他送去文房四宝，玉宽才安静下来。他趴在案子上作画，父亲的丧事就像是别人家的事情。

小惠领人重新把潘五妹的坟扒开，把父亲摆进去。

一天办了两起丧事，小惠已经哭不出来了，回到家里，她一边派人四处寻找冯招财，并贴出告示，知道冯招财下落的，情况属实赏百两银子；带人找到冯招财的赏五百两；能够抓住冯招财的赏一千两。布告贴出去后，到处都在议论冯招财，很多人做梦都想把冯招财抓住。为了防备冯招财报复到荧荧家，柳小惠派人悄悄地把她全家接到店里，然后在她家里埋伏两个会把式的人，等冯招财。

冯招财在外面东藏西躲了几天,听说柳小惠开出高价捉他,知道自己绝不能在琉璃厂露面了,但又没地方去,于是去找潘九斤。他大体知道潘九斤现在跟随孙殿英的部队在蓟县、马兰峪附近,于是直接奔那儿去了。经过长途跋涉,历尽万苦,终于寻到了孙殿英的部队。潘九斤已经当副团长了,听说有人来找他,还说是他姐夫,出门见是个乞丐,头上戴着个破草帽,穿着破烂的衣裳,便问:"你是何人,为何说是我姐夫?"冯招财跪倒在潘九斤面前,哭得鼻涕多长,声泪俱下:"九斤,我是你姐夫冯招财啊。"

"到底发生了什么事,你弄成这种样子?"

"他蔡守信欺人太甚,他重金悬赏抓我,让我带人来找你。"

潘九斤见手下的兵都在看,就把他带进自己的住所。冯招财哭道:"九斤,你要早带兵去把他劫了,我也不至于这么被动。你现在马上派兵去把蔡守信杀掉,马上。"潘九斤为难道:"我是副团长,再说就是正团长也不能随便派人出去。"

"九斤,你去跟团长说出去弄点儿钱花,他能不让你去吗?"

潘九斤找到团长,跟他商量派个连出去弄钱。团长摇头说:"你知道当前的形势,今天在这里明天还不知道到哪里,派一个连的兵力到北平这现实吗?"潘九斤说:"我姐夫在琉璃厂开店,他已经踩好点了,有家店收购了很多宫里流出来的宝贝,把这些东西弄来,您就可以当上师长,水涨船高,我也能弄个副佐,岂不是两全其美。"这句话把团长给说动了,答应只派一个排,就说出去执行任务,要秘密前去。潘九斤说:"那我亲自带人去。"团长摇头:"不行不行,一个副团长不见了目标太大。让你姐夫领着去,我可以想办法派辆卡车把他们拉到北平附近,这样会大大地缩短时间。"

冯招财听说给他派一个排的兵力,便问:"一个排多少人?"

潘九斤说:"三十多个人。"

冯招财问:"都带着枪?"

潘九斤说:"那当然了。"

冯招财点头说:"既然都带着枪,穿着军装到街上一走就把他们吓个半死。"

潘九斤说："这件事不能穿军装，只能穿便衣，要秘密行动。如果事情搞大了影响不好。再者你大摇大摆地去抢人家，怕是你们没办法走出北平。"

冯招财说："穿便衣也能把他们整了。"

在冯招财临走时，团长赠给他一支匣子枪，拍着他的肩说："此事成功，回来就给你个连长当。"冯招财倒不想当连长，他只想把蔡守信整了重回琉璃厂。他们来到琉璃厂附近，先租个房子住下，提前找几辆马车候着，又分批次进入三宝斋，为防租店的人把消息透露出去，把他们全家关在一个房间里。冯招财对高排长说："白天我已经指给你看了，是一宝斋不是万宝堂，千万别弄错了。"

高排长点头说："我知道，不会弄错。"

冯招财说："晚上我带五个人去对付蔡守信的亲家，你负责对付一宝斋。记住，一个活口也不留，如果时间来得及也可以让兄弟们开开荤，蔡守信的老婆可是个大美人。"

高排长冷冷地说："此次任务容不得疏忽，女人的事就算了。"

子夜，冯招财带五个兵摸到文增年的裱坊，让两个兵跳墙进去把门打开。安排在这里的两个守卫听到院里有动静，扒着窗棂看去，发现四五个人带着枪，知道不是对手，等他们进了正房后，马上从厢房里出来，准备去向蔡守信报告。刚跑到门口被看门的兵用枪打倒一个，另一个夺门而逃。冯招财本想着把文增年杀掉，把蔡守信的女儿荧荧强奸了，裹着银子走的，没想到是这种情况。他们在房里翻了翻，也没银子也没值钱的东西，心想难道他们早知道我们要来？冯招财带人匆匆离去，直接回租房等高排长去了。

高排长带人从院墙跳进一宝斋后院，暗里突然传来枪响，他们马上还击，一阵枪声后，他们发现有两个护院已经死了。高排长派出二十人去找银子、找宝贝，然后带几个人去各房间里搜，几个房间搜遍了也没见着人，感到有些不对劲儿。

高排长看到已经发生枪战，不能久留，于是把店里的东西装了些，带人走出一宝斋大门。刚走出大门,十支枪朝他们射来,走在前面的人倒在地上。高排长叫声不好,又带人回到店里后院。面对生死存亡,高排长只得让大家把东西摔在地上,翻墙逃去。

其实,自蔡守信与柳小惠知道石运堂家替他们死了八口人后,就对突发事件进行了预防。他们对一宝斋的内部进行了改造,并想好了应急措施,还跟几家有实力的店进行联防。当后院传来枪声后,柴少武火速前去向联防的店通知,大家赶来在店外等着,给他们以重创。

经过这次的浩劫,一宝斋的瓷器遭到破坏,还死了三个人。现在没有皇帝,也没有衙门,自然也无法报官。早晨,街上很多人都围着一宝斋看,七嘴八舌地表示对劫匪的气愤,当然,有更多的人在幸灾乐祸,你不是富吗,你不是媳妇漂亮吗……

十五
东陵之宝

蔡守信做梦都没有想到，他受命为老佛爷收集宫中流失之宝，有一天会收到老佛爷的陪葬品。1928年夏天，军阀孙殿英在河北省遵化县盗陵窃宝。所盗的两座墓葬分别是清朝乾隆皇帝的裕陵，与慈禧太后的东陵。各地土匪列强紧随其后，对两个陵墓进行第二次洗劫。一时间，敦化县里的古玩买卖盛行，并大大地刺激与活跃了北平的古玩市场。

孙殿英盗取宝藏，参与盗墓的军官们都想尽各种办法私藏。当时，已经成为团长的潘九斤跟同僚们商量，现在上边追缴得厉害，宝贝留在手里怕保不住，建议运到琉璃厂进行销售，自然这个任务就落到冯招财头上。

冯招财上次袭击蔡守信，非但没抢来宝贝，还折了五六个兵，回到军营后团长非常生气，要不是看在他是潘九斤的姐夫的份儿上早把他崩了。自然冯招财也没当成连长，被潘九斤安排到连里当伙夫。虽然没有官做，但也吃得白白胖胖的。

当潘九斤找冯招财商量，想借以前的三宝斋，把各军官私藏的东西拿到琉璃厂卖时，他首先要求派一个连的兵力去，一块儿把蔡守信给收拾了。但潘九斤认为此事关系到各位团旅级长官还有几位副军长的财宝，出了差错自己的前程就折了。因为两位副军长曾说过，此事做好就把他提成旅长。他千交代万交代，去了只能卖东西，绝不能与蔡守信等人有任何冲突。为了监督这次售宝，一位副军长派出自己的亲信周一书同往，让他监督卖宝。

周一书原是富商家的公子，读过很多书，能书善画，并对古玩略懂。家业败后，投奔当副军佐的老乡，被任命为连职，平时写写标语什么的。

一辆卡车拉着宝贝与四十名士兵直奔琉璃厂。

冯招财把原来的租户赶走，大摇大摆地把货摆到店里，然后写了很多大字报到处张贴。虽然有很多人前来看热闹，但由于冯招财臭名昭著，所以没人敢买。那少音来到店里，看了看宝贝，见都是宫中的好东西，想跟冯招财要几件。冯招财偷偷地告诉他："这些东西可都是从老佛爷的坟里挖出来的，件件都是精品，但这些东西不是我的，如果你帮着卖，到时我可跟周长官说给你提成。"

那少音说："那你弄些摆到我的店里。"

冯招财摇头说："那你拿着跑了我可没法交代。"

就在这时，冯招财听说有人前来买宝贝，高高兴兴地迎上去，抬头见是蔡守信，吓得打个激灵，随后想到自己是带着四五十个兵来的，于是又把脖子挺出来。蔡守信非常平静地问："冯掌柜，我想来选几件。"冯招财瞪眼道："蔡守信你可别给我捣乱，我可是带着一个连的兵力回来的，你敢打什么坏主意，我就血洗一宝斋。"

蔡守信笑道："你的意思是不想卖给我？"

周一文忙说："来了就是客，快快请坐。"

蔡守信来到店里，看看架子上摆的那些宝贝，不由吃惊。这些都是宫中的宝物，并且是从地里挖出来的，而且数量较大。蔡守信结合外面的传言，知道这些东西都是从乾隆爷与老佛爷的墓中挖出来的。让蔡守信感到惊奇的是，当初他从冯招财处骗走的那个夜明珠就在其中。回想自己从这珠子起，在琉璃厂遭到的事情，不由感慨万千。这批宝物中有玉器、珍珠、翡翠、瓷器，都堆在货架上，用柔润的光泽诉说着它们的尊贵。

蔡守信选了那件夜明珠，还有几件翡翠、瓷器，跟周一文谈价。周一文是懂古玩的，知道这些东西的价值，笑道："蔡掌柜，您知道这些东西的价值，这样吧您出个价。"

蔡守信说："这几件东西我给你三千两银子，你看如何？"

冯招财并不想卖给蔡守信："一万两，少一万两不行。"

周一文皱皱眉头说："冯招财你起什么哄，出去。"

冯招财还是赖着不走，周一文瞪眼道："来人，把冯招财请出去。"两个兵对冯招财点头说："请吧。"冯招财没脸儿了，气呼呼地走了。蔡守信说："这些东西如在平时，确值万两，但现在这种世道，我给您出的价并不低了。不过，为了交您这个朋友，我这里有三百两银子，是请您喝茶的。"说着掏出张银票来递给周一文。周一文忙装起来，点头说："冯掌柜您真豪爽，您这个朋友我交定了。"蔡守信说："哪天您到我的店里，我请您喝酒。还有，我还有几件东西想送您，当然，还想请您帮个小忙。"

周一文说："这个好说，蔡掌柜放心就是。"

蔡守信说："您最好不要跟别人说起咱们之间的谈话。"

周一文说："咱们兄弟的事情哪能跟别人说。"

蔡守信交了钱，负责收银的兵把钱收下，负记账的兵把东西记上。蔡守信拿着东西了。冯招财怕蔡守信乱说什么，等蔡守信走后问周一文："周长官，这个蔡守信可不是好东西，他在这条街上是恶霸，小心他算计咱们。"周一文通过与蔡守信的交往，感到蔡守信举止大方，文质彬彬，对他的印象很好，说："我们只是跟他谈生意，他买东西花钱，我不管他是什么人。再者，他一商人还能怎么我们，我们是两个排的兵力，怕他不成。"

其实，蔡守信并不是去买东西的，而是借着买东西之名，想探探冯招财的动静，看能否把他给抓来。回到店里，刚走进客厅，小惠就站起来："怎么样？"蔡守信摇头说："不行，他们人多，有枪不说，看样子并非普通商人，极有可能是当兵的。不过，我已经邀请他们的长官来家里做客，到时多给他点儿好处，让他把刘三礼的信给潘九斤捎去，相信潘九斤知道事情的真相后，不会饶冯招财。"

小惠点头说："如果能让潘九斤知道真相，这就太好了。"

蔡守信说："还有件事，我想把他们这批宝贝拿下。"

小惠说："咱们哪有钱买这么多东西？"

蔡守信说："这些东西都是从乾隆爷与老佛爷的墓里挖出来的，件件都是珍品，过了这个村就没那个店了。"

小惠吃惊道："什么什么，难道传言是真的？"

蔡守信点头说："这还有假！"

小惠叹口气："看来清朝真到头了。"

蔡守信说："听说皇帝投靠了日本人，现在都成立民国了，想恢复清朝，看来确实有些困难。"

小惠说："既然你想收，咱们就尽量收吧，要不把聚文斋卖了吧。"

蔡守信说："好吧！"

其实蔡守信并不想花钱去买，而是想把这批东西撬过来，只是没想到好办法。他所以没跟小惠商量，是怕她担心。来到客厅，蔡守信打发柴少武把赵文轩与高志光叫来，让赵文轩去负责转让聚文斋。赵文轩说："现在卖也卖不上价去。"

蔡守信说："冯招财这次回来，带来的宝贝都是从老佛爷墓里盗来的，件件都是精品，数量较大。我想把它们给买下来。"

赵文轩摇头说："前几年买的那些东西刚还完账，现在哪有钱买那个。就算他们卖得便宜，卖掉聚文斋也买不了几件。"

蔡守信说："他们负责卖古玩的长官对行里比较懂，不会卖很便宜的。我在想，能不能用别的办法把东西弄到手？"

蔡守信的意思是赶制假金，找可靠的人去跟冯招财谈，然后把宝贝骗到手。赵文轩对上次假画的事还有阴影，摇头说："这件事怕是不容易办到，如果事败，极有可能会招来横祸。再者我们也没有合适的人合作，反正咱们自己人不能去，到时候他们直接找来店里，那么我们就遭殃了。"

随后蔡守信拜访了爱新觉罗·启明。由于皇帝逃走，建立民国，群雄四起争锋，他当不成官了，赋闲在家。蔡守信曾多次到家里请他到一宝斋做事，但他碍着面子不肯来。蔡守信看他过得清寒，常对他接济，因此两人的交情非常好。蔡守信明白，启明跟他同样对大清还抱有幻想，如果跟他合作骗回老佛爷的陪葬品，想必他会积极配合。再者，由启明找冯招财谈收购，冯招财与周一文不会怀疑，也会认为他有这样的收购动力与财富。

当启明听说冯招财是回来卖老佛爷的陪葬品，当即气得大骂。蔡守信借着他的火说："贤弟，我们都曾在大清为官，对清朝有着深厚的感情，并相信大清肯定会重新崛起。我们能不能做点儿事，把冯招财卖的这批货拿下。如果皇帝回京，我们也是大功一件，就算皇帝回不来了，也可以用这些东西过上好的生活。"

"小弟是心有余力不足啊。您也知道，小弟为官清廉，没有积蓄。后来解散了差役，我把仅有的钱分给他们了，后来就靠您的接济过日子，哪有钱去收购。"

"我们想办法，不用钱把东西给弄来。"

启明吃惊道："蔡兄的意思是？"

蔡守信把事情的经过说了说，启明抿着嘴想了想，用力点头："干！"随后他们对整个计划进行缜密地策划：提前租个院子把启明的家人安排好，然后把假金放在启明现在房子里的地下室里，由启明负责去跟冯招财和周一文谈，谈好后派人去鉴定装箱，付钱拉货，直接把东西接到新租的院子里。事后所得的宝物蔡守信占六，启明占四。本来蔡守信说是五五分成，但启明坚持要蔡守信拿六，想以此答谢蔡守信之前的接济之恩。蔡守信没有再争，并且掏出一千两的银票让启明买几辆马车，雇信得过的人去接宝贝。

启明点头说："放心吧，我认为此次策划必然成功，因为老佛爷地下有灵，定会暗中帮助。"

随后蔡守信带着启明来到了店里，把赵文轩、高志光、柴少武叫来，进行更周密的策划。蔡守信说："我们大家集思广益，要把此次行动中的巨细事宜都要考虑到，不但要成功，还要把责任嫁祸到冯招财身上。"高志光说："我认为制造假金子不如造假银子。假银子不太会引起注意。如果是金子，怕他们会劈开查看，那样就露馅了。"

启明点头说："志光兄说得有道理。"

蔡守信说："那好，就改做假银子。我们宁可搭上万两白银，也要银子做得像。"

赵文轩说："去谈时要跟他们杀价，杀得越厉害他们越不怀疑。还有，要带两个鉴定的人，最好请街上古玩店的老板去鉴定，这样他们就不怀疑了。"

蔡守信摇头说："请熟人鉴定不行，事发之后，他们非常危险。这个由启大人找两个街上人不熟的做做样子就行了。"

启明点头："人我来找。"

柴少武问："如果事情败露，我们是不是要做好解救方案？"

启明想了想说："你们一宝斋的人负责幕后的事情，面上的事不要插手。如果他们发现是假银子，不论是事前还是事后，如果知道你们参与，必然找你们报复。倘若当场被他们识破，小弟只有一事相求，还请蔡掌柜帮助照顾家人。我之所以敢冒此大险，就是因为我信得过蔡掌柜，并相信我出事后家人也会生活无忧。"

大家听了这话都感到有些沉重。

蔡守信说："我有个提议，今晚我们几个结拜兄弟，生死与共，有福同享，有难同当。"

启明知道蔡守信的意思是向他保证，如果真的事败，他会像待自己家人那样照顾他的家人，便点头道："那就遵从蔡兄的意见。"

柴少武弄来公鸡、香火、酒。蔡守信他们排出八字，赵文轩最大，其次是高志光，然后蔡守信、爱新觉罗·启明。他们歃血为盟结为兄弟，然后又坐下继续谈。蔡守信说："兄弟在心中，平时我们称呼还是不要改，以防别人猜测。下面我说说我的看法。大哥文轩负责一宝斋正常营业，与聚文斋的转让。二哥马上去铸造假银子，总体称重要跟真银差不多，要保证用传统的验银法验不出来，装箱时衬物包裹，外面的灰尘、钉子，都要按不同年份用不同的钉子做旧。灰尘的程度也要有所不同，显出是不同时期封箱的，以防他们看出破绽。启明弟在谈好价格时，要带人去鉴定装箱，然后再回去拉银子。如果他们在验银时采取劈银的办法，想办法转移他们的注意力……"

启明问："三哥，我对价格不太懂，您给谈谈。"

蔡守信点点头："我去看过他们的货，这些东西的真实价值难以估量。就算在这种年景里，市面上的价也在五十万两白银左右，不过他们是盗来的，急于出手，目标价格可能会在三十万两左右，争取砍到二十万两。我相信二十万两的价格他们虽然不满意，但还是能接受的。就像二哥说的，越砍得厉害他们越感到你是真买。"

启明点头说："好，小弟遵三哥的说法。"

蔡守信说："我们不只要把东西成功地拿到手，还要利用这个机会把冯招财整死。到时四弟派人去约冯招财，就说想买东西，到家里谈。将来事成后，周一文如果发现被骗，便会把冯招财给推出来，说是他联系的，这样冯招财必然成为替死鬼。"

本来冯招财与周一文以为，这么好的东西只要摆进店里，大家肯定会疯抢，没想到结果很少有人光顾。倒是那少音天天都来看，摸摸这个拿拿这个，一口一个爷叫着，但他不想买，而想吃白食。周一文皱着眉头说："招财，经过我这几天的了解，好像你在这条街上口碑不好啊，这样下去我们得卖到什么时候？"

"长官您别听他们瞎说，他们看我带回宝贝，眼红。"

"这样吧，你马上去找找老关系、老熟人，跟他们说，咱们可以算他们便宜点儿，争取把东西赶紧卖了归队。要是部队开拔还卖不了，长官们肯定对咱们失望。这次如果你办事办好了，相信回去怎么也得给你安排个职务，不会再让你去当伙夫了。要是再像上次那样闪失了，怕是你的脑袋也保不住，还会连累到潘团长。"

"好的好的，我现在就去。"

冯招财答应得倒脆生，但他去找谁？整条街上除了那少音，别的掌柜见着他都躲得远远的，生怕会招上他。冯招财去了几家店都没见上掌柜的，不是说去亲戚家了就是去看郎中了。冯招财看看太阳，感到现在回去太早，周一文肯定对他叨唠，于是就去了妓院，想看看自己买的头牌和二牌是不是又回去了。

在冯招财离开后，周一文把店里安排好，前去拜访蔡守信，想请蔡守信帮着张罗，到时候给他提成。蔡守信见周一文上门，格外地热情，马上打发人去全聚德拿烤鸭，到同和居等饭庄拿三不粘、葱烧海参、乌鱼蛋汤、红烧牛尾等，要让周一文吃到最好的北平菜。周一文说："蔡掌柜不必客气，按说我得请您才是，因为小弟有事相求。"

"请讲，我定当尽力而为。"

"您能不能利用您的关系张罗些买家，小弟尽快卖掉回去。"

蔡守信说："这忙肯定要帮，我现在正在卖店，卖了钱就去买。"

周一文说："实话说，这批货的来头非常特别，过了这个村可没那个店了。放心，蔡掌柜您买，我绝对给您最低的价儿，您推荐人去买我给您提成。"

蔡守信说："没问题。不过我也有个忙想求您帮。"

周一文说："只要我能帮得上的，定当尽力。"

蔡守信去了后堂，拿来两个包。一个包里装的是刘三礼写给潘九斤的信，与他写给潘九斤的信。蔡守信在信里把冯招财与潘五妹的事情，把潘五妹与柳正印的事情，把潘五妹怎么死的，把柳小妹怎么死的都说明了。蔡守信相信潘九斤看到这两封信后，会毫不犹豫地把冯招财杀掉，并且从此再也不会找一宝斋的麻烦。蔡守信把那个沉甸甸的包递上去。周一文打开见是两块金条，不由愣了愣了问："这是？"

"您帮我送到这封信，从此之后，我们永远是朋友。"

"蔡掌柜的意思是我就只送这封信？"

"虽然是一封信，但关系到我们全家性命，所以，送这封信是值这些钱的。"

"蔡兄能不能说得再明白点儿。"

"是这样的，冯招财把潘九斤的姐姐与孩子杀掉，嫁祸给我们一宝斋。由于潘九斤并不知道此情，我怕他听信冯招财的，前来找我们报复，所以我写了封信，让他知道真相。"

本来周一文认为事情并不简单，现在只是送封信，还是轻而易举的事情。再者把真实的情况告知潘团长，他对自己也是感激的，这可是一本万利的事情。于是他说："蔡兄，小弟发誓，这封信我亲自交给潘团长，如果小弟负了您，出门就吃枪子儿。"

"哎呀呀，说得太严重了，我所以托付给您，是感到咱们投缘，也是信得过您。不过这信千万不要让冯招财知道，如果他知道了，会千方百计地毁掉这封信。当然，只是我说冯招财这人恶毒还不足信，您可以到街上打听打听他冯招财的为人，除了那少音，还有谁能够说他好。"

"这个不消蔡掌柜说。我见没多少人上门买东西，于是派人去调查原因，才知道冯招财为人办事如此不义。放心吧，此信我缝于衣内，随身带着，外人不会想到也不会知道的。"

菜摆上后，周一文见如此丰盛，不由感动。他端起酒碗："我敬您。"蔡守信说："酒您少喝点儿，我不是心疼您喝，因此行关系重大，喝酒会误事。临走时我给你带几罐好酒，你回去跟要好的兄弟们喝。"周一文感叹："以后如果有需要兄弟的地方，尽管开口，千里之外，只要您招呼一声，小弟会马不停蹄赶来。"

蔡守信说："同样，贤弟如有什么事我也会当自己的事去做。"

两个人边喝边聊，由于都是读书人，对古玩字画也很熟悉，越谈越投机。在周一文告辞时，蔡守信送他一幅石涛的小品画心。周一文被蔡守信彻底折服，恨不得马上就把信送去……

冯招财在窑子里折腾了十两银子，懒洋洋地回到三宝斋，发现几个兵正围着骰子在赌钱，便问："周长官去哪了？"几个大兵头也没抬，说："不知道。"冯招财急了,气愤道:"世道这么乱,街上啥人都有,哪能让长官自己出去呢?马上去找。"其实冯招财是怕周一文出去听到自己不好的传闻,影响他的声誉,影响他在军队的发展。几个兵这才慢慢腾腾地收拾赌具、零钱。这时,周一文满身酒气回来了。冯招财问:"长官,您去哪了?"

"还能去哪,东西卖不了愁啊,自己出去喝闷酒去了。"

冯招财说:"您放心,我几乎把街上的掌柜都通知遍了。"

晚上休息时,周一文专门找两个人守着自己的卧室,对他们交代,没有他的允许任何人不能进房。他躺在床上,回想跟蔡守信的相识,不由感到相见恨晚。他想,以后自己在部队上不顺当,有蔡守信这个朋友,还可以投奔他开家店。

连续三天都没有人买东西,周一文牙痛上火了。这么多东西,这么卖法还不得卖到猴年马月,他对冯招财发火道:"你找的人呢?"冯招财挠挠头:"×的,明明说要来买的却不来,太不够意思了。"周一文没有办法,只得写几张降价处理古玩的布告,让士兵们出去张贴。布告贴上没多大会儿,有个人来到店里找冯招财,说:"我是启明家的下人,我家主人想让冯爷您去谈谈。"冯招财听到启明俩字,脖子顿时缩了缩,随后想到现在的启明已经不当官,没必要害怕了,便问:"找我有事吗?"

"我家老爷听说您卖古玩,想买几件。"

"好好好,我马上就去。"

冯招财对周一文说:"这个人是个有钱的主儿,是我的老交情了。"周一文说:"赶紧去,跟他说买得越多我们越便宜。"冯招财领着五个兵来到启明府上,启明非常热情地接待了他,说:"快快有请。"虽然启明现在不当官了,但冯招财见着他还是有些紧张,因为启明之前的威风还有影响。

冯招财说:"启大人不要客气,听说您要买东西,小的立马就赶来了。您放心,您买东西我一定给您便宜。"

上茶后,启明说:"我为官时存了些钱,想开家古玩店,一直没找到好货。如今听说冯掌柜有批好货,想多买些。"

"这您放心,我们店里的东西都是官中流出的宝贝,件件都是真品。这么说吧，这些东西比以前流出来宝贝更加精致。"

"你的进货渠道我知道，所以从未怀疑过东西。只是我是用来开店再卖的，你们必须给我最低价，我要转卖后赚几个子儿。"

冯招财说："那您放心，绝对是真品，绝对最低价。"

启明说："如果你的价格低了，说不定我包圆。"

冯招财说："要是包圆就给您最最低的价。"

随后启明要求去看看东西。冯招财把他引到店里，指着架子说："都在这儿。"启明见货架上摆满珍珠玛瑙、宝石、瓷器，件件都是精品，确实不是市面上流通的东西。便问："总共有多少件，价值多少钱，你们给我报价，价格低了我全收下。"

送走启明，周一文皱眉道："招财，谁啊，口气这么大，是不是来踩点的？他要包圆，他有那么多钱吗？我看这人有些问题。"

冯招财说："他要是不用这种口气说话就不是他了。他要是没钱打死我都不相信。您猜他以前是干吗的？他以前就是专门管理琉璃厂这一片的，是最肥的官儿。哪个掌柜想在这条街上混，不得给他烧香磕头。只是现在皇帝跑了，衙门都解散了，但他说话的语气与作风还像做官时那样。"

周一文想了想："什么，原来是清朝的官？"

冯招财说："原来是，皇帝跑了，衙门解散了。"

周一文说："清朝的官他们都对大清有情结啊。"

冯招财说："他还能怎么咱们，给钱买货，没钱靠边站。"

周一文说："我们毕竟不是商人，可以存货等行情，我们是军人，今天在这里，明天也可能就在千里之外，所以，必须要把这批货马上出手。如果他肯包圆，我们可以给他最低价。"

当天晚上，他们把东西的登记表拿来，每样进行核价，最后合计出来的是五十三万两银子。周一文对冯招财说："这是市面上的价，他必然会砍价，最后我们争取三十万左右成交。保底要二十万两，少于二十万，我们就算把东西卖了，各位长官也不会满意。"

冯招财说："这样，明天咱们约他来谈谈。"

周一文问:"问题是他能拿出三十万两吗?"

冯招财说:"别说三十万两,就是一百万两都没问题。"

周一文说:"如果这样就太好了。"

话虽这么说,但周一文还是不相信启明,说白了是不相信冯招财。他安排几个兵,让他们在夜里守在启明府门前,看有没有人出入。周一文的想法是,如果在收购之前与多人来往,可能会有阴谋。

十六
假银万两

晚上，启明给之前找来的人开会，对人们讲了些注意事项。这些人大多都是以前的差役以及他们的亲人。比如负责前去鉴定的两个老人就是班头的父亲与叔父。两位老人平时喜欢收藏古玩，班头常利用自己在琉璃厂当差之便，给他们淘点东西带回去。其实他们只是喜欢，并没有多少鉴定经验。

启明说："虽然他们的东西不可能是假的，但是在鉴定时要认真看，并且要挑点儿毛病。否则他们认为咱们买便宜了。再者，还有个小情况跟大家说，由于我的银子不够，在里面掺了几百两假银。要不，我就没钱给大家发报酬了。以防他们发现后找咱们，买回东西后大家最近这段时间不要在街上露面了。"

差头说："这么多银子，掺进这些假银太少了，应该多掺点儿。"

启明摇头说："掺这些我就提心吊胆的。"他明白，如果告诉他们全部是假银，他们肯定紧张，容易露馅。如果说都是真银，他们没有一点儿担心,又怕他们到琉璃厂乱转被人家给抓住。

一切都安排好了,启明回到卧室,独自躺在床上,久久不能入眠。虽然此次计划看似天衣无缝,但仍然不能排除有意外发生。这不是跟别的一般商人去做买卖,如果事败,可能会受到责罚,会让人指脊梁,会坐大牢,但不会死人。现在是跟军方打交道,如果事败,将性命难保。不知什么时候,启明睡着了,他做了个梦,梦到皇帝回到宫里,他与蔡守信把宝贝献上,龙颜大悦,把他们封成一品。当他被管家叫醒时,见天已经大亮了。管家说:"老爷,冯招财求见。"

"让他到客厅等着。"

"是,老爷。"

启明来到客厅,冯招财忙站起来点头道:"大人起来了。"

"冯掌柜,统计好了吗?"

"是的大人,小的昨夜一夜未睡,已经弄好了。"

启明慢腾腾地吃了早点,随冯招财来到三宝斋。周一文把报价表给他,启明仔细看后,把单子扔到茶几上,端了端碗又放下:"你们这个价是市面上的价,我无法接受。如果按这个价买来,我没有任何赚头。我不可能把东西放几年再卖。你们的东西是什么来路,我也能猜个八九不离十,押在手里有风险。"

周一文忙说:"启明兄,你说的我们明白,这样吧,我们给你减十万两,这样该行了吧?"

启明端起茶碗来,用碗盖刮浮茶,呷了口,不紧不慢地说:"你们应该知道当前是什么形势。皇上投靠了日本人,有人成立了民国,群雄四起,各路争锋,到处都在打仗,现在大家都在买粮食,没几个买古玩的。你们也来好几天了吧,有几个买的你们清楚。要放到平时,你们这些东西早被抢购了。这不是和平年代,大家还买几件古玩把玩,现在都玩儿命了,哪还有闲情弄这些。我所以在这时候买,就是图的便宜,贵了谁买。"

周一文说:"那么请启兄出个价。"

启明说:"十五万两。"

周一文摇头说:"这个价是不可能的,就算当前的形势不好,但也不能低得没谱了。这些东西放几年,一件十五万两都有可能。"

启明说:"你说的我承认,可问题是我不可能放几年。要是皇帝回来,他们查下来我会人财物两空,说不定还会被砍头。如果我把这些东西押在手里,哪天来伙强人算计我,有性命之忧。冯掌柜不是不知道石运达家的案子吧,八口人被杀。"

周一文说:"三十万两。"

启明说:"你们把东西卖给洋人,说不定他们能出五十万两。不过,前几天看报纸,看到天津海关查了三十五箱古玩,你们知道是谁卖的吗?"

冯招才问:"谁?"

启明说:"北平吉贞宦古玩铺掌柜张月岩,他准备托运出口运往法国,结果被查了。东西没了,钱也等于扔了。"

周一文想从这次交易中赚几个子儿的,见启明这么狠杀价,有些急了,说:"启兄,二十五万两,这个价我们赔大发了。"

启明说:"周长官你也不是常卖东西的,我也是刚开始涉入买卖这行,咱们就都别争了,我说个成交价吧。"

周一文心惊,启明竟然直接就奔他们的底线来了,忙摇头说:"这个价不行,这我们接受不了。"

启明说:"实不相瞒,这些我也是倾囊而出。如果你们同意,我另加一百两给兄弟们喝酒,不同意咱们各忙各的。"说着,站起来。

周一文心想这人简直就他妈是奸商,把价格都给杀到骨头里了。随后他看了眼冯招财,心想该不是他把低价透露给启明的吧,要不他为什么直接就奔到这个底线来了。

启明见周一文犹豫,抱拳:"告辞。"

周一文喊:"慢着慢着,二十一万两。"见启明摇了摇头,义无反顾地走去,忙喊:"好啦好啦,就按启兄说的吧。"

启明说:"一会儿我打发人来验货装箱,我在家里把银子收拾出来拉过来,把东西拉回去。"

周一文问:"现银?"

启明说:"当然是现银,不过您要银票,我就把钱存银庄里。"

周一文问:"您为什么不早存呢?"

启明说:"我不放心银庄。"

周一文说:"反正银票我们也得去提,现银更好。"

等启明走后,周一文问冯招财启明为什么把这么多银子放在家里。冯招财说:"他以前是朝廷命官,这些钱都是不义之财,是说不清楚的,存在银庄极有可能被别人查到,所以他们宁可放在家里藏着。再说现在的年景谁还相信银庄,到时候银庄被抢了,或者逃走了,拿着那张纸有用吗?"

周一文点点头:"说得也是。"

没多大会儿,门前停下两辆马车,车上拉着几个大箱子。两位老人带着几个伙计下来,把箱子抬到地上。有个老人进门说:"我们是启大人派来的。"周一文点点头:"进来吧。"他们把箱子抬进来,开始验货装货。冯招财说:"其实没必要看,这件件都是真品,有一件是假的我就撞墙。"老者严肃地说:"卖东西的没有说自己的东西是假的,卖瓜的没有说自己瓜不甜的,真假我们得验过后再说。"

两位老人掏出放大镜,一件一件查看着东西,每看好一件,伙计就用绸布包起来装箱。一位老人拿起个釉里红龙瓶,跟另一位老人低声叽喳了会儿,然后说:"这个款有点儿不对劲儿。"

周一文与冯招财凑过来问:"什么?什么?"

老人说:"青花釉里红始于元代,以钴为着色剂的青花和以铜为发色剂的釉里红两种工艺结合烧制而成。在明代很少有青花釉里红的成功之作。康熙时期烧制成功,并有所创新。康熙青花釉里红主要是官窑瓷器。这个好像不是明代的,却落着明代的款。"

周一文说:"就是康熙年代的也是古瓷。再者,我们已经跟启贤弟谈好,你看着不是新东西就行了。"

老人点头说:"新东西倒不是。"

他们把东西验好,都装进箱子了,还不见启明来。周一文打发冯招财带几个人去看看，并嘱咐冯招财要仔细观察，如果发现不对要马上汇报。冯招财带人来到启明府上，见他们正从地下室往外搬银子。冯招财看到箱子上挂着蛛网与尘土，钉子锈迹斑斑，好像放了些年头了。

启明见冯招财来了，说："看你们这急于出手的样子，我感到我买贵了。"

冯招财说："绝对没有买贵。我来是想问问需要帮忙不。"

启明说："既然来了，那就帮帮忙吧。"

冯招财带人进入地下室帮着搬银子，装上车，一同来到三宝斋。银子搬到店里，周一文先围着箱子看，发现上面布满灰尘，钉子都是锈的，不像新装的，便放心了些。他让手下把银子全部倒出来过秤，结果差十两不到二十万两，回头说："启兄，不够啊。"

"差多少？"

"差十两。"

启明从身上掏出一百一十两放到箱子上："这样够了吧？"

周一文让冯招财验银。冯招财分别从不同的地方取出银锭，摆到箱子上。启明心里开始敲鼓，如果验出是假，今天就是他的祭日。冯招财首先找来真的银锭进行比较，过秤，感到差不多的重量。然后用牙啃，是银的硬度。周一文说："找把斧子来劈开几个。"启明听到这里，心立刻跳到嗓子眼儿上，知道今天是难逃此劫了。他知道，这批假的里面是铅与别的金属做成的，外面包了层真银，别说劈开，就是刮狠了都会露馅。他故作镇静，问两位老人："有没有假东西，你们可看好了？"

"大人，新东西倒没有，只不过有几件好像是清仿明的。"

"什么什么，还有仿品。"启明来到周一文面前瞪大眼睛说，"那几件仿品得挑出来，我们不要仿品，仿品不就是赝品吗。"

周一文说："启贤弟，清代仿明代的也是古玩啊。"

启明摇头说："皇帝还在，清朝还没有灭亡呢，前几天就是清朝，怎么说清代仿明代的不是新东西。不行，我要求重新货，把仿品全部挑出来，然后重新核价。"

前去找斧头的兵喊："报告，没找到斧头。"

周一文料想这么多银子不会是假的，再者启明要求把仿品挑出来，感到太麻烦了，于是说："没有就算了。"转过头来对启明说："老弟，箱子都装好了，别再麻烦了。要不这样，这一百两银子我们不要了。"

启明问老人："到底几件仿的？"

老者说："大约有三件。"

启明叹口气说："三件就算了。我们可以装车了吗？"

周一文说："行啦，来来来，大家都帮帮忙。"

几十个兵拥上来，帮着把东西搬到马车上。启明告辞时说："买卖是买卖，一分钱都要争得脸红脖子粗。朋友是朋友，明天我过来请大家吃饭。"

周一文想到晚上就回去了，说："不必客气，下次吧。"

启明带着马车走了，周一文与冯招财回到店里，让士兵们把银子装箱。然后对冯招财说："冯招财你去订马车，我们今晚出发。"

冯招财说："能来得及吗？"

周一文说："大白天带这么多银子危险。"

冯招财说："那好，我去找马车。"

冯招财走后，周一文把所有的兵招集起来，每人分给他们一个银锭，对他们说："有关于各位长官卖古玩这件事，回去之后，不能向任何人说起，谁敢透露出去，一律枪毙。"大家异口同声说："请长官放心，我们守口如瓶。"

周一文终于松了口气，虽然价格不是很理想，但总算顺利完成任务了。想想今天晚上就要出发了，应该跟蔡守信告辞，于是对手下说："你们要看好银子，如果冯招财回来问起我，就说我去给长官买点儿东西。对了，冯招财回来给他个银锭。其余的，任何人不能动。"

蔡守信正在家里为启明担心，听说周一文前来拜访，便知道大获成功了，终于松了口气。来到客厅，蔡守信说："周贤弟你来得正好，我正想去找你呢。"

周一文问："蔡兄找我有事吗？"

蔡守信说:"我刚把聚文斋卖掉,想找你买几件东西为你排忧解难,你就来了。"

周一文说:"哎呀呀,太不巧了,我们刚把东西卖了。"

蔡守信吃惊道:"什么,都卖完了?"

周一文说:"按说不应透露买者的信息,但蔡兄不是外人,就不妨告诉您。有位叫启明的,以前是做官的,想必您也认识,他今天把所有的东西包圆了。"

蔡守信问:"多少银子?"

周一文说:"二十万两。"

蔡守信说:"这么便宜?"

周一文叹口气说:"这个启明,我真怀疑不是做官的,是个刻薄的商人,太能砍了。再者,我们考虑到现在正处乱世,又怕部队转移,因此没时间在这里长期销售,就便宜给他了。早知道,就挑几件好的给蔡兄留着了。"

蔡守信说:"当初那少音在此地为官,因为受贿贪污被抓进大牢,蹲了半年才放回来。随后启明为官,没想到他又贪了这么多钱,真是天下乌鸦一般黑。"

周一文说:"是啊,我也没想到他能拿出这么多银子来。小弟这次过来,是想跟蔡兄告辞的,蔡兄的交代,请万万放心,回去之后我会亲手把此信交给潘团长。"说着还把自己的衣裳掀开。蔡守信看到他果然把信都缝到衣裳上去了,感动地说:"一会儿我让家人弄几个小菜咱们少喝点儿,在咱们喝酒的时间,我打发人去买点儿东西,你带着送亲朋好友。"

在三宝斋守着银子的大兵们闲得无聊,就着装银子的箱子开始赌博。冯招财带着马车回来后,听士兵说周一文去给长官买东西去了,他想自己也应该买点儿东西带回去,拍拍长官的马屁,弄个官当当,于是伸手去箱子里掏银子。

排长把他的手夺出来:"你干什么?"

冯招财说:"我拿点儿银子去买点儿东西。"

排长说:"这个不能动。你走之后,长官每人发了个银锭,你的就在铺上,要买用你自己钱买。"

冯招财花自己的钱就舍不得了,于是跟士兵们赌博,想把他们的银子给赢过来。连着输了几把,终于赢了,把手伸得老长。有个士兵说:"我没有零钱,先欠着吧。"

"你赌过没有,这个有欠账的吗?"

士兵把银锭掏出来:"你找我剩下的钱。"

冯招财说:"我也没有那么多零钱,去找把斧头把银锭砍开。"

士兵说:"前会儿就没找到。"

冯招财跑到厨房找来把刀递给士兵,从柜台上把秤拿来等着。士兵砍了几下,劈下层薄薄的银子,放到秤上过了过不够,于是又砍,结果发现银子的颜色有些暗。冯招财惊得目瞪口呆,大叫:"上当了。"他们把银子砍了十多个,发现银子外面挂了层皮,里面都是假的。冯招财愣在那里半晌没有说出话来,灵醒过来,说:"你们几个去找周长官,其余的人跟我去抓启明。"

他带着三十多人赶到启明府上,发现大门紧闭,把门撞开冲进家里,家里静悄悄的。他带人搜遍所有的房子,家里一个人都没有。这时冯招财明白中招了。他抱着头蹲在院里,想这件事的后果。他相信,启明首先跟他见的面,周一文肯定把所有责任都推到他身上,如果回去小命都保不住。他对在院里打转的士兵们说:"我在这里在守着,你们赶紧回去搜街。"士兵们呼隆呼隆跑回去,顺着街道搜寻启明,没有发现启明的踪影,便回到了三宝斋,进门见周一文坐在箱子上,脸色惨白,愣得就像没了魂似的。

排长说:"长官,长官。"

周一文问:"冯招财呢?"

排长说:"他在启明的府上等着,让我们回来搜街。"

周一文说:"马上去追他,把他给抓回来。"

排长问:"为什么?"

周一文说:"冯招财是内奸。"

等士兵们走后,周一文在房里来回踱着步子。回想整个事件的过程,越想越感到冯招财是内奸,是他与启明精心策划的骗局。随后,他开始衡量这件事对自己的影响。他明白,丢了别人的东西倒没什么,但他是副军佐派来的,如果把他的东西弄没了,拿不回钱去,自己以后的日子好不过不了。现在摆在自己面前的路有两条,一条是逃路,第二条是把所有责任推给冯招财。如果跑了,他就会成为被追杀的对象,如果把责任推到冯招财身上,虽然没有生命危险,但可能会被免去职务,成为普通的士兵。在这种年代,普通士兵的阵亡率很高,这还是死路一条。

排长领着士兵回来,说:"报告,冯招财跑了。"

周一文哭丧着脸说:"我们让这冯招财给耍了,当初我就不应该相信他,也怪我,明知道满街没有说他好的,还让他参与此事。"

排长说:"我们人生地不熟的,很难找到启明与冯招财。"

周一文叹口气说:"可我们怎么回去跟长官们交代啊,我们两人不只会受到责罚,极有可能会被免职。"

排长说:"虽说是假银,但毕竟表面还有银子,我们不如把表面的银子提出来送给军佐,就说冯招财把咱们出卖了,跟咱们没关系,相信军佐会为我们开脱。"

周一文摸起被砍过的银锭,发现包裹的银子不算很薄,如果全部提炼出来估计也有万两。但是他们既没工具,也不知道怎么提炼,如果像削土豆那样刮,那得刮了驴年马月。他深深地叹口气:"你们继续去追查启明与冯招财,我找个朋友问问。"

周一文重新回到一宝斋。蔡守信看到他脸色惨白,无精打采,故作吃惊道:"贤弟怎么了,是不是刚才在这里吃得不对?"

周一文叹口气说:"这跟蔡兄的酒菜没关系,是冯招财与启明,他们设计把宝贝骗走了。"

"什么?什么?"蔡守信眼睛瞪得老大,"真的假的?"

"现在启明与冯招财都逃走了,我正愁如何回去交代呢。"

"赶紧去追拿他们。"

"唉,北平如此之大,我们在这里人生地不熟,人手也不够,想把他们找到谈何容易啊,再者我们也没有多少时间逗留。蔡兄,跟你说实话吧,这些东西都是盗墓得来的。由于上级迟迟不发军饷,孙军长实在没办法,便以演习为由,挖了两个墓,据说是乾隆与西太后的,因此得到了很多宝贝,各位长官都私藏了些,派我们跟随冯招财前来卖掉,没想到他冯招财把这批宝贝给骗走了。"

蔡守信咂舌道:"是银元还是银锭?"

周一文说:"都是银锭,外面是银的,里面也不知是什么金属。"

蔡守信说:"我建议你们一边继续缉拿冯招财与启明,一边把银锭的银子提出来,回到部队就跟长官说,是冯招财把宝贝骗走了,相信他们也不会把你怎么样。"

周一文说:"这么多银锭,我们没有工具,也没有时间,再说也不知道怎么提出来。要是像刮土豆那样刮,那得刮到什么时候,再说也不见得就能刮干净。"

蔡守信说:"既然咱们是朋友,这样吧,咱们把一个银锭的银子剥下来称重,再计算出总共的含银量,你把假银放到我这里,我找人去提。我不是刚好卖了一个店吗,手里正有钱,先给你带上回去应付。还有,我给贤弟提个建议,假银就是假银,回到部队就别说提出银子了,把银子放到最需要的地方。"

周一文抱拳道:"蔡兄,真是太感谢了,您是我的贵人。"

随后,周一文打发手下把所有银子拉到一宝斋,捡出三个银锭,把银子刮下,分别过秤,然后取平均值,再以总重量算出比率,计一万三千两。其实假银的含量没有人比蔡守信更清楚的了,当初,他为了做得皮厚点儿,共用了一万五千两。

蔡守信给了周一文一万三千两的银票,周一文感动之极,把自己的手枪与弹匣摘下来递给蔡守信:"世道太乱,把这个留着防身吧。"蔡守信又拿出一百两现银:"这些银子,你发给兄弟们,让他们说点儿对你有利的话。"

周一文抱拳道："蔡兄，您是我一生的朋友。"

送走周一文，蔡守信泡上猴魁茶慢慢呷着，脸上露出不易觉察的笑容。功夫不负有心人，经过他们精心策划，共同合作，最终把这批至宝拿到手里了。唯一的遗憾是冯招财跑掉了。想想潘九斤接到信后，明白事情的真相，不会再来找一宝斋的麻烦，相信就冯招财，他也奈何不了一宝斋。这时，高志光匆匆跑进来，脸色惨白，结巴道："假，假银子，怎么回来了，是不是出事了？"

失落的周一文带着手下，垂头丧气地回到部队，直接去找副军长了。他还没把事情的经过说完，副军长当即拉长了脸，把身子背过去："我把如此重要的事交给你，你回来说东西没了。"周一文忙说："冯招财用假银把东西骗走后，属下从假银里提出一万两真银，这些钱属下已经抬到您的住处了。"副军长这才把身子转过来："这个潘九斤与冯招财真是可恨。你放心，这次的问题不在你，潘九斤与冯招财应负全责。"

周一文前去拜访潘九斤，没想到进房后，发现委托卖古玩的军官都在。潘九斤蹲在地上，面如死灰，不停地在搓头。他们已经从回来的兵嘴里得到消息，知道东西被冯招财骗走了。见周一文进来，目光齐刷刷地聚焦在他身上。周一文叹口气说："想必事情的经过你们已经知道了，那么我就把整个事件跟你们重复一下吧。当初冯招财说他在琉璃厂开过店，认识很多古玩界的朋友，肯定能卖个好价钱，可实际情况并不像他说的那样，我们把东西摆到店里，连续三天都没有开张。我派人出去调查，这么好的东西，为什么都不买，原来冯招财这人臭名昭著，无恶不作，别说花钱去买他的东西，白送也没人敢要。"

潘九斤叫道："你不能把所有的责任都推到冯招财身上。"

大家都回头怒视着潘九斤。

一位师长站出来说："潘团长你得让他把话说完吧。"

周一文说："没人去买，我心里也急啊。突然有个原清朝的官儿，名叫爱新觉罗·启明，打发人把冯招财叫去了，冯招财回来说启明要把所有的宝贝包圆。我们做出报价，并分别做出市场价、目标价，与保底价，结果启明谈着谈着，就压到最低价上了。当银子拉来后，我让冯招财负责检查，结果他说银子没任何问题。我出去想给各位买东西，准备晚上出发，当我回来时发现冯招财逃走了，我们搜了几天也没有他们的影儿。如果你们不信，可以去问同去的士兵们。"

大家都把目光盯到潘九斤脸上。

师长说："潘团长，冯招财可是你姐夫，当初也是你推荐让他带着东西去卖的，你得负起这个责任来。"

潘九斤大汗淋漓，浑身哆嗦："我亲自前去调查此事，如果是冯招财所为，我把他抓回来当着大家的面把他崩了。"

有人说："冯招财个伙夫，有这么大的胆儿吗，恐怕有后台吧。"

还有人说："潘团长你去了还能回来吗？鬼才信呢。"

潘九斤的直接上级旅长说："潘团长你不能出去。来人，把潘团长带下去。"几个卫兵冲进来，把潘九斤的家伙卸去，把他软禁起来。几位师长与旅长商量派人去琉璃厂，一定要想办法把冯招财与启明抓住，把东西追回来。就在这时，上级下来命令，准备撤离，他们只得作罢了。周一文晚上去看潘九斤，问："你真的相信你姐夫吗？"

"他是我姐夫，是我在北平唯一的亲人，我不信他还能信谁？"

"你认不认得有个叫蔡守信的？"

潘九斤恶狠狠地说："我怎么没想到他呢，这件事肯定是蔡守信策划的，嫁祸于冯招财。蔡守信这个人极为奸诈，无恶不作，不只抢了我姐夫的店，还把我姐给害了。"

周一文摇头说："我与蔡守信有过接触，我认为他并非你说的那样。还有，他托我给你送来一封信，我没看过，你反正现在没事，可以耐心地看看。我认为你看完此信，说不定能够找到脱险的办法。"

潘九斤问："什么信？"

周一文从包里拿出个牛皮纸袋子递进房里，并扔给潘九斤两盒烟，告辞了。潘九斤小心地把包打开，发现是两封信，一封是刘三礼写的，一封是蔡守信写的。他躺在禁闭室的小床上细细地读着信，猛地弹起来，眼睛都红了……

当潘九斤把两封信看完，终于明白事情的真相了。这么多年来，他在外面到处打拼，每弄到货都交给冯招财，每次都血本无回，原来是冯招财用来泡妓院养头牌了，并且还把潘五妹害死，还把潘五妹的女儿害死了。面对这样的事实，潘九斤并没有暴跳如雷，他突然平静下来，他知道现在不是跳的时候，现在得先出去，然后想办法找到冯招财，把他碎尸万段。潘九斤让守兵去把周一文叫来，跪倒在地："请您一定要把这两封信让旅座与师座看到，让他们明白我并非与冯招财同谋，而是被冯招财欺骗了。"

周一文点头说："这个忙我会帮的。"

潘九斤磕了个头说："此恩必报。"

周一文拿着信找到师长，让他看了此信。师长认为这事确实与潘九斤无关，并且也是受到冯招财的迫害，就没再深究下去，把他放出来降为连长。几个旅长不干了，纷纷要求把潘九斤给崩了，但师长摇头说："我们把他崩了有用吗，留着他，我们还有抓住冯招财的希望，只有抓住冯招财才有可能追回我们的东西。"

一天，蔡守信听说三宝斋又开业了，心想他冯招财也太大胆了，刚出了这么大的事就敢开业。他马上让柴少武带人去把冯招财抓住，带到潘五妹的坟前把头砍了。柴少武带人过去发现，掌柜是个生脸儿，店是从那少音手里租来的。蔡守信听说是从那少音手里租来的，认为他肯定知道冯招财的下落，于是去问那少音："那掌柜，冯招财现在藏在哪里？"

那少音说："蔡爷，我不知道他现在去哪了。"

蔡守信冷笑："三宝斋是不是你租的？"

那少音点头："是的，冯招财说自己急等着用钱，要把三宝斋便宜卖掉，小的就图便宜买下来了。"

蔡守信问："能不能让我看看你们的转让房契？"

那少音把当初刘三礼与冯招财的房契拿出来，蔡守信皱眉道："你们之间有没有写个什么东西？"

那少音摇头："我们之间没有，他说有这个就行了。"

蔡守信问："他多少钱转的？"

那少音说："不算贵，两万两银子。"

蔡守信明白，冯招财在这种情况下转让，那少音绝对不会出高价。蔡守信向那少音告辞，回到店里，感到让冯招财逃走，是整个事件中最遗憾的事情，要能把冯招财给解决掉，就完美了。谁能想到他们这么快就发现是假银，要是回到部队发现就好了。

虽然没有抓住冯招财，但蔡守信相信，他四面楚歌，是不会轻易再回琉璃厂了，一宝斋也没必要再雇十多个护院了。于是跟小惠商量，把他们打发走。小惠摇头说："现在还不知道信送到没送到，而且冯招财还在外逃，先不急着打发他们，过段时间再说吧。"

一天，启明的夫人那淑兰带女儿来家里玩儿，跟小惠学习剪纸。淑兰的女儿爱新觉罗·玉娟比蔡丰小一岁，两个孩子在院里玩儿着。小惠对他们说："你们两个就在院子里玩儿，不能出去。"见两个孩子点了点头，便回到房里教淑兰剪窗花。

自从蔡守信与启明拜兄弟，共同谋划了那批古玩后，蔡守信深为启明担心，于是花钱在一宝斋后面买了院子，重新装修，做好安全措施，让启明住。这样，如果有什么事大家有个照应。当初启明认为现在都不知道蔡守信参与过此事，如果住在一起，一宝斋也有危险，并不同意，但蔡守信坚持如此，他们只好搬过来。

小惠与淑兰正在剪窗花，荧荧进来。小惠问："你弟跟玉娟还在院里吗？"

荧荧点头："他们在过家家呢。"

小惠说："你说也不知道潘九斤收到信没有，这提心吊胆的。老是把孩子关在家里，也不敢让他们出去。"

过了几天，有位庄户老汉来到店里，伙计看他穿着粗布衣裳还打了补丁，脚上沾着泥，两手粗糙，便从柜台里拿出几个小钱递给他。小惠曾交代过，只要有要饭的上门都要给几个钱，很多要饭的听说这事后都来领。蔡守信感到这样不行，世道太乱，要饭的人太多，善不起。再说店里经常出入要饭的人会影响生意。但小惠却说："有失必有得，两个小钱可能救人一命，还是值得舍的。再说了，要饭的人也有尊严，他们来要过两次后，一般都不会再来了。对那些天天来要的，我们自然也不会给。"

庄户老汉看看手里的两个钱说："我找蔡守信。"

伙计烦道："不是给你钱了吗，赶紧走吧。"

庄户老汉说："我找蔡守信。"

伙计怒道："一口一个蔡守信，这是你喊的吗，滚！"

庄户老汉说："我找他有事。"

伙计说："有什么事，不就是想多要俩钱吗？"

庄户老汉摇头说："我不要钱，我有事。"

柴少武过来，见庄户老汉嚷着要见掌柜，问他有什么事。老汉摇头说："我不能说，我得见蔡守信。"柴少武去向蔡守信汇报，由于蔡守信出去有事没回来，就跟小惠说了。小惠来到前堂问："老人家，你找蔡守信有事吗？"

"有事，我必须见着他才能说。"

柴少武说："这是我们老板娘，是蔡掌柜的夫人，对她说一样。"

老人家摇头："他又不是蔡守信。"

小惠说："既然这样，少武你给老人家弄点饭吃，等守信回来，问问他到底有什么事。"柴少武小声说："肯定是要饭的，想多要点儿钱。"老人家的耳朵很尖："我不要钱，我要见蔡守信。"柴少武让他去吃饭，他不去。让他去客房休息，他不去。他来到店外蹲在墙根儿，袖着双手等。天黑了蔡守信回来，听说有个老头来找他，在门口蹲一天了，于是就打发人叫进来，问他有什么事。

"你真是蔡守信？"老头问。

"我是，有什么事您就说吧。"

"你知道潘五妹的闺女叫什么？"

蔡守信愣了愣说："你怎么知道潘五妹的？"

老头急了，说："你就说知道不知道吧。"

蔡守信点头说："我知道，她的女儿叫柳小妹。"

老头终于欣慰地点点头说："就是你了。"说着掏出封信来递上，"有个长官给了我十两银子，让我一定要把信交到您手里，说不能弄丢了，不能相信别人，一定要亲自交到您手里。小的走了三天三夜才来到这里。"蔡守信听说是个军官，接过信来一看，发现是潘九斤来的，忙说："少武，赶紧给老人安排住宿。"

老人摇头说："不住了，我得赶回家去放羊。"

小惠说："大爷，这么晚了，明天再走。"

老人说："不行，我得赶回去放羊。"

小惠说："老人家您少等，我给您拿点儿钱。"

老人说："人家已经给钱了，给的还不少，哪能再要你们的钱。"说着拔腿就跑。等小惠再出来，人早没影儿了。蔡守信把信打开，跟小惠分着看。潘九斤在信里说，没想到日夜想对付的人竟然是亲戚……并说要找到冯招财，把他的皮剥了，为潘五妹与柳小妹报仇……

蔡守信叹口气说："唉，这块心病终于去了。"

小惠说："还有块心病呢！"

是的，这确实是块心病，只要他活着，是不能掉以轻心的。冯招财每次露面都会给一宝斋造成很大的麻烦。蔡守信叹口气说："你说他冯招财的命怎么就这么大，难道真像人家说的，好人不长寿，坏人害千年吗。"

十七
密室之钥

当初启明把宝贝骗走后,冯招财自感难逃干系,于是找地方躲起来,等周一文率队离开琉璃厂后,他偷偷找到那少音,以一千两的低价就把三宝斋卖掉了,想拿着钱去天津文化街混的。谁想到半路上被土匪劫了,不只把银子抢去,还把外衣扒了,他就穿着内衣要着饭赶路。这段路程是无比艰辛的,他曾因为偷地里的玉米被农民暴打过,因穿着内衣经过村庄被嗤笑过。他常以野菜充饥,拉出的屎都像条青蛇。

冯招财到达天津后,想到码头找个活儿干,但他的腿有些瘸,码头上的活儿他干不了。正在绝望之际,他发现有家饭庄请厨子,他突然想到,对啊,我在部队当过伙夫,我会做饭啊。于是进去应聘。人家看他穿得破烂,浑身脏兮兮的,把他赶出来了。冯招财并不死心,站在店门口高声报菜名,没想到被回来的掌柜听到。

掌柜的听到他是京腔,又背京城名菜,一打量这人满脸奸诈之相,是狠毒之人,于是对他感兴趣了。之前找的几个厨子心太好,每当穷渔民来店里吃饭，总不由自主地加大菜量，让他蒙受了损失。掌柜的相信像冯招财这种面相的人肯定是狠主，是不会在乎别人死活的，于是让他进店试试。

掌柜的找了个土豆让他试刀。冯招财在部队上当伙夫时，炒的最多的菜就是土豆与大白菜，他摸起土豆，用筷子刮去皮，摸起刀来，也不看手，盯着房顶，"嗒嗒嗒"地把土豆切成了片，又"嗒嗒嗒"地切成丝，把大家吓了一跳。虽说切得丝有些粗，但人家是看着天花板切的，这个一般厨师是做不到的。掌柜的以为遇到落魄的名厨了，于是把他留下了。让冯招财掌勺炒菜时，由于他以前是炒大锅菜的，炒得寡淡，于是就安排他当配菜。

一个顶级坏的人是聪明的，傻子是不会使坏的。冯招财在这家店里干了七年，成为港口最有名的大师傅，被大家称为冯大勺。原来的小饭庄变成大饭店，冯招财也水涨船高收入不菲。他平时在店里吃饭不花钱，每赚点儿银子就去花柳巷里扔了，日子倒也过得无忧无虑。由于日本鬼子占领天津，当地的汉奸富商请藤野三郎中佐吃饭，三郎觉得吃的菜非常可口，问是谁做的，要求把厨子叫来。掌柜的把冯招财请出来，说："这是我们店里的大师傅。"

富商忙说："这位师傅被称为冯大勺，在港口非常有名。"

藤野三郎中佐听后，说："你，去我们的炒菜。"

掌柜的一听忙说："太军，不行，他是我们这里的大厨，有很多人是奔他来的。"

三郎掏出手枪放到桌上："你的，跟它说话！"

掌柜的不敢说了，去看冯招财："你同意去吗？"

冯招财说："跟你干有什么好处？"

三郎中佐说："发财的，姑娘的，大大的有。"

他冯招财就是好这两样，当即说："那我跟您干。"

掌柜的听到这里哭了，说："完了，完了。"

冯招财来到日本军营，专门负责给军官做饭。由于他炒的菜很有味道，又会拍马屁，受到三郎等人的喜爱，特批冯招财进慰军所不用排队，有人出来马上可以进去。冯招财过上了他认为的幸福生活，每天优哉乐哉。一天，冯招财听藤野三郎说他们部队要去北平，不由想到八年前的光景，感到兴奋不已。他已目睹了日军的厉害与狠毒，如果到了北平，就可以利用他们为自己报仇。想到这里，他脑海里立马浮现出蔡守信、爱新觉罗·启明、石运达，还有小惠那张美丽的脸庞，以及茭茭的清纯可爱，不由泛出阴邪的笑容……

那天冯招财回到自己的住处，枕着胳膊，用想象演绎到北平的光景：如果他蔡守信还在琉璃厂，就太好了，可以把他的店劫了，除了柳小惠与茭茭，其他人统统地杀掉。冯招财甚至想，要把蔡守信的心挖出来炒了下酒。

冯招财并不想只把蔡守信的心挖出来炒着吃，他还想把蔡守信的妻子小惠、女儿茭茭给睡了，就当蔡守信的面睡，然后再当小惠与茭茭的面把蔡守信的心扒出来。虽然这只是想象，但冯招财已经被想象的情景激动了，禁不住舔了舔嘴唇，脸上露出了笑容。

就在冯招财的期盼里，日军终于向北平开进。路上，冯招财感慨万千。想想自己到天津的路上，饿得两眼直冒金星，曾吃过死耗子，曾偷过玉米，曾饿着肚子只喝水就赶十里路……这段行程真是不堪回首。当冯招财再次来到北平，做的第一件事就是问这里离琉璃厂多远。当部队安顿下来，冯招财去找藤野三郎，点头哈腰说："太军，小的能不能带几个人出去转转，去买点儿稀罕菜孝敬您？"

藤野三郎说："你的去，好吃的买。"

冯招财穿上便衣，戴上礼帽与墨镜，带着两个鬼子，坐偏三轮来到琉璃厂，让车停在街外，带两个穿便衣的鬼子来到街上。当他经过一宝斋时，站在那里盯了会儿。一宝斋还像八年前一样，只是牌子的颜色深了些，客流量大了些，别的没有什么变化。随后，他带人来到万宝堂，站在门前瞅着万宝堂那块牌子感慨万千。当初就是从这块牌子开始，起起伏伏，有欢乐，有痛苦，自己几经风险，最终到了天津。有个老婆子从万宝堂出来，眯着眼睛瞅冯招财。冯招财见是那个原来街上要饭，后来当了神婆的张刘氏。冯招财临去天津前曾找她算过卦，她说："你是恶魔人间祸，断子绝孙躲着过，一声惊雷从地起，整条街上都欢乐。"冯招财听到是骂他，把给她的银子夺去，抽了她一巴掌走了。冯招财怕她认出来，用天津口音说："看嘛看，再看剜你的眼珠子。"

鬼子兵也瞪眼道："吧格！"

张刘氏忙巅着小脚走了。

冯招财对伙计说："你们掌柜的是不是那少音？"

伙计点头："是的，客官您有事吗？"

冯招财说："跟他说，老朋友来了。"

伙计点点头去了。那少音出来见三个人穿着笔挺的新衣，戴礼帽，还戴墨镜，显得很神秘很气派，忙施礼道："几位客官快里面请，有什么需要尽管告诉小可。"那少音把他们请进客厅，给他们泡上茶，满脸笑容地坐在冯招财的对面。冯招财把匣子枪掏出来，咣地扣到茶几上。那少音跪倒在地，可怜巴巴地说："店里一直经营不善，我都欠了一屁股债了，你们走错门了，隔壁的一宝斋有的是钱。"

冯招财把墨镜摘下来，哈哈笑了："少音啊，是我。"

那少音瞪大眼睛，说："你，你？"

冯招财说："不认得了，我是冯招财啊。"

那少音说："哎哟，是冯爷啊，您跑哪儿发财了，不会把小的给忘了吧。我可一直叨念您呢，前几天我烧香时还对菩萨说，让他老人家保佑您呢。"

冯招财说："我也没有忘记你啊。"

那少音说："对了，你回来的不是时候啊，听说小鬼子进城了。"

一个日本兵听到这里，瞪眼道："吧格！"

那少音听到这里打个哆嗦，看看两张生面孔，再看看冯招财："这两位是？"冯招财说："少音啊，应该说皇军。"然后拍拍日本兵的肩，"自己人，自己人。对了，刚才看到张刘氏从你们家后院出来，她来干什么，不会认出我来吧？"

那少音说："我都没认出来她哪能认得出来。是这样的，我老伴最近中了邪，胡言乱语，请张刘氏来给看看。这张刘氏说宅子里有冤魂。冯爷您也知道，当初石运达家死了八口人，这房子能不邪吗，我多次想转让，就是没有人肯要，都怕闹鬼啊。"

日本兵听到鬼以为又说鬼子，叫道："吧格亚路！"

冯招财说："自己人，不是说你们。"

随后那少音整几个菜，他们边喝边聊。通过那少音的诉说，冯招财这才知道，蔡守信还经营一宝斋，他儿子蔡丰十八岁了，跟启明家的姑娘定了婚。蔡守信的女儿荧荧生了对龙凤胎。现在他们几家共同经营一宝斋，主要从南方运瓷器来批发，整条街数他们家最赚钱。蔡守信每个月都会到南方提一趟货……

冯招财问："古宝斋的石运达呢？"

那少音说："唉，石运达儿子被杀后，为再生个儿子，娶了十个小妾，结果得了花柳病，最后下面烂掉死了。据说临死前伸手抓住小妾的奶子，就这样咽气了，怎么也松不开，小妾要把他的手砍开。别的小妾说，砍手可以，你不能分家产，你要分家产就切你的奶子。那小妾当即说，切奶子。"

"有意思。"冯招财笑道，"不过，我就想了，你说他蔡守信的命咋就这么好呢。老婆漂亮，闺女漂亮，生意做得漂亮。噢对了，当年他收购了大量宫中的古玩，这几年有没有卖掉？"

那少音摇头："从没见过他们卖，也没再见过那批宝贝的面。"

冯招财问："那哪去了？"

那少音说："当初建万宝堂时，用苇簿围了小半年，运出去那么多土方，小的认为万宝堂下面肯定有个密室，所有的宝贝都藏在里面。天呢，这肯定是个宝藏，我做梦都梦不到里面有多少宝贝。"

冯招财冷笑道："太好了，他蔡守信是给爷我保存的。"

那少音吃惊道："冯爷您的意思是？"

冯招财说："少音，我今天过来的事，千万不要告诉任何人。我会向太军汇报，带皇军前来取宝贝，到时少不了你的好处。"

那少音听冯招财这么说，知道他投靠小鬼子当汉奸了，有些反感。但随后想到，如果冯招财把蔡守信杀掉，自己欠一宝斋的货款就不用还了，忙点头："一定的，一定的，您可别拖得时间太长了。"

冯招财在回去的路上买了些北平名菜，回去给藤野三郎摆到桌上，藤野三郎边吃边"哟唏"。冯招财见他高兴，说："太军，您喜欢皇帝家的古玩吗？"三郎回头奇怪地看着冯招财："你的为何这么的问，难道，你的不喜欢？"

"小的当然喜欢。"

"本佐大大的喜欢，你的有？"

"不瞒太军，八年前，小的曾在琉璃厂开过古玩店，其中有家店收购了大量皇宫里的宝贝，东西还在店里。如果您喜欢，给小的派个小分队，让小的给您弄来。"

藤野三郎点头："你的，弄来，奖赏大大的。"随后摇摇头，"现在的不行，刚来的北平，事情的太多。过几天，稳定下来，我亲自前去，宝贝的弄来。"

蔡守信带着拉瓷器的马车经过丰台时，要过鬼子哨卡，鬼子要把几辆马车留下来拉辎重。蔡守信把翻译官拉到旁边，塞给他十两银子，译官跟几个鬼子叽咕了会儿，放他们过去了。可是他们没有走多远，又碰到鬼子哨卡，鬼子伸手要钱，蔡守信没钱了，鬼子把他的瓷器砸了，把马车扣了，还用枪屁股撞了他的屁股。没办法，他们只得走着回去。路上，马夫看到蔡守信手上戴着戒指，说："掌柜的，咱们雇辆马车吧。"

"哪有钱，有钱就丢不了马车了。"

"您手上不是？"

蔡守信看看手，看到戒指，不由感到幸运，多亏鬼子没注意，要是注意到早弄去了。他摇头说："这可不是钱。"

马夫说："不就是金子的吗？"

蔡守信说："这个不能用来租马车，往前走走再说。"

这枚戒指对于蔡守信来说不只是戒指，是念想。前妻去世后，他把前妻的两个耳环与戒指摘下来，揉成这枚戒指，又给前妻买新的耳环与戒指发送的。在他与小惠定婚后他都没有撸下来。在成婚时他要把戒指撸下来，小惠对他说，戴着吧，娶了新人忘旧人，我会瞧不起你的……

当他们走到京城郊区，听说京城被鬼子占领，不由担心家人，于是找辆马车，把戒指押在人家手里，讲好到地方再给钱。回到家里，蔡守信发现家人无恙，这才放心。随后他把家人召集起来，把路上见到的听到的鬼子暴行说了说，大家听到鬼子杀人放火，强奸民女，都惊得目瞪口呆。

蔡守信说："这么说吧，鬼子比当初那个冯招财还坏，你们回去跟家人说，这段时间女眷轻易不要到街上去，都老实待在家里。"话刚说完，下人进来禀报，说张刘氏要见菩萨。小惠忙让下人把张刘氏请进来。近几年，张刘氏已成为这一片有名的神婆，赚了不少钱，买了几处宅院，虽然闺女是个傻子，年龄不小了，但找了个英俊的小伙子当上门女婿，日子过得非常富裕。

老太太进房便要给小惠磕头，小惠忙把她拉住："大娘，您有什么事就说，不要再这样了。"

"女菩萨近来好，我去那家镇鬼了，遇到熟人真怪巧，虽说戴着黑片片，说话声音京城外，小仙我能看明白，他是恶魔冯招财。"

"啊？"小惠吃惊道。

"您不会看错吧？"蔡守信问。

"小仙如今有慧眼，认人不用去看脸。来者不善有准备，家里死人无法跪。不过'菩萨'积德多，有惊无险能躲过。话到这里忙打住，天机不可轻泄露。"

小惠见说得这么严重，送她出去时问："大娘，家里谁出事？"

张刘氏痛苦地说："'菩萨'不要问太多，天机不能太多说，万挂鞭炮如惊雷，尘封经年方招魂。"说完转身就走。小惠急了，拉住她问："大娘，难道就没有办法解决吗，能不能说明白点儿？"

张刘氏突然停住，说："冯魔说要剜我眼，男子对我说八哥，我小仙至今不能解，男子为何说这话。"

小惠说:"八哥?"

她闷闷不乐地回到客厅,蔡守信安慰她道:"她个疯老婆子的话你也信啊?"小惠摇头说:"我倒不是信鬼信神,我是怕冯招财回来报复咱们。这么多年了冯招财都没露面,现在突然出现,还戴着墨镜,好像并不简单。大家想想吧,哪次冯招财露面,不得挑起事端,给我们添麻烦。对了,大娘临走时说,冯招财说剜你的眼,他身边的人说了句八哥。你们认为他为什么说八哥?"

赵文轩说:"是不是说的是八阿哥?"

高志光说:"难道那少音家里养着八哥了?"

蔡守信虽然不相信张刘氏的仙气,但他相信冯招财在这时候出现是有备而来。突然,蔡守信瞪大眼睛说:"小鬼子?"大家愣了愣,惊恐地看着他。

蔡守信说:"我在回来的路上曾遇到日本鬼子,他们生气时就对中国人说吧格,还说吧格亚路,难道他冯招财当了汉奸?"

启明说:"就冯招财的德行,不当汉奸才怪呢。"

蔡守信感到这下严重了,冯招财跟一宝斋有多年的梁子,如果他投靠日本人,肯定会利用小鬼子对付一宝斋,而小鬼子杀人放火,无恶不作,这样一宝斋就真的危险了。

蔡守信前去拜访那少音,想知道冯招财回来的目的。那少音见到蔡守信后打个激灵,忙堆起满脸笑容说:"蔡爷您有什么事招呼一声,不用亲自上门。对了,小的欠您的钱会尽快还上。"

"那掌柜,我有几句话想问你。"

"那那那,请进,请进。"那少音把蔡守信领到客厅,抖着手泡上茶,倒了碗,双手推到蔡守信跟前。蔡守信习惯性地把盖儿拿起来,刮刮浮茶:"那掌柜,我有个问题,如你如实回答,你这几年所欠的钱就免了。"说着从兜里掏出欠据,放到茶几上,"如果你不如实回答,我还是有办法有能力把事情搞清楚。现在各位掌柜都在担心小鬼子祸害咱们,准备筹些东西跟他们长官走动走动,只要送上东西,想必鬼子肯定会对我们格外开恩。"

"那是那是,以蔡掌柜的威信,没有办不成的事。不过,小的店里没有值钱的东西,卖的东西都是从您的店里拿的货。"

"那我问你,冯招财是不是来过,他有什么目的?"

"这个,这个……"那少音结巴道。

蔡守信冷笑道:"那掌柜,他冯招财充其量不过是个小混混,他能靠上日本人,我蔡守信靠不上吗?他能靠上个师长,我会直接把他们的司令收买了。他能斗得过我吗?看来,那掌柜没有诚意,这些票据我收起来了,你还是赶紧想点儿办法把钱还给我们吧,乱世之中,人情淡薄,我们讲不得情了。再者,您好像欠了好几年了。"

那少音明白,蔡守信用钱买住鬼子司令是极有可能的,冯招财是斗不过他的,忙说:"别介别介,我冒着被杀头的风险跟您说实话。"

蔡守信把欠据摁到那少音手里:"请讲。"

那少音抹把额头上的汗,看看手里的欠条,可怜巴巴地说:"冯招财临走时对我说,如果我把他回来的消息告诉别人,就把我们全家干掉。无论发生什么事,您都不要说是我说的,要不我一家老少就没命了。"

蔡守信说:"以你对我的了解,你认为我能出卖你吗?"

那少音忙说:"小的要信不过您还能信谁。"

于是,那少音把冯招财给他说过的全盘端出来。现在蔡守信终于明白冯招财这些年干吗去了,为什么来到北平后没立马对付一宝斋,这是因为日本鬼子初来乍到,还没腾出手来。他拍拍那少音的肩,由于那少音太虚弱,差点儿就瘫到地上。

"那掌柜,如果冯招财再来,不要说我知道他回来了。"

"小的哪敢说这个。"

蔡守信回到家里,马上把各家的家长招集起来,把冯招财想劫一宝斋的事情说了说,让账房汇报这几年的收入,然后把钱分到各家,让大家搬到离琉璃厂稍远的地方租房居住,以防遭遇不测。赵文轩说:"三弟,我们有必要怕冯招财吗?以我们的财力,为什么不把他们的长官收买住,然后借鬼子的手把冯招财除掉?"

"我们与冯招财不同，我们永远不会变成汉奸。"

赵文轩感到惭愧，说："三弟说得是。"

蔡守信说："大家请回，今天务必搬走，不要带东西多了，以防被探子盯上。四弟你留步，我有事跟你商量。"

启明把大家送出门，回到客厅："三哥，我们是不是先把一宝斋关掉，到别处躲一躲，等风声过去再回来？"

"这个办法我不是没想过，只是冯招财已经盯上一宝斋了，极有可能安插耳目，如果我们把一宝斋关门，他们立马就可能采取行动，我们拖家带口的不容易躲藏。我们照常营业，然后把家属都安排好，就是出事也没有遗憾了。"

"三哥，我们不能只是等着被动挨打，也得想点儿辙应对啊？"

"据那少音说，冯招财已经知道我们有地下室，将来他们必定要求打开密室。为以防万一，我们还是需要在密室里准备准备的……"

早晨，冯招财带领一个加强小分队把一宝斋团团包围。冯招财戴着日本军帽，没有帽徽，眼上扣着墨镜；上身穿西服，下身军裤套皮靴，腰上挎匣子枪。他指挥鬼子把门撞开，直奔后院。

柴少武与两个护院的兄弟想回去睡觉，听到店门传来巨响，他们去查看，正好与冲进来的鬼子撞了个面对面，刚要举洋枪，鬼子的枪响了，他与两个兄弟还没把枪举起来就倒在血泊里。

蔡守信与小惠听到枪声跑出来，见柴少武与另两个护院已经倒在血泊中，柴少武正用微弱的声音喊，快跑，快跑！冯招财走过去，用脚踩住柴少武的脖子，照他的脑袋开枪，脑浆溅到皮靴上。他把皮靴在柴少武身上蹭几下，提着枪来到蔡守信面前，歪着头问："蔡掌柜，你认得我吗？"

"就是把你烧成灰我都认得。"

冯招财把墨镜摘下来："没想到蔡掌柜记性这么好。"

蔡守信用鼻子哼一声："冯招财，你现在出息了，当汉奸了。"

冯招财吹吹枪筒得意地说："在来北平的路上，我还怕你不在这里了，没想到你还在为我守着宝贝，真让我惊喜。"走到小惠面前，歪着头咂舌，"啧，你说也邪性了，七八年过去，你柳小惠还像个大闺女。瞧你这脸蛋儿，还这么嫩，瞧你的奶子，还这么挺，真让我惊喜，惊喜不断。"

小惠哼了声，说："冯招财你说你还算人吗。你与潘五妹怎么也是多年的夫妻，你把她害死不说，还把她闺女给害死，你这样的人，死了都会下十八层地狱。"

冯招财说："你是说那小孩吧，我本来想把她卖给窑子的，可她下口咬我，我只好把她弄死。"

由于启明、高志光、赵文轩他们听到枪声后，赶到一宝斋看情况，正好被鬼子拿住，押到后院。蔡守信看到他们被押来，痛苦地说："我不是跟你们说过，这段时间不要过来，由我在这里守着就行了，你们是存心添乱！"

冯招财看到启明，那是分外眼红。他来到启明跟前，用枪筒点着他的胸脯说："启大人，这么多年了，老子做梦都掐你脖子。要不是你设计把东西骗走，让老子背上黑锅，现在老子怎么也得弄个团长当当了。正因为你，害得老子跑到天津。"

启明冷笑："冯招财，你就是个当狗的料。"

冯招财说："噢对了，听说你闺女跟蔡守信的儿子定亲了，我得提前跟你说声，白定了，因为老子准备娶你的女儿。"

启明实在听不下去了，挥拳打在冯招财脸上。冯招财退后几步扑通坐到地上，手里的枪响了，正打中启明的腿。启明的身体晃了晃，歪倒在地上。冯招财把枪举起来想把启明交代了，见蔡守信与小惠挡在他面前，又把枪放下。他不是不想打死蔡守信，是现在还不到时候，因为还需要他把密室打开，而小惠又是他想留着的，自然不能打死。小惠掏出手帕来给启明包扎，手帕不够长，她从衣襟上撕下来块布接在手帕上，把启明的腿包扎好。启明吃力地爬起来，依旧梗着脖子盯着冯招财。

冯招财说："蔡守信，老子就不废话了，赶紧把密室打开。"

蔡守信摇头："一宝斋没什么密室，所有的东西都在店里。"

冯招财说："老子不跟你废话，来人，把这个娘们儿给我拉进房里，我去搂着她睡一觉,让蔡守信想想有没有密室。"两个鬼子架起来小惠就往房里推,就在这时有人喊:"慢着。"冯招财回头见是藤野三郎来了,忙跑过去点头哈腰说:"您咋来了,这里交给小的就行了。"

藤野三郎瞪眼道:"吧格,蔡掌柜朋友的干活,不能为难他。"

蔡守信问:"把你们的长官叫来,我有话说。"

藤野三郎笑着点点头:"我的,他们的长官,你的说。"

蔡守信说:"你们是来要宝贝的还是要命的?"

藤野三郎说:"命的不要,宝贝的要。"

蔡守信说:"那就好办,把他们放了,我看到他们安全了就把密室打开,把所有的宝贝都送给你们,这样行吗?"

藤野三郎怀疑道:"你的,真的舍得大大的宝贝?"

蔡守信说:"没什么舍不得的。无论拥有多少宝贝都是保管员,生不带来,死不带去。就像西太后,活着的时候多么风光,死后陪葬了多少天下至宝,最终还不是被人挖出来曝尸天下?你们只要把我的家人把我的朋友放掉,并保证他们的安全,我可以把密室打开,把所有的财宝都给你们。"

藤野三郎摇摇头:"我的明白,你的牺牲自我,解救他们,放了的,你的不会打开。"

蔡守信说:"我为什么要骗你们,就算我不打开,你们也能挖到密室不是。只不过你们并不知道密室在哪里,就算你们知道在哪也得费事挖,得需要很长时间,并会招来民愤或产生不好的影响,别的部队听说你们挖贝也会过来跟你们争。只要把我的人放掉,我的人保住了性命,你们也不用**费事挖**,直接把东西运走就得,这不是两全齐美的事情吗?"

三郎说:"这样,我与冯的商量商量。"

两人走进房间,藤野三郎说:"挖的不能,影响大大的,别的知道也会来分,我们的少了。我们的必须放人。"冯招财急了:"太军咱们不是提前说好的吗,我帮您拿到宝贝,您帮小的把蔡守信等人杀掉,把他老婆赏给小的,您可不能反悔!"藤野三郎拍拍他的肩:"我们的按照蔡的要求放人,然后偷偷的,派人抓回来。"他们来到院里,三郎说:"我们的商量,统统的放人的干活。"

蔡守信明白，冯招财是不可能轻易放人的，如果直接放了，他们可能派人跟梢，如果找到家人新租的房子，那么家人也危险了。他说："我要求把他们送到团河行宫附近。之所以要求送那里，是因为上次去时发现，那里地处郊区，树林面积大，容易藏身。"

三郎问："团河行宫的哪里？"

冯招财说："太军，在大兴，四五十里路呢。"

三郎说："车的去送，快去的快回。"

小惠明白蔡守信的意思是想舍己救大家，于是说："天下之事，应夫唱妇随。我要留在守信身边，放其他人走就行了。"启明说："嫂子，我跟三哥留下，你们走。"蔡守信吼道："胡说什么！太军，如果他们任何人留下我都不会把门打开，必须把他们全部送走，马上把他们送走。我要亲自去送他们，当看到他们确实被放了，安全了，我回来开密室。"

三郎笑说："夫人放心，蔡掌柜的朋友，我们的不为难他。"

冯招财喊道："来人，把他们押出去。"

藤野三郎安排了两辆卡车，一辆车让冯招财送人，让他们在路上开得慢点儿。另一辆卡车拉着兵，提前赶到团河行宫附近埋伏，等把人放下后立马把他们抓住带回司令部。

在冯招财临出发前，藤野对他说："不能动他们的一根汗毛。公报私仇，死拉死拉的。他们的放下，马上的回来，我们的密室，宝贝的干活。"

冯招财坐在驾室棚里，车斗里二十个大兵把蔡守信、小惠、启明、赵文轩、高志光围在当中。蔡守信凑到小惠跟前，附在她耳朵上说："下车就往树林里跑，不要直接回家。回去后，听到大动静，赶紧带家人去南方。"正说着，刺刀伸到他们中间，把他们扒拉开了。蔡守信对启明他们说："你们任何人都不要再回一宝斋。"

十八
宝藏迷踪

团河行宫位于大兴黄村,是清代皇帝前往南海子行猎时建的,是京城四所行宫中最豪华的一座。南海子是元明清三代著名的皇家园囿,东西长十七公里。南北宽十二公里,自古以来就是天然的狩猎场。辽金元时这里是帝王进行游猎和习武的重要场所。元便有"下马飞放泊"之称。明永乐十二年,明永乐帝下令在飞放泊的基础上进行扩充,并经常到这里与近臣进行游猎活动。当年这里草木茂盛,黄羊、麋鹿出没其中,风景十分优美,名曰"南囿秋风"。清朝入主中原后更是把这里当作皇家苑囿,大力营治。清顺治帝、康熙帝先后在海子里营建数处行宫、庙宇,使南苑显得更加宏伟壮丽。现在,虽然已被八国联军烧毁,但尚有大片的树林……

蔡守信让车停在林中废墟前的空场上,冯招财为通知提前到达鬼子位置,朝天放一枪,叫道:"都他×的赶紧下来。"赵文轩、高志光从车上跳下来,小惠与启明却不下来。

小惠说:"四弟你快快下去,我跟守信回去。"

启明说:"嫂子,有我跟三哥就行了。"

蔡守信吼道:"滚下去,你们以为这是去赶庙会!"

启明说:"冯招财我跟你说实话吧,密室里藏着我与蔡掌柜两家的宝贝,门是我们改造过的,只有我们俩人同时才能打开,他自己回去没用的,所以我必须回去。"

冯招财心想,别他×争来争去了,没有意义,我们前脚走,他们还不是随后被抓起来。他点头说:"既然这样,那就让启明回去,把那女的给我放下来。"几个小鬼子架起小惠把她推下车,冯招财忙过去扶,被小惠甩开。冯招财说:"这么招人爱的娘子,别给摔坏了。"

蔡守信喝道:"启明你想干什么,赶紧下去。"

启明说:"你自己是打不开密室的,我必须回去。"

冯招财说:"蔡守信,启明自己愿意回去跟我们没关系。老子可没时间跟你们在这里磨叽。"说着钻进驾室棚。车子调转头,拉着蔡守信与启明回去了。小惠见车子拐过林子,说:"我们别在这里愣着了,赶紧找地方躲起来,晚上回去。"她领着赵文轩与高志光向树林跑去,就在这时,树林子里突然冒出十个鬼子,举着枪向他们奔来。小惠恨道:"他们根本就没想过要放我们。"于是拔腿往回跑,结果发现在后面也有十多个鬼子兵抄过来,他们顿时傻了。南面是个挖湖堆积的土山,北面是个湖,没办法,只能往山上跑。鬼子越来越近,小惠说:"别管我了,你们俩赶紧走,快点儿!"

高志光说:"不行,要走一块儿走!"

小惠说:"再拖下去我们谁都走不了。"

赵文轩看着渐近的鬼子,不由深深叹了口气:"看来我们是逃不掉了。"说着双手抱着头蹲在地上。

就在他们感到绝望时,枪声大作,他们惊恐万分,本能地往树后头躲。这时才发现,跑在前面的几个鬼子倒在地上。小惠放眼看去,废墟后的杂树里冲出三十多人,带头的是潘九斤……

原来潘九斤跟随部队转移到张家口地带伏击鬼子,不想他们师被鬼子打败,潘九斤一个连的兵力只剩三十多人,并与大部队失去联系。潘九斤想到这里离北平不远，于是带着三十人赶往北平，想利用此机会跟蔡守信见个面，再找找冯招财的下落，顺便搞点儿银子花花，然后找个山头当土匪去。当他们到达北平后，正遇到冯招财带鬼子抄一宝斋，由于鬼子是个加强小分队，装备精良，他们无法与之抗衡，于是就潜伏下来准备营救。

当潘九斤得知鬼子用卡车拉着蔡守信等人离开了，以为要去处决，便抢来几辆马车跟在卡车后面。好在鬼子的卡车开得并不快，断断续续地跟到团河行宫，便带人埋伏到废墟里观察情况。当鬼子把小惠他们放下，他刚要下令开枪，但蔡守信与启明还在车上，无法动手。就在这时，他们发现有二十多个小鬼子向小惠他们包抄过来……

潘九斤带着三十人追着鬼子打，鬼子穿过树林，也顾不得他们的卡车了，落荒而逃。当潘九斤与小惠会合后，来到她面前，低下头说："你们的信我收到了，我没想到冯招财如此恶毒，蒙骗了我这么多年，这次回来，一是想跟你们认个亲，再想把冯招财处理掉。"

"现在冯招财投靠日本鬼子当汉奸了。"

"蔡掌柜与启大人为何没有下车？"

"守信跟他们做了交易，说只要把我们放了，才会把密室打开，其实他是想用自己的性命救我们。可谁想到鬼子明放暗抓，今天要不是你们，我们又会被鬼子抓回去了。九斤，你得帮我把守信与启明救出来，求你了，我喊你一声舅。舅，求你了。"

潘九斤愣了愣，想想姐姐嫁给柳正印，按辈分讲，小惠还真得喊他舅。听到这声舅，想想死去的姐姐，潘九斤眼里顿时潮湿了。他抹了把眼泪，说："这样吧，我们上车再说。"

司机、潘九斤、小惠坐在驾驶室里。

小惠叹口气说："舅，你怎么这么巧？"

"我们的部队去打鬼子，没想到被鬼子打败了，我们一百多个人只剩了这些，又与大部队失去联系，就带着兄弟来北平，一是想跟你们见个面，再是想寻找冯招财把他除掉，没想到正碰到冯招财带鬼子围攻一宝斋，由于我们人太少，就没敢动手。当听说鬼子用车拉着你们走了，就跟来了。"

当他们离城近了，小惠说："把我们放到这里吧，你们去救守信他们。不过，千万别跟他们硬碰硬，否则就是白送性命。"

"我知道，我会找机会的。"

"舅，事情过去后，我领你到潘姨坟前烧点儿纸。"

"中，等我把蔡掌柜救出来后吧。"

小惠他们下来后，看着卡车拉着三十多人摇摇晃晃去了。她叹口气说："今天要不是潘九斤及时赶到，我们又被抓去了，就算守信与启明搭上性命也没有任何意义。我身上还有点儿银子，我们去附近村里买几身衣裳换上，然后再回租房，要是让人认出来，摸到我们的住所，把小鬼子给引来，我们谁都走不掉了。"

当冯招财押着蔡守信与启明回到一宝斋，三郎见启明跟回来了，皱眉道："冯招财，他的怎么回事？"

冯招财忙说："太军，是他自愿留下的。他说密室的门由他们俩人掌管，一个人根本无法打开。"

三郎倒是不信启明说的，自他们来到中国，虽然遇到了一些软骨头，但也遇到了不少大义之人。"你们的情义，大大的深，我的感动。只要你们密室的打开，我的不会为难，你们的家人团聚。"

蔡守信平静地说："我可把丑话说到头里，我只负责把密室打开，但我不负责搬东西。"

藤野三郎点头："放心，我们的二百人，不用你的动手。"

蔡守信说："在打开密室之前，我还有个要求。我四弟的腿被冯招财给打伤了，你们现在放掉他，让他去看郎中。事情绝不是他说的那样，打开密室不需要两个人。他所以回来，是因为担心你们怎么着我。其实，你也说过，我把密室打开，我们就是朋友了，相信你们不会为难我不是。"

启明说："三哥，一个人打不开。"

蔡守信怒道："你怎么这么糊涂！"

启明说："三哥我们不要再在这里争论了，还是赶紧把密室打开，让他们搬宝贝吧。你没看到他们都等不及了。三哥,人生自古谁无死——跟你在一起小弟已经知足。"

藤野三郎说:"你们的密室打开,我让军医的看。"

蔡守信见启明执意如此,不由深深地叹了口气。他摇摇头,领着大家往后院走去。在蔡守信的计划里,他是想自己来处理这些事情的,千嘱咐万交代,计划还是改变了。如果小惠不是过来看并硬要留下来陪他,如果启明他们不是听到枪声赶过来,他的计划是非常完美的,但现在,只能因势利导了。

冯招财招呼了三十多个兵在后面跟着,像长长的尾巴。蔡守信回头看看冯招财,突然说:"冯招财过来。"

藤野三郎叫道:"你的过来。"

冯招财挤到前面:"太军,您吩咐。"

蔡守信说:"冯招财我想问你个问题,你跟潘五妹过了这么久,为什么没有生一男半女,你可别说潘五妹不行,潘五妹跟柳正印没多久就怀孕了。你知道是什么原因吗?"

冯招财吧唧几下嘴:"潘五妹那臭娘们儿,老子看着她没情绪,八辈子都不碰她,她哪能怀孩子。要潘五妹是柳小惠,我天天稀罕不够,早就儿女满堂了。"

蔡守信说:"我想,主要是因为你无恶不作,坏事做绝,老天也会让你继子绝孙。你想没想过,潘五妹他们娘俩儿,柳正印,还有刘三礼他们,正磨刀霍霍等你去呢。我真不知道,人死了为鬼,鬼死为何?"

启明说:"聊斋志异阿端篇曾说过,人死为鬼,鬼死为聻。"

蔡守信说:"冯招财,你今天就会变成聻。"

冯招财笑道:"糟蹋我吧,接着糟蹋。"

蔡守信领大家来到自己的卧室,冯招财见床前有小惠的鞋,从地上拾起来闻闻说:"蔡守信,跟你说件事,这几年我常常做梦搂着柳小惠睡觉,醒来常把脚给冻了,因为被子被撑起来不够数了。这次回来,看到小惠比以前更有味道了,真是让我惊喜。"

蔡守信冷笑说:"你就做梦娶媳妇吧。对了,你拿的那只鞋是丫鬟穿的,那丫鬟平时不太爱洗脚。"

冯招财把绣花鞋扔掉,用脚踢出老远,说:"别他娘的废话了,赶紧把密室打开。"

蔡守信指指墙边那个高高的古铜色的衣橱:"把它挪开。"几个兵冲上去往外搬,结果纹丝不动,然后无可奈何地去看藤野三郎。"蔡掌柜你的帮忙打开。"藤野三郎。蔡守信走上前把衣橱的门打开,里面是空的。他把手伸进衣橱里,把挂衣服的架子拉拉,然后把衣橱侧推到旁边,后面是堵墙。冯招财跑上去用手敲敲,发现是实心的,瞪眼道:"蔡守信你敢耍我们,你是不是想死?"

蔡守信对三郎说:"让我抽冯招财两巴掌我就把密室门打开。"

藤野三郎瞪眼道:"冯招财你的过来,不许的还手。"

冯招财缩着脖子:"太军,不要听他的!"

藤野瞪眼道:"你的快快的!"

冯招财没有办法,只得缩着脖子来到蔡守信面前。蔡守信抡起胳膊在他脸上抽了两巴掌。冯招财鼻子里流出两股血,他抹抹,掏出手枪来。三郎照他的脸又抽两巴掌:"吧格!"蔡守信笑着摇摇头说:"冯招财你这条狗是落水狗。"说着,拾起浇花的水壶,来到墙角往那个青花瓷瓶里注了些水,回头对几个站在墙根儿的鬼子说:"你们把蹄子挪挪。"

藤野三郎问:"蹄子的什么?"

冯招财鼻子里塞了些棉花,含糊地说:"他是骂我们畜生,其实就是说把脚挪挪。"

藤野三郎说:"你的挪开!"几个鬼子挪开,地上吱呀一声,有块地板慢慢地弹出来。藤野三郎瞪大了眼睛:"大大的巧妙。"冯招财说:"是的太军,大大的巧妙!"

蔡守信说:"门已经打开了,你们进去搬东西吧。"

冯招财冷笑:"我们哪知道里面有没有机关。要是我们进去了,你把门给关住,我们不闷死在里面了?你先进去。"

蔡守信在前，启明在后，再是冯招财，接着是三郎，后面是三十个日本兵。他们顺着梯子下到地下五米处，蔡守信把火把点上，大家看到是个长长的甬道。蔡守信领着大家往前走，在甬道的尽头是道石门。蔡守信回头说："打开这道石门就是密室，你们就可以得到宝贝了。"冯招财跑上去推了推石门，纹丝不动，用枪敲敲，感到很厚实，然后嗡嗡地喊道："赶紧把门打开。"

蔡守信说："不过我还有个要求，冯招财必须自己抽十个嘴巴，如果抽轻了我是不会打开的。"

三郎叫道："冯招财，你的抽。"

冯招财苦着脸说："太军，小的已经流鼻血了。"

三郎叫道："马上的大功告成，你的抽。"

冯招财只得抬手在自己脸上抽。蔡守信摇头说："太轻了，不算。"冯招财只得闭上眼睛用力在自己脸上抽，心里在想，蔡守信你给老子等着，看我怎么治你。我要当着你的面睡你老婆，要当着你老婆的面挖你的心。十巴掌打完，冯招财的脸麻木了，肿得老高。蔡守信说："在两面的墙上共有四块砖能摁下去，摁下去就能把门打开，去摁吧。"大兵们开始用手去摸两面的墙。

小惠他们换上农民的衣裳，雇了马车绕道回到新租的地方。她对高志光说："志光哥，你去通知大家，马上收拾随身带的东西，任何人不能外出。"回头看着赵文轩，说："大哥你去买几辆马车备着，我们今天晚上就离开北平。"她把事情吩咐完了，只身向琉璃厂走去。

由于小惠穿着庄稼人的衣裳，围着个围裙，有几个熟人经过都没有认出她来。来到一宝斋门前，小惠发现围着很多人。一宝斋门前的空场上，停了两辆卡车，有一百多个小鬼子持枪站在那里。这时，小惠看到人群里的潘九斤，来到他身边，拉了拉他的衣袖。

潘九斤认出小惠，跟她来到小胡同里，低声说："他们人太多了，现在没法动手。"小惠点头："千万不要冲动，冲动解决不了问题。等等看吧，如果守信他们能够出来,再想办法救他们。唉,看这种情况,怕是出不来了。"说着不由深深地叹了口气。

在甬道里,三十个鬼子都在摁砖,他们已经摁进三个了,还有个砖怎么都找不到。冯招财急了,骂道:"这么闷,你明知道却让我们在这里猜谜。"蔡守信对三郎说:"为了节省时间,让冯招财喊我两声老爷,我就把最后一块砖摁进去,便可以打开密室。"

冯招财知道免不了要叫,喊道:"老爷,老爷!"

蔡守信冷笑道:"你给我当孙子我都不要。"

冯招财说:"现在可以把门打开了吧?"

蔡守信在门前蹲下,把最下面的砖搬开,是个黑洞,他伸手从洞里抽出个长长的火把,但门还是没有开。冯招财说:"太军,他是存心耍我们,反正现在我们已经找到门了,不如把他杀掉,咱们用炸药把门轰开就得了。"

蔡守信说:"如果不想要宝贝的话,这是个好办法!"

三郎伸手抽在冯招财的脸上,在洞的共鸣下发出很大的声音,骂道:"吧格,这里机关重重,是轻易能炸开的吗?在这里爆破,洞的塌下,我们的死了。冯掌柜,麻烦你的打开,咱们上面的喝酒。"蔡守信把手中的火把举起来,顶到洞顶上的砖上,砖陷进去,只见石门缓缓地转动着打开了,他举着火把走进密室。启明、冯招财、藤野三郎,三十个大兵,跟了进去。

密室当中摆有二十个方木箱,古铜色,黄铜包角,看上去非常精致。蔡守信来到箱子跟前,把一个箱子的盖打开,密室的石门咕噜咕噜关上,有个兵把枪伸进去撬,想让石门停下,枪被撞得咔嚓一声,手里只剩个木柄了。冯招财叫道:"蔡守信你把石门打开,听到没有?"蔡守信举着火把,站在打开的箱子跟前:"四弟,你真的不该回来。"启明来到蔡守信跟前:"不同生,愿同死。"

冯招财掏出枪来叫道:"马上把门打开。"

蔡守信说:"三郎,你们想不想把宝贝运出去?"

藤野三郎看看已经关住的门,脸色大变,忙说:"我,我们的朋友,你的快快的把门打开。"

蔡守信说:"你把冯招财先解决掉。否则谁都别想出去。"

藤野三郎说:"冯招才,你过来。"

冯招财扭头看去,见三郎已经把手握到战刀把上了,他明白,自己的小命跟这批宝贝相比是微不足道的,任何人都会选择宝贝而不是他冯招财,如果让他选择,他也会选择宝贝,甚至会不惜杀掉自己的父亲。现在,只有把蔡守信解决了,他才有希望活命。于是冯招财伸手去掏枪,刚把枪抽出来,枪响了,冯招财的身子剧烈晃动几下,慢慢地回过头,见三郎手里正举着枪。他啊地坐到地上,头缓慢地转向蔡守信:"你,你。"

蔡守信说:"冯招财你想说什么?"

冯招财说:"我,我。"

蔡守信说:"我什么我,我现在看着你死了。"

冯招财瞪着眼睛死去了,就像坐在一片暗色的席子上,有道血蜿蜒着,流到蔡守信跟前。蔡守信用手握住启明的手,两人点点头,然后把手里的火把扔进打开的箱子里……

人群中的小惠盯着一宝斋的门,是平静的。一切的结果,她似乎已经知道了。当蔡守信安排,让大家都搬到新租的房,只有他跟柴少武几个武师留在一宝堂,她就知道蔡守信的想法了,所以那天傍晚她过来,坚持要留下来陪他,想跟他共同走进计划里,无论什么结果都陪着他。可是,没想到启明代替了自己,陪着他。

大地突然晃动几下,有人大喊:"地震了。"

一宝斋从地上蹿起来,轰隆一声纷扬到半空,砖头瓦块就像冰雹似地砸下来,围观的人抱着头哇哇叫着逃离。潘九斤从店前抓起牌子,让个兄弟举在小惠头上,他带着其他兄弟对从爆尘中外逃的鬼子开枪。鬼子们仓皇逃离。埋在废墟下的两辆卡车爆响,两股烟呼隆蹿了起来。尘烟还未落定,小惠慢慢地往前走,那个兄弟举着木牌跟在后面,来到废墟前。

小惠扭头见潘九斤正指挥兄弟扒砖头瓦块,便摇摇头说:"舅,不要扒了，没有用的，我们走吧。"

潘九斤说："说不定蔡掌柜没事。"

小惠摇头："密室很深，炸成这样，没有活人了。我们赶紧走，相信用不了多大会儿，小鬼子就会回来。要是我们再被他们抓住，守信跟启明就白白死了，他们会死不瞑目的。"

潘九斤他们护送着小惠经过万宝堂时，见那少音抱着头蹲在地上哭，哭得就像失去孩子的妇人。小惠抬头看去，由于一宝斋的爆炸，把万宝堂的楼房掀去一半，剩下的房子布满裂纹，看来再也没法儿住人了。突然，小惠看到街道上横着半块被炸飞的店牌，正是万宝堂的牌子，现在只剩了个"堂"字。

当小惠与潘九斤他们离开后，街上的人又聚拢到一宝斋的废墟前，他们就像疯了似地拥到废墟上，在寻找宝贝。有个小孩捡了个被炸扁的铜尊，喊："娘，娘，我捡了个宝贝。"

那少音本来蹲在那里哭，见大家疯了似的在废墟上翻找，也跑过去了。就在这时，几辆车拉着鬼子兵来了，他们从车上跳下来，向废墟上的人群开枪，顿时传来惨叫声。大家没命地逃跑。鬼子用苇簿把一宝斋废墟围起来，开始挖。

蹲在原来聚鑫斋门前的那少音，看着围起的苇簿，还能记起刚开始建万宝堂的情景。想想自蔡守信来到这条街上，他的风风雨雨，他收购的那些宝贝，被埋进了废墟里。

那少音想从这次挖掘中得到些好处，于是主动去向负责挖宝的山本少佐套近乎："太军，我是一宝斋的邻居，对一宝斋的情况比较熟，能不能让我帮着你们挖?"

山本说："你的帮忙，好处大大的。"

那少音说："不过，挖出宝贝得分我一点儿。"

山本说："你的放心，你的大大的有。"

那少音从此为鬼子服务，帮助他们烧水做饭。几百个鬼子整整挖了半个月，终于挖到密室了，只挖出了些血肉块，还有些瓷器的碎片。但是，碎片都是新瓷，没有一块老的。山本少佐把那少音叫来："当初冯招财说，这里有大大的皇家宝贝，是个宝库，为何没有发现任何的宝贝？"

那少音说："可能被他们家人转移了。"

山本皱眉道："家人的哪去了？"

那少音说："昨天还见面来着。"

山本于是带兵去附近搜，可是搜遍了也没有找到一宝斋的人，也没有找见宝贝，他们到街上店面里抢些东西走了。鬼子走后，那少音带着家人，把原密室里的肉块进行分辨，突然发现有个手上戴着个戒指，认出是蔡守信戴的那个，如获至宝，忙把戒指撸下来戴在自己手上，把那只手用布裹了，埋进自家祖坟里，并且建了墓，上面写着："挚友蔡守信之墓"。那少音相信，等小惠回来，凭着这个戒指与这个墓，小惠肯定会重重赏他……

那少音由于给鬼子提供过帮助，街上的人给他起了个外号，叫那汉奸。以至于到了他孙子时代，还有人说他家，是那汉奸家。

由于一宝斋是突然遭遇鬼子洗劫的，大家认为他们不可能在这么短的时间把宝贝运走，极有可能藏在琉璃厂附近某处房的地下，于是引发了轰轰烈烈的寻宝行动。蔡守信原来租住过的房子、原来的聚文斋、文增年的裱坊，均被人高价收购，把老房扒了，重新建房时挖地十尺，寻找宝藏，但终是没有任何发现。那少音戴着蔡守信的戒指，发动亲朋好友找遍了京城的街街巷巷，始终没再见过一宝斋的人，从此，柳小惠与宝藏成为了谜……

就像有人曾说过的，历史变成了传说，传说变成了神话。

蔡守信的故事，慢慢地被时间埋深了，已经很少有人提起了，但是那少音在八十岁时，仍然坚信，柳小惠终有一天会回来，让那批宝贝露面。八十岁的那少音已经不能走路了，他坐在院子里，常常盯着手上那枚戒指，自言自语："这么多年了，他柳小惠该回来了，为什么还不回来呢！"在他临死的时候，他把手上的戒指撸下来，对儿子那增福说："好好留着这个戒指，等柳小惠他们回来，把这个戒指卖给她，跟她要二十件宝贝。"

那增福说："知道了，爹。"

那少音说:"蔡守信在咱们祖坟里那个墓,千万不要平了,等柳小惠回来,卖给她,再要二十件宝贝。"

那增福说:"知道了,爹。"

那少音说:"四十件不行,一定要五十件。"

那增福说:"爹,我知道了。"

那少音说:"等他们回来,你到坟前跟我说一声。"

那增福说:"知道了,爹,你闭眼吧。"

那少音至死也没闭上眼,是那增福用手给他抹上的。后来,那增福把一宝斋的废墟平了平,在上面盖上房子,他与老伴搬过去住了。时光荏苒,新中国成立后,经历了多次运动,知道一宝斋的人越来越少了,但那增福还清晰地记得,父亲那少音临死前的喋喋不休。这么多年来,他就戴着蔡守信的戒指,像他父亲那少音那样,等着柳小惠他们回来。逢年过节,他去给家人上坟时,也会顺便在蔡守信坟前烧点儿纸。他相信,柳小惠终有一天会回来。

20世纪80年代改革开放以后,政府允许个人开店,那增福把房子重新装修开店,名字用了"一宝斋",生意非常红火。每当闲暇之余,他会转动着手上的那枚戒指,自言自语:"该回来了,该回来了。"20世纪80年代后期,那增福已经不能走路了,每天坐在藤椅上看看报纸,听听收音匣子。一天,他坐在藤椅上,给孙子讲蔡守信的故事,这时他儿子跑来后院说:"爹,有个老太太要买咱们店。"那增福说:"不卖!"突然怔了怔,喊道:"回来,回来!"等儿子过来,他问:"什么样的老太太?"儿子说:"老太太看上去八十多岁,还有对五十岁左右的夫妻,看他们穿的,听他们口音,像华侨。"

那增福叨念道:"八十多岁,五十多岁,啊?"

儿子问:"爹,怎么了?"

那增福说:"回来了,回来了!"

儿子问:"谁回来了?"

那增福哆嗦着手,把戒指撸下来:"快,快,拿这个戒指让他们看,快去!"儿子点点头,捏着戒指走了。那增福不由仰天大笑,喊道:"回来了,爹,他们终于回来了!"突然猛喘了几口,手耷拉到竹椅两侧,眼睛瞪得老大,脸上还凝着惊喜的表情……